사 람 의   길

사 람 의   길

한승원 장편소설

문학동네

꽃이 핀다, 그래,
꽃이 진다 그래, 그래.

차 례

회귀

    초등학교 2학년 초가을의 양광이 두텁던 어느 날 한낮에, 학교 수업을 마치고 학교에서 돌아오는데 마을 앞을 감돌아 흐르는 냇둑에 아이들 여남은 명이 옹기종기 늘어서서 둑 아래로 흐르는 냇물 속의 무엇인가를 주시하고 있었다.

    다가가보니 한 청년이 냇물 웅덩이의 돌 틈에서 무엇인가를 조심스럽게 유인하여 끄집어내고 있었고, 다른 한 청년은 냇둑 위에서 아이들이 더이상 가까이 다가오지 못하게 가로막고 선 채 아이들을 향해 눈을 크게 뜨고 부라리며 손가락 하나를 자기 입술에 대어 보이고 있었다.

    냇물 웅덩이 앞의 편평한 바위에 엉덩이를 붙이고 머리를 수그리고 앉은 청년이 오른손에 잡고 있는 가는 대막대기 끝에는 어미 미꾸라지의 사체가 실로 친친 동여 묶여 있었다.

"뭣 한다냐?" 하고 내가 옆의 아이에게 속삭이자 옆의 아이가 짧게 속삭였다.

"창기!"

내가 "큰 동네 창기?" 하고 되묻자 아이들이 키득거렸고, 아이들을 가로막고 선 청년이 세차게 손사래를 친 다음 손가락을 입술에 세워 붙이고, 조용히 하라고 눈을 부라렸다.

나는 눈앞이 아찔했고, 가닥을 잡을 수 없는 어지러운 생각에 사로잡혔다. 창기는 큰 동네의 외가 옆집에 살고 있는 더벅머리 총각 이름이었다. 그 창기가 어떠한 연유로 저 웅덩이의 구멍 속에 들어가 있다는 것일까. 물속에서 숨이 막히지 않을까.

집에 돌아간 다음 밤새도록 창기가 처한 일에 대하여 생각하고 또 생각하다가 까무룩 잠이 들었고, 이튿날 아침밥을 먹자마자 책보자기를 등에 지고 학교에 가면서 다시 창기에 대한 어지러운 생각 속으로 미끄러져들었는데, 전날 냇물 웅덩이 주변에 있던 청년과 아이들은 보이지 않고 냇물만 도란도란 흐르고 있었고, 큰 동네 앞길에서 올벼 나락을 베어 지게에 짊어지고 오는 창기와 맞닥뜨렸다. 나는 소스라치게 놀랐다. 냇물 웅덩이의 돌 틈에 있던 창기가 언제 나와서 저렇게 나락을 베어 짊어지고 오는 것일까.

그로부터 얼마쯤 뒤 나는 '창기'가 '참게'의 전라도 사투리라는 것을 알게 되었고, 무식으로 말미암아 어처구니없는 혼돈과 고민 속에 빠져 있었다는 것을 깨닫고 열없어졌다.

살아오는 동안 내 의식 속에는 그와 비슷한 성질의 수많은 무식과 착각으로 인하여 알 수 없는 혼돈의 세계가 조성되었고 나를 어지럽게 하곤 했는데, 그 어지러운 안개 같은 혼돈 속에서 선생님과 어른들의 가르침이나 동무들의 말, 그리고 읽은 책의 가르침으로 인해 문득 맑은 빛살 같은 길이 트이곤 했다.

*

올해로 열한 살인 소년 거무는 몸과 영혼에서 향기가 무럭무럭 피어나는 선지식이 사는 곳을 알고 있다는, 체구가 작달막한 늙은 남자를 찾아갔다. 그 늙은 남자는 거무를 반갑고 정중하게 맞았다.

늙은 남자는 거무가 세상 모든 일에 대하여 의혹이 많다는 것을 알고 있었고, 그 의혹이 신통스러운 어떤 세계와 연결되어 있다고 느끼고 있었다. 그는 '거무'라는 이름부터가 범상치 않다고 생각했다. 거무는 '검은 어둠 세계'를 뜻하는 것이 아니라 신성하고 그윽하며 유현幽玄한 감색, 즉 약간 검은빛을 띤 쪽색의 하늘 세계를 가리키는 것이라고 생각했다. 거무에게서 그는 눈이 초롱초롱한 선재동자*를 느꼈다.

늙은 남자가 거무에게 물었다.

"진정으로 그 향기로운 사람을 만나고 싶으냐?"

그 남자는 거무를 한 으리으리한 기와집으로 데리고 갔다. 군데군데 푸르스름한 이끼가 낀 나지막한 돌담을 사이에 두고, 대문간과 사랑채와 안채가 따로 있는 집이었다. 늙은 남자는 사랑채로 갔고 거무는 그를 뒤따라가는데, 어디선가 풍겨오는 냄새가 있었다. 음음한 꽃그늘냄새 같기도 하고 먹물이나 누룩냄새 같기도 했다.

한 방으로 들어갔을 때 거무는 그 냄새가 먹물 향기가 감도는 책냄새라는 것을 알았다. 사방 벽에는 책꽂이가 있고, 책들이 촘촘히 꽂혀 있었다. 체구가 작달막한 늙은 남자는 그 책들을 가리키며 말했다.

"이 책들 갈피갈피에 향기로운 사람을 찾아가는 길이 지도로 그려져 있다."

늙은 남자는 얼굴에 가득 봄바람 같은 웃음을 머금은 채 말했다.

"그런데 그 지도는 어떤 종이에 그려져 있지 않고, 성인들이 하신 말씀 속에 투영된 형상으로 네가 네 머리에 그려내야 하는 것이니라."

---

* 『화엄경』에 나오는 소년 구도자.

거무는 그 늙은 남자의 말뜻을 얼른 알아듣지 못하고, "네?" 하고 되물었다. 그는 부드러운 말씨로 설명해주었다.

"이 책들을 잘 읽어보면 말씀들 속에 네가 찾아가야 할 길이 들어 있으니까 그 길을 네 머리에 먼저 떠올리고, 머리 안에 들어 있는 하얀 종이에다가 그려넣으면 되는 것이다."

"아아! 네."

"지도가 머리 안의 종이 위에 그려지게 하려면 적어도 한 십 년쯤은, 아니 몇십 년은 참고 이 책들을 읽어야 하는데 그럴 수 있겠느냐?"

"할 수 있습니다. 저에게 이 책들을 읽는 법을 가르쳐주십시오."

늙은 남자는 말했다.

"한 번 읽어서 터득할 수 없으면 정신을 가다듬고 다시 읽어야 한다. 그래도 터득이 안 되거나 의혹이 있으면 또다시 읽어야 하는데, 그래도 이치가 밝혀지지 않으면 다시 또다시 또 천천히 곱씹어가면서 읽어야 하느니라. 좌우간 머리에 길이 그려지고 환하게 열릴 때까지 읽어야 한다."

거무가 물었다.

"할아버지 말씀대로 읽고, 읽고 또 읽어도 되지 않으면 어떤 수를 써야 합니까?"

"그러면 새로이 정신을 가다듬고 집중해서 다시 읽고 또다시 읽어야 한다…… 오직 책을 통해서만 그 길을 찾을 수 있다. 그리할 수 있겠느냐."

"네, 할 수 있습니다."

늙은 남자는 거무의 눈앞에 한 손을 내밀었다. 약속을 하자는 것이었다. 거무가 손을 내밀자, 거무의 새끼손가락에 자기의 새끼손가락을 걸고 흔들었다.

"어른과 한 약속을 지키지 않으면 어떻게 되는지 아느냐?"

"약속하느라고 걸었던 손가락에 검은 곰팡이가 필 수도 있다고 들었습니다."

거무는 다음날 아침부터 작달막한 늙은 남자 앞에 무릎을 꿇고 앉아 글자 한 자 한 자를 익혔다. 오래지 않아서 책을 줄줄 읽게 되었다.

늙은 남자에게는 머리가 허연 아내가 있었는데, 그 아내는 거무에게 하루 세끼의 밥을 정성스럽게 차려주고 차도 우려주곤 했다. 봄이면 집 주변의 산에 진달래꽃들이 흐드러져 가슴을 두근거리게 하고, 가을이면 뜰 앞에 새끼 종달새 같은 갈대꽃들이 물결쳤다. 거무는 책을 읽다가 눈이 흐려지면 늙은 남자가 일러준 대로 들길과 강둑을 거닐며 흐르는 강물로 눈을 씻고, 마음을 가다듬곤 했다.

책을 읽기 시작한 때로부터 십 년이 지난 어느 날부터 길이 보이기 시작했다. 들길을 걸어가고 나룻배를 타고 강을 건너가고 오솔길을 따라 산을 오르는 길이 있었다. 나지막한 산과 드높은 산들을 오르는 길들이 사방팔방으로 관통해 있었다. 사막을 횡단하다가 오아시스를 만나고 또다시 사막을 걸어가야 하는 길도 있고, 고개를 넘고 또다시 가파른 고개를 넘고 골짜기의 가시밭길을 가야 하는 길도 있었다. 그 길들은 대개 산꼭대기를 향해 나아가곤 했다. 별들이 수런수런하는 밤하늘을 향해 훨훨 날듯이 나아가야 하는 길도 있었다.

벼슬을 하기 위해 과거를 보러 가는 길도 있고, 부자가 되기 위해 봇짐을 짊어지고 장사를 하러 다니는 길도 있고, 옹기나 도자기를 구워서 팔러 다니는 길도 있었다. 고기를 잡고 농사를 짓기도 하며 아름답고 향기롭게 사는 길도 있었다. 거무는 그 길들을 열심히 따라가보았다. 그러다가 사람들이 우러러보는 여러 길을 만났다.

올바르게 살기를 가르치고 다니다가 가시관을 쓰고 십자가를 끌며 가파른 언덕을 올라간 사람의 길을 만났다. 길 위에서 태어나자마자 어머니를 잃어버리고 고아가 된 왕자가 왕자로서의 길을 버리고 거지처럼 맨발로 모래밭길을 걸어다니며 얻은 깨달음을 사람들에게 가르치며 다니다가 죽어간 길도 만났다.

어느 날 거무는 종이를 펼쳐놓고 향기로운 사람을 찾아가는

지도를 그려보려고 했는데 막연했다. 그 향기로운 사람은 누구이고 대관절 어디에서 살고 있는가.

몇 날 며칠 동안 밤잠을 설치면서 고심하다가 늙은 남자에게 물었다.

"이 세상에서 가장 향기롭다는 그 사람은 대관절 어디에 사는 누구입니까?"

그 늙은 남자가 대답했다.

"그 사람은 이미 네 몸속, 마음속에 들어와 있다."

*

초등학교 4학년 가을부터 나는 우리 마을 동무들에게서 따돌림을 당했었다. 그 따돌림은 1948년 10월 여순 사건 직후부터 극도로 심해졌다.

우리 마을은 팔십여 가구쯤 되었는데 거의가 농사 한두 마지기도 없는, 바다의 고기잡이와 김 양식에 목을 걸고 근근이 사는 사람들이었고 해방 이후 남로당에서 선전하는 공산주의에 동조하고 있었다. 머지않아 이 나라는 공산주의의 나라가될 것인데, 그때는 부자들의 재산을 모두 빼앗아 가난한 사람들에게 고루 나누어줄 거라고 했다. 어른들이 그쪽으로 기울어지자 아이들은 덩달아 부잣집 아이인 나를 따돌린 것이었다. 우리 아버지는 논농사 열 마지기로 마을에서 제일 부자라는 말을 들었지만, 이웃 부자 동네에 비하면 중간에도 못 가는 소농이었다. 나의 아버지는 소작농을 둔 지주가 아니었지만, 남로당 사람들은 아버지를 공산화를 방해하는 반동분자로 몰았고, 그리하여 나는 '반동자 새끼'가 된 것이었다.

광복이 되자, 이때껏 미취학하고 있던 소년 소녀들이 학교로 밀려들어왔다. 그들 가운데 아홉 살이 넘어 학령이 초과하고 문자와 수리를 이미 터득한 아이들은 각자 가지고 있는 실력에 따라 3학년이나 4학년에 편입이 되었고, 그렇지 않은 아이들은 모두 1학년으로 들어왔다.

일곱 살인 나와 같은 학년이 된 그들은 대개가 나보다 두세 살 위였고, 네다섯 살이나 심지어 여섯 살 위인 아이도 있었다. 나보다 체력이 월등하고 철이 들 만큼 든 그들과 함께 학교에 다니는 일이 고통스러웠다. 그들은 자기 동생 또래의 나이임에도 불구하고 담임선생으로부터 우수하게 평가받곤 하는 나를 시기 질투했으며 무시하고 따돌렸다. 고학년이 되어 갈수록 따돌림은 노골화되었다.

나는 그들에게서 따돌림받지 않으려고 많은 궁리를 했다. 어느 날 학교의 뒤뜰에서, 나를 왕따시키는 힘센 동무들 중 이인자인 병출에게 말했다.

"나 너한테 할말이 있다."

나보다 세 살이나 위이고 체구가 훨씬 큰 병출은 놀란 눈으로 나를 바라보았다.

병출은 나보다 공부와 체력이 훨씬 뛰어남에도 불구하고 담임선생의 정실이 가미된 불공정한 평가로 성적표에서 갑甲을 형편없이 적게 받는다고 생각하고 있었다.

우리 아버지는 육성회 임원이므로 자주 학교에 드나들었고, 담임선생과 친분이 있을 수밖에 없었지만 병출의 아버지는 소위 '농투성이'였고 학교 출입을 하지 않았다.

병출은 1948년 10월 하순의 어느 날, 하굣길에 동무들이 둘러앉아 있는 한가운데에 나를 불러앉히고 "'동무'하고 '동모'가 다른 점이 무엇이냐?" 하고 질문을 했다.

그가 나에게 질문한 까닭은, 자기가 나보다 모든 면에서 월등함과 나의 무지함을 동무들에게 증명해 보이기 위함이었다. 이때 내가 동무와 동모의 다른 점을 명쾌하게 알아맞혀버렸다면 그의 코가 납작해졌을 터인데, 불행하게도 나는 그것을 알지 못했다.

마을에는 좌익 이념 세력인 남로당원들이 많았고, 병출은 그들이 모여 논의하는 사랑방 한구석에서 잠을 자곤 하면서, 그 이념을 귀동냥으로 들어 줄줄이 꿰고 있는 것이었다.

나와 병출을 둘러싼 아이들은 나의 무지함에 대하여 모두 한마디씩 뱉어냈다. 그것은 조리돌리기의 한 가지였다. 잘못을 저지른 한 사람을 대중이 빙 둘러싼 채 그 잘못을 낱낱이 소리쳐 밝히며 각자가 조롱조의 말을 뱉어내는 모욕과 폭력의 일종이었다.

"에이, 그것도 모르는 것이 일등이여?"

"아이고 순 엉터리 일등이다!"

"아버지의 배경으로 인한 신용 일등이다."

담임선생이 내 아버지의 체면을 보고 나에게 점수를 지나칠 만큼 후하게 준 결과 일등이 되곤 한다는 것이었다.

나는 얼굴이 빨개졌다. 울음이 터져나오려는 것을 이를 악물고 참았다.

1학기 말 방학을 하고 집으로 돌아갈 때, 한 아이가 내 손에 들린 성적표를 빼앗아 펼쳐보았다. 체육 하나만 을이고, 전 과목이 갑이었다. 맨 마지막에 병출이 그 성적표를 훑어보고 말없이 다른 아이 손으로 넘겼다.

"순 엉터리야!"

모든 아이들이 차례로 그 성적표를 돌려보고 나서 욕지거리를 했다. 아이들은 모두 담임선생이 나를 예뻐하기 때문에 좋은 성적을 받은 것이라고들 경쟁하듯 내뱉고 있었다.

동무들이 그렇게 생각할 수밖에 없는 이유가 나에게 있었다. 담임선생이 수업시간에 "한승원! 읽어봐" 하고 지적하면, 나는 일어서서 한 줄을 읽다가, 더 읽지 못하고 울어버리곤 했던 것이다. 나는 웬일인지 책을 읽으려고 일어서면 활자들이 개미들처럼 기어가면서 흐릿해졌으므로 이어 읽을 수가 없었다. 집에서 혼자서는 낭랑한 목소리로, 글자 한 자 틀리지 않고 줄줄 잘 읽는데…… 시험을 치를 때도 거침없이 정답을 적어넣을 수 있는데…… 나에게는 대중 공포증이 있었다.

마지막 아이는 내 성적표에다가 침을 퉤 뱉어 던져버렸는데 그 순간 나는 눈앞이 캄캄해졌다. 아이들은 나를 버려둔 채 마을을 향해 총총 걸어갔다. 내 아버지가 담임선생을 불러다가 술을 사주고 닭을 잡아주곤 한 까닭으로 내 성적이 높이 평가되었다는 말을 지껄이고, 담임선생과 내 아버지를 저주하는 욕을 뱉어내면서.

나는 억울하고 슬프면서도, 동무들에게서 당한 이야기를 식구들 중 어느 누구에게도 하지 못했다.

동무들은 또한 나를 그 어떤 놀이에도 끼워주지 않았다. 나는 그들이 나에게 호감을 가지게 한 다음, 그들 속으로 끼어들 궁리를 하고 또 했다. 마침내, 병출에게 내가 줄 수 있는 물질적인 것을 다 주면서 나를 잘 봐달라고 통사정하기로 작정했다. 아무도 몰래 그에게 줄 수 있는 것은 아버지의 서랍에 들어 있는 딱딱한 앨범에서 사진을 떼어낸 다음 그것을 조각내어 만든 딱지와, 식구들 몰래 광의 쌀독에서 쌀을 퍼서 호주머니에 담아다가 주는 것, 제사 때면 떡이나 곶감과 밤을 훔쳐다가 주는 것이었다.

그렇지만 나는 아직 한 가지도 실천할 기회를 만들지 못하고 있었다. 나는 왕따를 모면해보려고 극도로 비굴해질 준비를 곰곰이 하고 있었다. 아이들이 자기들 속에 끼워주기만 한다면 그들에게 머리를 깊이 숙이고 아부하면서 고분고분 살고 싶었다.

아주 많은 숙고 끝에 나는 그날 병출에게 "나 너한테 할말이 있다" 하고 담대하게 말을 한 것이었다. 바로 값진 많은 것을 남모르게 제공할 테니 좀 봐달라고 통사정을 하려는 것이었다.

병출은 할말이 있다는 나를 데리고 학교 뒷동산 숲속으로 들어갔다. 눈치 빠른 동무들 몇이 우리 둘을 뒤따라왔다. 나는 병출에게 "저 아이들에게 오지 말라고 했으면 좋겠다" 하고 말했고, 병출은 곧 그렇게 했다.

우리 둘만 학교 뒷동산의 동백나무 숲 그늘이 흘러내린 금잔디 위에서 마주앉았다. 그는 내 얼굴을 바라보고 있었고, 나는 그의 눈길을 피해 고개를 쳐들었다. 울창한 동백나무 숲 사이로 나타난 진한 쪽빛 하늘이, 극도로 비굴해져서 도리에 어긋난 짓을 하려는 나를 내려다보고 있었다. 그 호수처럼 깊은 하늘빛이 나의 가슴에 차가운 물처럼 담기고 있었고, 알 수 없는 차가운 바람이 사방팔방에서 나의 온몸을 향해 몰려들고 있었다.

그 하늘빛 때문에 나는 그에게 하려고 준비해온 말을 한마디도 꺼내지 못하고 입을 굳게 다물었다. 쪽빛 하늘이 나를 지켜보고 있는 자리에서 '나, 우리집에 있는 것 무엇이든지 너한테 다 가져다줄게, 다른 동무들이 나를 따돌리지 못하게 하고, 나한테 잘 좀 대해주라' 하고 말한다면 내가 송충이나 개미 같은 벌레보다 더 왜소해지고 추악해져버릴 것 같았다.

나는 아무 대안도 제시하지 못한 채 고개를 떨어뜨리고만 있었다. 쪽빛 하늘이 내 가슴속으로 기어들어와 비굴해지려는 내 마음을 에워싸고 압박하고 있었다. 가슴이 쿵쿵 뛰었고 얼굴이 후끈 달아올랐다.

그 순간, 나는 나도 모르는 사이에 "나 대덕에 있는 초등학교로 전학 간다" 하고 말했다. 나도 전혀 예상하지 못한 거짓말이었다. 그 말을 하고 난 내 가슴은 더욱 세차게 우둔거렸다. '너 그것 거짓말이지?' 하고 추궁하면 어찌할까. 졸업할 때까지 다른 학교로 전학을 가는 일은 생기지 않을 터인데, 병출이 '너 전학 간다고 해놓고 어째서 가지 않는 것이야?' 하고 따지면 어찌할까.

병출은 한동안 나의 숙인 얼굴을 들여다보다가 물었다.

"언제 가냐, 전학?"

나는 도발하듯 하늘을 쳐다보며 대답했다.

"가을 농번기 방학하면……"

"전학 가면, 누구네 집에서 학교 다닐 것이냐?"

"연평 마을 우리 고모네 집에서."

나는 거침없이 거짓을 말하고 있었다.

더 할 말이 없어진 우리는 말없이 숲 밖으로 나왔고, 나는 일주일간의 가을 농번기 방학이 시작되자마자 어머니를 졸라 연평 고모네 집에 가서 며칠 머무르다가 열무 한 다발을 얻어 짊어지고 돌아왔다. 팔 킬로미터나 되는 먼길을 나는 하늘을 쳐다보며 걸어 돌아왔다. 텅 빈 짙푸른 하늘, 저것은 무엇인데 나로 하여금 그때 그러한 거짓말을 하게 했을까.

가을 농번기 방학 이후, 어찌된 일인지 병출은 전학 가지 않는 나를 더 미워하지도 괴롭히지도 않았다. 왜 가지 않느냐고 추궁하지도 않았다.

그때부터 나는 잘 풀리지 않는 일이 있거나 가슴이 답답하면 하늘을 쳐다보곤 했다. 모든 대답을 거기에서 얻어내곤 했고 지금도 그러곤 한다.

「내가 늘 하늘을 보는 까닭은」이라는 나의 시는 아마 그 바탕에 뿌리를 내리고 있을 터이다.

내가 늘 하늘을 보는 까닭은
그 한복판에 수직으로, 수직으로만 상승하고 있는 새 아닌
새
한 마리가 거기 있어서입니다,

내가 늘 하늘을 보는 까닭은
한낮임에도 불구하고 알 수 없는
별
하나가 거기 떠 있어서입니다,

내가 늘 하늘을 보는 까닭은
말을 하긴 해야 하는데 입이 떨어지지 않는
내가 최후에 남겨야 할 말 아닌
말
하나가 거기 있어서입니다.

              —「내가 늘 하늘을 보는 까닭은」(『달 긷는 집』,
                                        문학과지성사, 2008)

　산들바람이 불어왔다. 늙은 백양나무의 은빛 잎사귀들이 팔랑거렸다. 운동회 때 햇병아리 같은 아이들이 백군 이겨라, 청군 이겨라, 하고 응원하며 조막손을 흔들어대는 것처럼.

　"야아, 예쁘다!"

　아기 박새는 그 잎사귀들을 향해 탄성을 질렀다.

　"찬란한 햇살 때문에 더 예쁘게 보이는가보다. 오늘은 여느 날보다 대기가 유리구슬처럼 투명하구나."

　늙은 백양나무는 아기 박새의 감성을 뿌듯해하면서 말했다.

　"할아버지의 잔가지들 끝에 달린 잎사귀들이 파란 비늘 같아요. 그 무늬가 햇살을 파들파들 춤추게 하고 있어요. 그 햇살이 무지개처럼 세상을 아름답게 장식하고 있네요. 제 가슴에도 푸른 물결이 일고 있어요."

　아기 박새의 목소리는 달떠 있었다.

　"글쎄, 나는 가만히 있으려고 하는데 산들바람이 자꾸 그렇게 춤을 추라고 부추기는구나. 나무들이 춤을 추어야 이 세상이 꿈틀거리게 되고, 그래야만 우리 나무들이 살고 있는 산을 바라보는 사람들이 이 세상을 살맛나는 세상으로 느끼게 된다고 말이다."

　산들바람은 세상 굽이굽이에 활기를 불어넣어주려고 오래

전부터 골짜기 아래쪽에서 불어오고 있었다. 골짜기 아래에는 들판과 강이 있고 차들이 달려가는 찻길도 있었다.

아기 박새가 문득 "바람은 왜 자꾸 불어오는 건가요?" 하고 질문했다.

늙은 백양나무는 아기 박새의 말을 듣지 못한 것처럼 대꾸를 하지 않고 눈을 반쯤 감아버렸다. 잠을 자는 것도 아니고 깊은 생각에 잠겨 있는 것도 아니었다. 사실은 어린 박새의 질문이 다시 이어질까 두려워서 자는 체하고 있었다.

아기 박새는 자꾸 대답하기 어려운 질문을 하곤 했다. "해는 왜 서쪽이나 남쪽이나 북쪽에서 번갈아 떠오르지 않고 하필 동쪽에서만 뜨는 것인가요?" "아버지 새는 왜 알을 낳지 못하고 어머니 새만 낳을 수 있나요?"

한번은 검은 상복을 입은 사람들이 유골함을 한 사철나무의 뿌리 밑에 파묻는 것을 보고 물었다.

"풀이나 나무들은 겨울이 되면 시들었다가 이듬해의 봄에 다시 살아나는데, 우리 새들이나 사람들은 왜 한번 죽으면 다음해에 다시 살아나지 못하나요?"

아기 박새가 이번에도 그러한 질문들을 하려는 듯싶어 늙은 백양나무는 미리 잠든 척해버리는 것이었다. 어린 박새는 늙은 백양나무의 겨드랑이를 부리로 간지럽게 긁으면서 말했다.

"할아버지, 주무시지 마시고 제 이야기 좀 들어보셔요."

"응, 응, 그래, 왜 무슨 일이 있느냐? 어허 참, 내가 잠깐 잠이 들었나보구나."

늙은 백양나무는 어색하게 웃었다. 아기 박새가 늙은 백양나무에게 다시 물었다.

"바람은 왜 자꾸 불어오는 건가요?"

늙은 백양나무는 후유우 하고 한숨부터 쉬었다. 아기 박새의 질문에 계속 시달릴 일을 생각하니 성가시고, 이마와 등허리에 땀방울이 솟았다.

"글쎄, 바람은 제가 불고 싶으니까 불겠지. 네가 오줌을 누고 싶으면 누고, 잠을 자고 싶으면 자는 것처럼 말이다."

"바람은 왜 자꾸 불고 싶어지고 저는 왜 늘 오줌이 누고 싶어지고 백양나무 할아버지는 왜 자꾸 잠을 자고 싶어지는 건가요?"

아기 박새는 하얀 바탕에 까만 동자가 있는 눈을 깜박거리며 늙은 백양나무의 얼굴을 빤히 쳐다보았다. 늙은 백양나무는 속으로 아차 했다. 아기 박새의 질문을 쉽게 마무리지으려고 한 대답이었는데, 그것이 오히려 더욱 어려운 쪽의 질문을 불러들인 것이었다.

"바람이나 아기 박새 너나 다 마찬가지로, 더욱더 크게 자라려고 자꾸 쌩쌩 내달리면서 우리 나뭇잎을 흔들어주고, 너는 늘 오줌을 누고 싶어지고, 쿨쿨 잠을 자게 하고 그러는 법이다. 나도 그렇고 저 소나무도 그렇고……"

"모든 것들은 왜 더욱 크게 자라려고 하는 건가요?"

늙은 백양나무는 속으로 '각자가 자기 마음껏 이 우주를 가득 채우려고 그러는 것이란다' 하는 대답을 준비했지만 입 밖으로 뱉어내지 않았다. 만일 그랬다가는 아기 박새가 또 '왜 모든 것은 서로 앞다투어 우주를 가득 채우려고 하는 것이냐'고 물을 것이기 때문이었다. 늙은 백양나무는 속으로 중얼거렸다.

'너의 엄마 아빠 박새는 왜 너한테 먹이를 많이 물어다주어서, 얼른 자라나 다른 곳으로 날아가 살도록 하지 않는 것이냐?'

엄마 아빠 박새는 지난봄부터 늙은 백양나무의 줄기에 둥지를 틀고 새끼들 네 마리를 깠다. 그들 가운데 셋은 다 자라서 이틀 전에 날아가고, 막내인 아기 박새 하나만 남았다. 아기 박새는 아직도 더 자라야 하고 날개를 치는 연습도 더 많이 해야 했으며 기운도 더 세져야 하는 것이었다. 그렇기 때문에 엄마 아빠가 먹이를 한 열흘쯤 더 먹여주려고 그 둥지에 앉아 있으라고 한 것이었다.

"백양나무 할아버지는 왜 아직도 몸 여기저기가 자라고 있어요?"

아기 박새는 거듭 물었다.

"나뿐만이 아니고, 살아 있는 모든 것은 이 우주를 가득 채우고 아름답게 색칠하려고 계속 자라고 꽃들을 피운단다."

"왜 모든 것은 우주를 가득 채우려고 하고 아름답게 색칠하려 할까요?"

"우리 우주라는 것은 커다란 공과 같단다. 그렇기 때문에 속이 텅 비어 있지. 우주 안에 살고 있는 것들은 그 빈속을 아름답고 예쁘게 가득 채워야 하는 의무와 권리를 가지고 있단다. 그것은 타고난 운명이야."

"왜 이 세상이나 우주는 텅 비어 있고, 그 속에 살고 있는 것들은 그 안을 가득 채우지 않으면 안 되는 운명을 타고났을까요?"

늙은 백양나무는 기가 막혀 하아 하고 한숨을 쉬었다. 아기 박새의 계속되는 질문을 더이상 이겨낼 수 없었다.

"글쎄, 그것은 똑똑하고 영리한 네가 나중에 더 많이 자란 다음에 알아보고 나서 나한테도 가르쳐주도록 하여라."

"할아버지처럼 늙으신 어른들도 아직 다 알아차리지 못한 것이 있어요?"

늙은 백양나무는 아기 박새를 향해 말했다.

"나 같은 늙은이들이 세상의 이치를 다 깨닫지 못하고 있는 것은 태어나서 한창 자라는 너희들에게 해야 할 몫을 남겨두기 위해서란다. 우리 늙은 세대가 미처 깨닫지 못한 것들이 있어야만 너희들이 자라면서 하나둘씩 깨달아갈 것 아니겠느냐?"

"왜 그것을 어린 우리들에게 남겨주는 것이에요?"

"이제부터는 너 같은 어린이들이 이 세상의 새 주인이 될 것이니까."

늙은 백양나무는 아기 박새의 질문에 응답하느라고 비지땀을 흘리고 있었다. 산들바람이 불어와서 그 비지땀을 씻어주었다. 늙은 백양나무는 바람을 쐬면서 재빨리 잠이 든 체하려고 눈을 감았다.

그때 가까운 소나무 숲속에서 비둘기 한 마리가 표로롱, 거문고 줄을 한꺼번에 긁는 소리를 내며 날아올랐다. 그리고 은빛 머리칼의 한 할아버지가 나타났다. 얼굴의 주름살들이 깊고 허리가 활등처럼 굽어 있었다.

그 할아버지를 본 아기 박새가 늙은 백양나무에게 물었다.

"저 사람은 왜 저렇게 머리칼이 새하얄까요?"

늙은 백양나무는 아기 박새를 실망시키지 않도록 멋진 대답을 하려고 머리를 굴렸다.

"사람들이 늙어 머리칼이 하얘지는 것은 머리에 보석 같은 지혜가 가득해지고 있기 때문이란다."

"얼굴에는 또 왜 주름살이 저렇게 많고, 허리는 왜 저렇게 구부러져 있어요?"

"주름살이 깊어지는 것은 그 사람의 몸과 마음에 한없이 많은 사랑과 선행들이 차곡차곡 쌓였기 때문이란다."

"몸과 마음에 쌓여 있는 그것들이 너무 무거워서 허리도 저렇게 굽어 있는 건가요?"

"그렇단다."

"백양나무 할아버지는 왜 늙어감에도 불구하고 허리가 아직 구부러지지 않으셔요?"

"나는 나의 몸집이 크고 우람한 만큼 사랑과 선행을 큼직하게 많이 쌓아야 하는데 아직 그러지 못했기 때문에……"

"모든 것은 자기 몸의 크기나 부피나 무게만큼 사랑을 하고 선행을 해야 하는 건가요?"

"그렇다" 하고 늙은 백양나무는 고개를 끄덕거렸다.

"무엇을 어떻게 하는 것이 사랑하기이고 선행하기인가요?"

"자기보다 더 몸이 약한 것과 가난하고 외로운 것들을 품어주고 돌보아주는 것, 그들을 위로해주고 그들과 더불어 화평하게 사는 것이 사랑하기이고 선행하기인 거야. 세상을 살아가는 것들은 다 그렇게 사랑과 선행을, 배고픈 것들이 밥을 먹어대는 것처럼 해야만 하는 거란다."

"우리는 왜 반드시 그렇게 해야 하는 것이에요?"

"글쎄, 그것은 장차 네가 자라서 알아보도록 하고 나한테도 좀 가르쳐다오."

아기 박새는 앞으로 자라면 많은 사랑을 베풀고 선행을 하고, 왜 반드시 그렇게 해야만 하는가를 알아내서 백양나무 할아버지에게 가르쳐드리겠다고 마음을 먹었다.

*

율산 마을에 한 독거노인이 이사해왔다. 같은 또래의 노인들이 그를 거북이라고 불렀다. 동작이 느린데다, 찾아가면 늘 두꺼운 이불을 덮어쓰고 모로 누워 자고 있는 까닭이었다.

그 노인은 마을 한가운데 있는 헌 집 한 채를 구해 뜯어내고 열다섯 평의 조립식 주택을 짓고 살면서, 하얀 승용차 한 대를 몰고 외출하곤 했다. 고혈압으로 쓰러졌다가 회생한 이력이 있다고 하는데, 도청 고급 공무원 노릇을 하다가 퇴임했다는 그가 왜 하필 율산 마을로 들어오게 되었을까. 그는 젊은 시절부터 여자 밝힘증이 심한 까닭으로 도시에 사는 늙은 아내나 자식들과 사이가 틀어져서 고집스럽게 외톨이로 산다는 것이었다.

육십대 중반쯤의 얼굴이 곱상하고 작달막한 여인이 가끔씩 거북이의 집에 드나든다는 소문을, 마을에 나갔던 아내가 전해주었다. 다달이 연금 이백여만원쯤이 나오는데, 그 여인은 그때쯤이면 그 집에 나타나서는, 얼마쯤 머물다가 사라지곤 한다는 것이었다. 아내는 그 여자를 꽃뱀이라고 했다.

나는 가끔 골목길을 걷다가 산책을 하는 거북이를 만날 수 있었는데, 그는 걸음걸이가 허청거리는 듯싶었고, 얼굴 표정은 늘 굳어 있었다. 그쪽에서 소 닭 보듯 지나치려고 하는 것을 내가 먼저 안녕하시냐고 인사를 건네곤 했는데. 그때마다 그는 코대답만 했다.

어느 날 새벽 119로 실려갔다가 순천에서 가족들에 의해 화장되었다는데, 이후 자식들이 와서 살림살이를 정리하고 팔려고 내놓았지만 사려는 자가 나타나지 않았다. 마당에는 잡초만 우거져 있었다.

마을에 다녀온 아내가 전하는 말이나, 이장을 통해 들은 바로써 짐작하건대 그는 많은 세상일을 잘못 읽으며 살았던 듯싶다. 고요라고 쓰고 이명이라고 읽고, 이명이라고 쓰고 고요라고 읽고, 꽃뱀이라 써놓고 사랑이라고 읽은 것.

이런 생각을 한 어느 날 밤 꿈에 그 거북이 노인을 만났는데, 그의 여자 밝힘증과 말년의 삶에 대한 나의 빈정거림에 대하여 그가 항변했다.

"내가 그렇게 어리숙한 줄 아십니까? 짐짓 다 알고 속아주면서, 그년에게 물리며 살았다고요. 그렇게 물리는 맛이 얼마나 새콤달콤한 줄 아시오?"

*

한여름 밤의 도깨비 장난 같은 이야기

이 이야기는 부산 항구로 이사간 다음 원양어선과 상선만
타다가 퇴임한 지 오래지 않아 작고한 나의 친구에게서 들은
것이다. 고등학교 졸업 직후, 그 친구는 장차 이 이야기를 소
설로 쓰고 싶다고 하면서 흥분된 목소리로 말했다.

친구가 태어난 바닷가 가학鴛鶴 마을은 6·25전쟁 직후부터
9·28 수복 직전까지, 삼 개월 동안 조선인민공화국의 통치를
받았다. 그러던 어느 날 밤, 마을의 목선과 함께 차출된 청년
들은 한여름 밤에 도깨비 장난 같은 짓을 해야만 했다.

그들이 입고 있는 옷은 모두 하얀색 바지저고리였으므로,
완전군장을 한 인민군 장교의 명령에 따라, 그 옷들을 깡그리
벗어 배의 이물 덕판 밑에 처넣었다. 인민군 장교는 그들에게
팬티 하나도 걸치지 못하게 했다. 청년들의 알몸은 밤하늘에
수런거리는 푸르고 누른 별빛을 받아 희미하게 빛났는데, 그
빛을 없애야 한다면서 미리 준비한 무른 개흙을 반 바가지씩
각자에게 퍼주고 흰 알몸에 속속들이 칠하라고 명했다. 얼굴
전체는 물론 사타구니와 등과 가슴, 팔다리에까지.

청년들은 모두 거무튀튀한 도깨비 모양새가 되었다. 가학

34

마을에서 차출된 청년은 열 명이었는데, 모두 근력이 세고 날랜 십대 후반에서 이십대 초반 사이였다. 열아홉 살 청년 용삼이도 그들 가운데 들어 있었다.

그들은 삼나무로 지은 목선 한 척씩을 가진 집안의 아들들이었다. 어디로 가서 무얼 하려고 차출된 것인지 인민군 장교는 귀띔해주지 않았다. 이웃 마을들에서 차출된 청년까지 합하면 스물여덟 명이었는데, 그들은 남로당에 들었거나 새로 바뀐 인민공화국 세상을 지지하는 자들이었다.

그들은 각기 자신들이 가져온 목선에 올라탔는데 그 배에 완전무장을 한 인민군 한 명씩이 배정되었다. 군인은 뱃머리 앞을 향해 총을 겨누고 엎드렸고, 알몸에 개흙 칠을 한 청년들은 거무튀튀한 가랑이 한가운데의 양물을 덜렁거리면서 노를 저었다.

청년들은 목선에 타기 전에 장교에게서 특별한 교육을 받았다. 장교는 "여러분은 인민 해방을 위해 차출된 영웅들"이라고 그들을 추켜세운 다음 오늘밤 도탄에 빠진 한반도의 인민을 해방시키기 위해 싸우는 인민공화국 군인의 영광스러운 승리를 위해 신명을 다해 헌신적으로 복무해줄 것을 당부했다. 성스러운 오늘밤의 복무중에는 모두 절대적으로 벙어리가 되어달라고 했다. 할말이 있으면 손짓으로 하고, 함께 탄 군인이

방향을 지시하는 대로 노를 저으라고 했다.

척후병을 실은 배부터 한 척씩 순차적으로 출발했다. 배들은 한밤의 총총한 별들을 머리에 인 채 어둠 속에 잠든 섬들 사이사이를 빠져나갔다. 알고 보니 그들은 모두 약산도 기습 함락 작전을 수행할 특공대를 도와줄 용사로 차출된 것이었다.

젓는 노의 한가운데 있는 놋봉과 배의 고물에 박힌 놋좆이 서로 마찰하여 삐걱거리는 소리가 나지 않게 하려고 미리 동백기름과 들기름을 놋봉에 흠뻑 발랐다. 목선은 물을 뒤로 밀어내는 노와, 이물과 뱃전이 물을 갈라 헤치는 소리만 여리게 일으킬 뿐이었다. 금방 쏟아져내릴 듯 수런거리는 별들이 그들을 내려다보고 있었다.

맨 앞의 척후병을 실은 목선에는, 약산도에 처가가 있어 그곳의 지리와 바다의 물길을 잘 아는 가학 마을 세포위원장이 타고 있었다.

용삼이는 개흙을 칠한 까닭으로 새까매진 알몸으로, 총을 든 군인 한 사람을 배에 태우고 뒤따라갔다. 자기가 어떤 일을 수행하고 있는지 알아차리고 나니 눈앞이 아득해졌다. 별들만 총총한 이 밤, 약산도 연안에 배를 댈 경우 총탄이 빗방울처럼 쏟아지는 일이 일어날지도 모르고, 그러면 그 총알에 맞아 죽을 수도 있다는 두려움이 몸을 떨리게 했다. 그렇지만 배를 버리고 어디로 달아날 수도 없었다. 어찌할 수 없는 무서운 시험에 빠진 것이었다. 그런 와중에 그 섬에 있을 외삼촌이 생각났다. 외삼촌은 경찰이었다.

용삼이는 가학 마을 인민위원회가 왜 하필 자기를 지목하여 차출한 것인지 이해할 수 없었다. 그의 식구들은 외삼촌이 경찰이라는 이유로 반동분자로 분류되어 있었다. 그의 외삼촌은 장흥경찰서에서 근무하다가 인민군이 들어오기 직전의 한 밤에, 장흥 회진의 어업협동조합 화물 운반용 발동선을 타고 완도의 약산도로 철수해 있었다. 막내 외삼촌은 반동자로 따돌림당하는 것을 견디지 못하고 미리 의용군에 자원해 가버렸다. 막내 외삼촌은 떠나면서 어머니에게, 아니꼽더라도 마을 인민위원회에서 하는 일을 눈치껏 적극적으로 도와주고 입을 조심하라는 귀띔을 해주었다.

용삼이는 지금 자기가 약산도의 경찰 부대를 소탕하러 가는 인민군들을 싣고 가는 것이라는 생각을 하자 조마조마해 견딜 수 없었다. 이 시각에 외삼촌은 자고 있을까, 아니면 바닷가 초소에서 총을 들고 보초를 서고 있을까. 지금 인민군이 밤배를 타고 기습 작전을 하러 가고 있다는 사실을 외삼촌에게 알려줄 무슨 방법이 없을까. 저승에 가 계시는 외할아버지 외할머니에게 기도를 해서, 그들로 하여금 외삼촌에게 나타나 얼른 피하라고 알려주어야 한다고 생각했다. 그는 노를 저으면서 하늘의 북두칠성을 향해 빌었다.

'칠성님, 하느님, 용왕님, 외할아버지, 외할머니, 제발 외삼촌한테 얼른 말해주십시오. 외삼촌은 한창 깊은 잠에 빠져 있을지도 몰라요. 한시 바삐 어디로 피신을 하라고 재촉하십시오.'

표면을 검게 개흙으로 칠한 목선들이 떼 지어 약산도 북쪽의 작은 포구로 다가가는데, 어디에서인가 "누구야" 하는 소리와 함께 파앙 하고 총성이 울렸다. 파란 불덩이가 바다 위로 날아왔다. 바닷가 소나무 숲속의 경찰 초소에서 쏘는 듯싶었다. 포구로 다가가는 목선에 탄 인민군들은 즉각 응사하지 않았다.

또 한 발의 총성이 울리는 서슬에, 선발대 배 몇 척이 포구 선착장에서 멀찍이 떨어진 모래밭에 뱃머리를 댔고, 군인들이 육지로 뛰어올라갔다. 이때부터 양편에서 쏘는 총소리가 콩 볶는 듯 들려왔다. 피용, 피용, 하며 시퍼런 불살들이 별빛 총총한 밤하늘과 바다로 날아다녔다.

용삼이의 배는 후발대였다. 그의 배에 탄 군인이 선발대를 위해 엄호 사격을 하다가, 배를 모래밭에 붙이라는 손짓을 했다. 용삼이는 포구 안을 지키며 총을 쏘는 경찰이 외삼촌인지도 모른다는 생각이 들었고, 순간적으로 군인의 말대로 배를 접안하면 안 된다고 생각했다.

다행히 용삼이의 배는 다른 배들과 간격을 두고 있었다. 용삼이는 젓던 노를 놓고, 날랜 도깨비가 되어 이물 덕판 앞에 납작 엎드린 채 총을 겨누고 있는 군인의 윗몸을 덮쳐눌렀다. 유도 선생에게서 배운 대로 목을 두 팔로 감아 조았다. 군인의 저항은 거세지 않았다. 그 군인은 열일곱 아니면 열여섯 살의 앳된 병사였다. 용삼이는 앳된 병사를 들어올려 바다로 던져버렸는데, 앳된 병사는 벌써 기절했는지 허우적거리지도 않았다.

용삼이는 총소리가 콩 튀듯 하는 약산도를 등뒤에 두고 배를 저어 달아나면서 속으로 부르짖었다. '미안하다, 미안하다. 우리 외삼촌을 살리기 위해서는 어찌할 수 없었다.'

이튿날, 약산도가 함락되긴 했는데 인민군 특공대원들이 열두 명이나 죽었다는 소문이 들려왔다. 거기에는 용삼이가 물에 빠뜨린 병사도 포함되었을 터였다. 며칠 뒤, 전사한 인민군들은 대덕면 소재지에서 이 킬로미터쯤 떨어진 산모퉁이에 한 줄로 안장되었는데, 다시 대한민국 세상으로 바뀐 다음 어디로 사라졌는지 흔적도 없어졌다.

약산도에 집결해 있던 경찰도 수십 명이나 죽었다고 했고, 그의 외삼촌도 죽었다는 통보를 받았다. 그날 밤 도깨비처럼 행동한 용삼이는 수복된 후 곧바로 군대에 갔는데 백마고지 전투에서 전사했다고, 나의 친구는 원양어선을 타러 가기 직전 막걸리 사발을 들이켜면서 흥분된 목소리로 말했다.

*

원양어선과 상선을 타다가 환갑이 지나서 은퇴한 그 친구가 나를 찾아왔다. 문학청년이었던 그는 배를 타며 모은 돈으로 먹는 문제를 해결하고 자식들 가르치는 데에 부족함 없이 살면서 시와 소설을 쓰려고 했지만 마음먹은 만큼 되지 않는다고, 자기는 문학적으로는 실패한 인생을 산 것이라고 말했다.

그 친구는 중년이 되면서부터 상선의 선장이 되어, 세계의 이런저런 항구에 배를 대고 머무를 때면 장문의 기행 편지와 함께 그 항구의 진기한 특산물, 공룡알 모양의 화석이나 보석의 원석 같은 수석 작품을 국제우편으로 보내곤 했었다. 거기에는 문학청년인 마도로스의 낭만이 담겨 있었으므로 나는 그 친구를 부러워하곤 했다. 쓰려는 작품이 잘 풀리지 않을 때엔, 모든 것을 털어버리고 그 친구처럼 배를 타러 가고 싶은 충동을 느끼기도 했다. 그렇지만 내가 당장 돈으로 교환하기 위해 써야 하는 글과, 운명적으로 짊어지고 있는 가족과의 밀착된 얼개를 떨치고 떠날 용기가 나지 않았다.

나는 그 친구에게 당시 『백경』으로 번역된 멜빌의 『모비딕』을 권하고, 오대양 육대주의 이 항구 저 항구를 방랑하듯 떠돌지 않을 수 없었던 이야기를, 천주교도가 신부에게 고해성사를 하거나 참회록을 쓰듯이 시시콜콜 솔직하게 진술해보라고 말했다. 문학청년이었던 그 친구는 넉넉히 그럴 수 있는 자질과 능력을 갖추고 있다고 믿었는데, 친구는 슬프게 웃으며 도리질을 하고 말했다.

"안 돼. 나의 정서는 너무 세속적으로 더러워지고 녹슬었고 감수성은 무뎌져 있어."

잠시 침묵하고 있던 그 친구는 자기를 부러워하는 나에게, 자기가 왜 대한민국 땅 위에서 살지 않고 평생 이 바다 저 바다 위를 떠돌아야 했는가를 이야기했다.

"날치라는 물고기는 멀리 날 때는 삼십 미터 가까이 바다 수면 위를 날아가네. 그러다가 지나가는 작은 어선의 갑판에 떨어져 어부들에게 잡히는 수가 있네. 지느러미가 새들의 날개처럼 발달해 있지만 날치는 아가미로 숨을 쉬어야 하는 어찌할 수 없는 바닷물고기이네."

친구는 맥주 한 모금을 마시고 나서 말을 이었다.

"날치가 나는 것을 본 다른 물고기들은 답답한 물속을 훨훨 벗어날 수 있는, 외계로 향하는 그놈의 초월적인 자유를 부러워할지도 모르지."

친구는 담배 한 개비에 불을 붙여 빨아대다가 말했다.

"그런데 날치가 수면 밖으로 날아오르는 것은 초월의 자유

를 누리려는 사치스러운 것이 아니고, 천적인 큰 고기에게 잡
아먹히지 않으려고 필사적으로 피신하는 것일 뿐이네."

섭동

모래밭을 걸어가는 늙은 나비시인의 머리 위를 검은 점박이 갈매기 한 마리가 선회하며 울어댔다.

"끼룩끼룩 끼우!"

발정난 들고양이의 울음소리 같은 그 소리를 시인은 자기만의 언어로 번역해 들었다. 매양 자연 친화적인 삶을 살고, 우주의 모든 존재와 너나들이하며 산다고 생각하는 시인은 모든 것을, 푸른 하늘 저편의 어느 외계에서인가 취득해온 서정어린 자기만의 언어로 번역하곤 하는 것이었다.

"노시인님, 눈빛이 많이 흐려져 있어요. 흐리마리하게…… 얼굴 살갗에는 벌레가 되었다가 사람으로 변태 과정을 거치고 있는 것처럼 검버섯 같은 각질이 남아 있고…… 혹시 세상 돌아가는 것이 짜증스럽거나 슬퍼 보이셔요?"

시인은 갈매기의 판단이 너무 앞서나간다 싶었다.

"갈매기야, 그대는 눈빛으로 사람의 마음을 읽는 모양인데 한참 잘못된 것이야……" 하고 중얼거리면서도, 그는 갈매기의 말에 수긍했다.

"그래, 내가 야만 세상을 제멋대로 주무르는 자들에게 짜증을 내며 산 까닭으로 잠깐 길을 잃었기에 그리 보일지도 모른다."

갈매기가 말했다.

"그것은 '꼰대짓' 때문인데요……? 이 야만 세상을 살 만큼 사시면서 꼰대짓이 아무 쓸데 없다는 걸 아셨을 터인데, 아직 탐욕이 많으신가보네요."

이 말을 듣자마자 시인은 갈매기가 변화와 변수에 대한 이야기를 하고 싶어한다 생각되었다.

"노시인님, 만일 보석에 매료되어서 보석 감정을 위해 보석학 공부를 하다가 보석에 대하여 통달했다 싶으면 이제 천문학 공부를 해야 한다는 걸 아셔야지요? 밤하늘의 별들에 대한 공부 말씀이지요…… 별들을 읽으려면 고흐의 〈별이 빛나는 밤에〉를 알아야 하는데요."

갈매기의 말은 볼링에서의 '킹 핀'을 꽈당 쳐 스트라이크를 이뤄내는 것처럼 명쾌했다.

"보석이란 것은 바깥세상을 향해 분산되고 있는 빛살들을 고양이의 눈처럼 한데 끌어모으는 응집 작용과, 하얀 태양빛

을 프리즘처럼 굴절시켜 날리는 분산 작용을 합니다. 오밀조
밀한 보석에 홀리면 밤하늘의 별빛과 달빛, 그리고 한낮의 태
양빛을 놓칩니다. 부디 우주의 기운, 오라나 화려 찬란한 새벽
노을과 같은 우주 쇼의 장엄함을 놓치지 말고 사십시오. 시인
님의 삶은 이제 좌판을 거두어들여야 하는 황혼 무렵의 파장
이라고들 하겠지만, 아직 저녁노을이 타오르고 땅거미가 질
때까지의 시간은 남아 있지 않아요?"

갈매기의 말에 그렇다, 하고 감탄하면서 생각을 바꾸자고
생각했다. 생각을 바꾼다는 것은 고정관념에서 벗어나는, 길
(운명)을 바꾼다는 것이지 않는가.

*

선창에 정박한 장난감처럼 작은 쪽배에 에멜무지로 올라타
보는데 배가 시인을 골리기라도 하는 것처럼 시인 쪽으로 기
울었고, 몸이 재빠르게 반응했다. 기울지 않은 시울 쪽으로 피
했는데, 배는 몸이 피해 간 쪽으로 다시 기울었다.

갈매기가 말했다.

"세상은 늘 균형 감각을 잃고 기울어졌다가 다시 회복되곤
합니다. 시계추처럼…… 아직 못 느끼셨습니까? 요즘 많이
가진 기득권자들이 장악한 전 지구적인 자본주의 자유 시장경

제 체제는 야만 세상입니다. 그들의 각계각층 한두 세대의 선배들이 만들어놓은 마피아 조직 같은 기득권 카르텔이 짜고 치는 고스톱이 일반화되어 있기 때문입니다.

그 야만 세상에서 그들이 앞에 내세우는 세상의 공정과 평등과 자유라는 것은 한 삼십 도쯤 기울어진 운동장에서 축구 경기를 하는 것과 똑같습니다…… 약하고 못 가진 '흙수저'들은 공정과 평등, 자유를 쟁취하려고 백날 천 날 공을 차서 저쪽 골대 안으로 차 넣으려 하지만 늘 실패하고 상대의 공만 배가 터지도록 먹습니다."

시인은 바다와 하늘의 만남을 바라보고, 그 황홀한 만남의 홀로그램 시간을 발밤발밤 여행하는 나비가 되었다. 언제부터인가, 아마도 팔십오 세에 들어선 봄부터 이승과 저승을 함께 산다고 생각하는 시인은 어지러운 현학적 사유의 시공 속으로 미끄러지곤 했다. 그렇게 미끄러져 까무룩 잠수하는 것을, 곰 삭아가는 시적 감수성이라고 생각했다.

11월 하순의 어느 날, 농로를 걸어 바다 쪽으로 가다가 늙은 시인은 쌀쌀한 바람에 굴러가는 가랑잎을 보고 어린 시절 배운 슬픈 동요를 떠올렸다.

가랑잎 데굴데굴
어디로 굴러가오?

빌거벗은 이 몸이 춥고 추워서
따뜻한 부엌 속을 찾아갑니다.

시인은 부정맥으로 온몸에 기운이 빠지고 가슴이 답답해지곤 할 때면 한 마리의 흰나비가 되어 멀고먼 무한 허공으로 훨훨 날아갈 생각을 했다. 부정맥은 가슴속에 들어 있는 병든 나비의 날갯짓 같은 것일지도 모르므로.

"시인님, 얼굴빛이 어두운데 바다엔 무얼 하러 가셔요?"

길 가장자리의 연보라색 쑥부쟁이꽃이 시인의 얼굴을 쳐다보며 물었다. 꽃잎은 앙증스럽게 작은데 한가운데의 도드라진 노란 술이 귀여웠다.

"나 이삭 주우러 간다."

시인은 꽃을 향해 싱긋 웃어주었다.

시인은 하루 전, 꽃이 하소연하지도 않았는데 외로움에 대하여 오지랖 넓게 아랑곳한 바 있었다. "그대 많이 외로워 보이네. 낮이면 해와 구름을 사랑하고 밤이면 별 떨기들을 사랑하며 즐기소" 하자, 꽃이 대뜸 말했다.

"다른 꽃들에게는 그런 간섭 하지 마셔요. 꼰대짓 한다고 싫어할 거니까."

시인은 가슴이 움찔했다. 꽃이 말을 이었다.

"세상에 외로운 것이 어디 저뿐이겠어요? 산도 들도 바다도

외롭고…… 바람도 사실은 외로워서 늘 움직이는 거예요. 물
론 시인님도 외로울 테지요…… 모든 것은 외롭게 태어났어
요. 그걸 자기 절대고독이라고들 하는 거잖아요."

쑥부쟁이꽃은 처음 대면하던 날 "할아버지는 뭐하는 분이
셔요?" 하고 물어서, 시인은 대답하려다가 "우주 상담사야"
하고 대답했다. 시인보다는 우주 상담사라 불리는 것이 좋을
듯해서였다.

오래전부터 바다와 바람의 경전, 달의 이면, 어둠 세상의 신
화를 읽으려 애써온 시인은 초가을 연안 바다 모래밭을 병든
흰나비처럼 발밤발밤 어정거리다가 소년처럼 주저앉아 모래
놀이를 하곤 했던 것이다. 시인은 한껏 목을 가라앉히고 쨍 공
명하는 목소리로 말했는데, 꽃이 빈정거렸다.

"시인이시면서 왜 구태여 우주 상담사라고 말하셔요? 제가
생각하기로는 우주 상담사는 시인에서 한 단계 강등된 것인데요?
속에 약간의 간요한 쥐새끼 같은 구석이 있지 않으면 상담사
노릇을 할 수 없는 것이거든요."

시인은 "그것은 그대의 생각일 뿐이고" 하고 중얼거리고 지
나갔는데, 돌아오는 길에 만난 꽃은 시인을 기죽게 하는 말을
던졌다.

"이삭줍기는 밀레의 〈만종〉처럼 약간 음산하면서도 장엄한

교향곡이 울려퍼져야 하는데, 시인님에게서는 소외된 채 쓸쓸해진 고독냄새만 풍기네요. 시인에서 우주 상담사로 강등돼서 그러나봐요. 시인은 신선처럼 고요하면서도 숭엄한 존재인데, 꼰대짓 하는 우주 상담사는 시시콜콜 형이하학적이거나 형이상학적이잖아요. 제가 말한 고요에는 평화와 안식이 들어 있습니다."

"그대가 말한 형이하학적, 형이상학적이란 것은 무슨 뜻이냐?"

그가 퉁명스럽게 물었고, 쑥부쟁이꽃이 말했다.

"어떤 잡스러운 사람들이 지나가면서, '횡격막 위쪽이 형이상학적'이라 하고, '횡격막 아래쪽이 형이하학적'이라고 지껄였어요. ㅎㅎㅎㅎ."

나비시인이 여닫이 연안 바다 모래톱을 걸으며 모래의 무한한 시간에 대하여 생각하는데, "산책을 아주 오랫동안 하시네요?" 하고, 검은 점박이 갈매기가 머리 위를 선회하며 말을 던졌고 시인은 코를 찡긋하고 대답했다.

"산책이라기보다는 내 삶 막판의 이삭줍기를 하는 것이네. 요즘은 이삭줍기가 내 사업이네."

시인은 사업이란 말을 자랑스럽게 사용했다. 그것은 경제적 이익을 보려고 벌인 재테크를 말하는 것이 아니고, 『주역』의

「계사전繫辭傳」에서 가져온 '사업이란 성인의 가르침인 어짊과 예의, 염치를 백성들에게 실천하는 것이다'라는 말이었다.

갈매기가 시인의 저승꽃 핀 얼굴을 찬찬이 뜯어보며 말했다.

"이삭은 추수가 끝난 논밭에서 줍는 것인데…… 바닷가 모래밭에서 무슨 이삭을 줍는다는 겁니까? 그런 일에 사업이란 말을 붙이는 것은 과대망상입니다."

빈정거림이라고 시인은 느꼈다. 과대망상증은 치매의 한 현상이기도 하므로. 그렇지만 시인은 저승꽃과 주름살 가득한 얼굴에 자기 혼자만 아는 미소를 담았다. 설명해줄지라도 알아듣지 못할 듯싶은 자가 물을 때는, 이태백 시인이 「산중문답山中問答」에서 그랬듯 대답하려 하지 않고 그 몰라주는 막막함과 답답함을 그냥 쓸쓸히 웃어버리는笑而不答 것으로 해소하는 버릇이 언제부터인가 생겨 있었다.

나는 이끼 낄 새가 없는 그의 그윽하면서도 강단진 삶을 압니다

썰물이 지고 있을 때에 여닫이 바다의 물새알처럼 알락달락한 조약돌밭에 가면

침묵한 채 사유하는 물안개 같은 그의 숨결소리를 들을 수 있습니다

밀물이 지고 있을 때에 거기에 가면 절차탁마하며 찰브락

찰브락 속살거리는

금강석처럼 반짝거리는 시어들을 만지작거릴 수 있습니
다 그는

천고의 시간에다가 빛과 바람과 소금과 신명을 섞으며 새
가 되어 비상하는 꿈을 꿉니다

세상의 그 어느 것인들, 다닥다닥 한데 어우러져 안으로

안으로만 모아지는 창세기의 빛 같은 내밀한 고독을 반추
하고 사랑하면서

자기의 시공을 꿋꿋하게 지키지 않는 것이 있겠습니까.

　　　　　　　　―「조약돌」(『사랑하는 나그네 당신』, 서정시학, 2013)

자신의 시를 생각하며, 시인은 앙증스러운 비단조개 껍질과
알락달락한 조약돌들을 주워 거무스레하게 젖은 모래톱에 놓
고, 엉덩이를 붙이고 앉아 두 다리를 뻗은 채 뭉그적거리며
'사랑하는 나의 새'라는 글씨를 모자이크로 조립하고 나서, 그
새의 집을 만들어주기로 마음먹었다.

한 손을 축축한 모래톱 속에 쑤셔넣고 다른 손으로 옆의 축
축한 모래를 긁어다 덮은 뒤 토닥토닥 두꺼비집 같은 특별한
둥지 하나를 지었다. 오래전부터 마음속에 고이 담아 키우는
'새 아닌 새'를 위해서.

시인의 시 「내가 늘 하늘을 보는 까닭은」에서 "내가 늘 하늘

을 보는 까닭은/ 그 한복판에 수직으로, 수직으로만 상승하고
있는 새 아닌/ 새/ 한 마리가 거기 있어서입니다"라고 노래
한 구절을 읽은 한 독자는 그 새에서 고흐의 〈별이 빛나는 밤〉
속 날아오르는 까만 새들이 연상된다고 말했다. 그 새는 신령
스러운 새였다.

　　새야, 새야
　　물 길어라
　　꿩아, 꿩아 집 지어라.
　　새야, 새야 물 길어라.

　새집을 지으면서 어린 시절의 동요를 흥얼거리는데, 검은
점박이 갈매기가 머리 위를 선회하며 "살짝 노망을 했네" 하
고 빈정거렸다. 그 빈정거림을 즐기며 시인은 그냥 코를 벌름
하고 웃었다.
　모래 놀이에 싫증이 난 시인은 늙은 흰나비같이 모래톱을
벗어나 산책길의 벤치에 누워 눈을 감았다. '고개의 각도, 허리
의 각도, 무릎의 각도가 모두 180도일 때가 가장 편하다.' 중국의
생활철학자 임어당의 이 말은 진리이다. 그런데 그것은 죽음
의 편안함을 향해 나아가는 것일 터이다.
　바람도 없고 햇볕만 두터웠다. 그 두터움에 자장가 같은 파

도 소리가 더해지자 눈을 감은 시인의 세상은 고요해졌다.

시인에게는 늙바탕에 들어서까지 버리지 못한 버릇이 있었다. 시력이 약해졌으므로 한 삼십 분 활자를 훑으면 눈물이 고여 눈앞이 금방 안개 낀 듯 아물아물해지곤 함에도 불구하고, 하루라도 책을 읽지 않거나, 망상일지도 모르는 시상을 모아 시도 아니고 에세이도 아니고 소설도 아닌데 시이기도 하고 에세이이기도 하고 소설이기도 한, 자기만의 특이한 글쓰기를 하지 않으면 우주 운행이 멈추어버린 듯 갑갑하고 답답해진다. 이제는 짧은 호흡의 들숨과 날숨*으로, 지나온 삶의 굽이굽이에 떨어져 있는 반짝거리는 보석들을 이삭 줍듯 주워 담는 글쓰기와 사유를 즐기고 있었다. 시인의 이삭줍기 사업은, 화엄華嚴 같은 삶의 장엄莊嚴이었다. 늙은 시인이 수집한 까치노을 같은 이삭은 누군가의 결핍으로 허기진 영혼을 구제해줄지도 모른다.

밀레의 이삭줍기는 아주 작은 낟알들을 주워 모으는 것이지만, 그것은 누군가의 성스러운 밥이 되었을 터이므로 교향곡

---

* 들숨과 날숨은 『안반수의경(安般守意經)』에서 가져온 말이다. 안반수의경은 범어로 아나파나사티(anapanasati)인데, 안(ana)은 들이쉬는 숨이고, 반(apana)은 내쉬는 숨이며, 수의(sati)는 정신 집중하기이다. 들숨과 날숨을 통한 정신 집중의 수행 방법을 뜻한다.

처럼 장엄한 그림이라고 읽힌다. 나의 이삭줍기로 쓰인 글 한 두 줄도 누군가를 구원해주는 까치노을 같은 금언이 될 수도 있을 것이다.

시인의 생각에 대하여 점박이 갈매기는 "시인님의 과대망 상이 아주 심하시네요" 하고 빈정거리지만 시인은 그의 빈정 거림을 즐겼다. 이삭줍기 사업 중에 위대한 것은 모래밭 가장 자리의 긴 의자에 누워서 토막잠을 자는 행복을 느끼는 것이 었다. 토막잠은 천국에서의 안식 경험하기, 혹은 고요와 평화 누리기였다.

벤치 위에 누운 나의, 늙은 흰나비처럼 몸이 가벼워진 듯싶 은, 잠인지 꿈인지 분간할 수 없는 시공 속에서의 세상은 고 요静의 해인海印, 선정禪靜이다.

"푹 자거라, 자고 나면 싹 나을 거다" 하고, 어린 시절 열꽃 이 피어 있는 나의 이마를 짚으며 어메는 말했었다. 그 말마따 나 깊이 잠들었다가 이튿날 아침에 깨면 거짓말처럼 두통이 말갛게 사라져 있었다.

밤잠은 내밀한 안식과 치유와 생명력의 재충전이다. 그것은 깊은 잠에 의해 이루어진다. 세상의 모든 환자는 반드시 잠을 잘 자야 쾌유될 수 있고, 노인은 수시로 토막잠을 잘 자곤 해

야 병들지 않는다. 망구의 세월을 살면서 나는 수시로 깜빡 잠
들곤 한다.

밤과 잠은, 망각과 더불어 우주의 모든 생명체에게 주어진
신의 특별한 선물이다. 신화와 역사는 밤과 잠에서 태동되고
자라는 것이다. 밤이 우주적인 들이쉬는 숨이라면, 해가 뜬 낮
은 내쉬는 숨이다. 아니, 낮이 들숨이고 밤이 날숨이다.

밤과 잠은 신통한 신화적인 블랙박스이다. 신화는 진리 그 자체
는 아니지만 진리를 낳는 자궁은 된다. 숨을 들이쉴 때는 들숨
만 생각하고, 숨을 내쉴 때는 날숨만 생각해야 한다. 들숨이
품은 산소가 몸과 마음 안에 속속들이 퍼져가며 수놓는 결과
무늬를 살피고, 날숨이 영혼의 이런저런 틈새들을 비밀스럽게
빠져나가는 세세한 결을 달콤하게 느낀다. 들숨이 정서와 몸
안에 어떻게 파문을 일으키는지, 날숨이 내 영혼의 때를 어떻
게 씻어내는지 살피다보면 나도 모르는 새에 잠이 든다.

얼핏 잠들었는가 싶었는데 갈매기 울음소리에 깼다. 시인은
늘 그 울음에서 신화를 읽었다.

시인이 늙은 흰나비로 변신하여 들으면, 갈매기의 끼룩거리
는 울음소리에도 무지갯빛 홀로그램과 오라가 들어 있었다.
그것은 또하나의 신화적 풍속도였다.

설화나 신화는 그 지역의 사람 공동체, 즉 한 민족이나 시민

들의 집단 무의식이 누룩을 가지고 빚어낸 술 같은 발효식품이다. 신화는 향기를 가지고 있다. 디오니소스의 넋이 스민 포도주 같은 향기, 남도 육자배기 가락이 스민 청주나 막걸리 같은 향기, 된장이나 고추장 누룩 같은 향기.

시인은 젊은 시절, 허공에 휘영청 둥근달이 뜨면 청년 시절에 친일 시를 썼다고 후배들로부터 지탄을 받는 미당 서정주 시인이 이십대에 읊은 시 「문둥이」*를 떠올리곤 했다. 그것은 달이라는 신화에 물든 채 꽃처럼 붉은 울음을 밤새워 우는, 식민지의 슬픈 젊은 영혼으로 읽히기 때문이었다.

천강에 비치는 달이란 무엇인가. 바다의 성게는 달이 백자 항아리처럼 둥그렇게 되어야 속에 알이 찬다. 달이 둥그렇게 뜨면 그것을 보는, 그 지역 어둠 속에 존재하는 모든 것의 몸엔 슬픔이나 기쁨이나 분노나 환희의 정서적인 충일이 일어난다.

고통이라는 검은 어둠을 내 입맛대로 비틀어 짜면 하얀빛이 방울방울 떨어지는데 그 빛은 새가 되어 창공으로 날아간다.

그것이 시詩이다.

갈매기는 그런 생각을 하는 시인을 비웃는다. '그것은 시인의 생각이 아니고 우주 상담사의 생각이라고요.'

---

* 악마적인 생명력의 절규로서 뭉크의 그림을 생각나게 한다.

뒷산의 우울한 그늘에 갇혀진 네 열매

팔십 년 넘게 사용해서

닳고 닳은 이빨을 시리게 하는

매실 같은

네 열매는 안 먹어,

—「나의 시」

바다에서 미역냄새가 어린 갯냄새를 몸과 마음에 흠뻑 묻힌 채 허위허위 토굴 마당에 들어서니, 뒷산의 우울한 그늘이 해거름을 타고 내려와서 시인을 졸래졸래 따라다니는 그림자를 삼켜버린다. 시인은 무람한 아토피 피부염 같은 뒷산의 우울한 그림자*를 제압하기 위해 자기 스스로만 아는 외계 주문으로 중얼거린다.

"시디신 네 열매는 안 먹어!"

산그늘에 잠기는 시간에 떠오르는 그것은 태허 한복판에 발자국을 찍어놓으려고 파닥거리며 헤매는 새 한 마리다. 그 새는 내가 여닫이 연안 모래밭에 지어준 두꺼비집 같은 둥지에 깃든 무당새다.

---

* 저승사자.

수시로 자기를 괴롭히는 부정맥으로 인해, 곧 먼 나라로 떠나갈 거야 하며 우울해 있곤 하던 시인은 부정맥이 사라지고 활력이 회복된 순간이 지속되면 '나는 백수를 누리게 될 것'이라는 생각으로 오만해진다. 속에 간요한 쥐새끼 한 마리가 들어 있다. 어린 시절에 누님이 자신의 두 손을 잡고 부른, 생쥐를 주제로 한 동요를 떠올린다.

들강달강
느그 아배
서울 갔다
내려오다
밤 하나
주워 와서
살강 안에
넣어놨는디
머리 감은
새앙쥐가
들랑날랑
다 까묵고
껍덕 조깐
냉겨놓고

알탕 조깐
냉겨놔서
너하고 나하고
한 입썩
나눠 먹으니
냐암냐암
맛있드라.

쥐를 생각하자, 선禪을 공부하기 시작한 이십대 초반의 선승 초의가 당시 선지식으로 널리 알려진 쌍봉사의 늙은 스님을 찾아가 주고받았다는 선문답이 떠오른다.

이십대 초반의 천재적인 감수성을 지닌 초의는 선을 참구하다가, 의혹의 가닥이 풀리지 않으면 방방곡곡의 선지식들을 찾아다니며 풀려고 들었다. 그것은 목마르고 배고픈 결핍의 넋이 마시거나 먹을 것을 찾아다니는 것과 다르지 않았다.

선을 공부하는 젊은 스님들 사이에서 고매한 선지식이라고 알려진, 쌍봉사의 그 늙은 스님은 모든 것에 통달한 생불生佛이라는 소문이 나 있었다. 자기의 남루한 의발은 물론, 내의나 버선을 스스로 빨거나 씻어 말려 입고, 아궁이의 군불과 화롯불도 스스로 지피고, 차도 스스로 우려 마시고, 아침은 죽을 들고 점심은 거르고 저녁밥은 거짓말처럼 드시고, 혼자 있을

때면 누구인가와 더불어 말을 주고받듯이 중얼거리거나 껄껄
거리고 웃곤 한다는 말이 떠돌기도 했다.

쌍봉사의 늙은 스님에게서 자기 깨달음*을 증명받으려고
각처의 수좌들이 모여들어 객승실에 머물며 만남의 차례를 기
다렸다. 스님을 배알할 차례를 정하고, 한 사람씩 불러내 데려
다주는 소임을 수행하는 작달막한 상좌는 차례가 된 객승에게
먼저 부처님께 삼천 배를 하고 기다리라고 했다.

초의가 새벽부터 종일 삼천 배를 하고 저녁노을이 피어오를
무렵 땀 뻘뻘 흘린 몸으로 객승실에 들어서니 상좌가 자기를
따라오라 하며 앞장서 갔다. 그 상좌는 팔자걸음을 걸었는데,
걸을 때마다 윗몸이 양옆으로 기우뚱거렸다. 호랑이를 배경에
둔 여우처럼 교만했다.

초의가 늙은 스님의 처소인 동암 마당으로 들어섰는데, 방
앞의 댓돌에 짚신 한 켤레가 놓여 있었다. 상좌가 "시님, 대흥
사 초의 의순 차례이옵니다" 하고 고했는데, 안에서는 아무런
반응이 없었다. 옆방에서 나온 호리호리한 시자가 턱을 방문
쪽으로 내밀었다. 그냥 들어가라는 것이었다. 초의는 방문을

---

* 스님들의 세상에서는 선의 참구, 혹은 수도의 결과를 '살림살이'라고 말하기도
한다.

조심스레 열고 안으로 들어갔다.

윗목에 촛불 하나가 야울야울 춤을 추었는데, 아랫목에는 얼굴이 빨려버린 대추씨처럼 자그마한 늙은 스님이 반가부좌를 하고 있었다. 삭발한 지 오래인 머리털과 눈썹이 파뿌리처럼 회었고 등허리가 약간 구부정했다. 첫눈에 그 스님의 모습은 늙어 쪼글쪼글해진 쥐새끼 같았다.

쥐새끼에 대한 생각은 우연한 것이 아니었다. 그가 삼천 배를 하는 동안 내내 머리를 지배하던 쥐새끼에 대한 생각으로 인한 것이었다. 쥐새끼 한 마리를 품고 산다는 것이 어디 나 혼자만의 문제이겠는가. 세상의 모든 사람들 속에 기생하여 저질 혼탁한 세상으로 만드는 원초적이고 간요한 고질 아니겠는가. 수도한다는 것은 그 쥐새끼를 잡아 쫓아내기가 아닐까.

늙은 스님은 턱과 입을 새의 부리처럼 내민 채 초의를 응시했다. 촛불 빛을 받은 늙은 스님의 눈이 반짝 빛났고, 그 눈빛이 초의의 눈을 쏘았는데, 순간 초의의 머리에 '통새 먹은' 쥐의 반짝거리는 눈이 떠올랐고 속에서 알 수 없는 반발이 일었다. 초의는 그 반발을 무릅쓰고 늙은 스님을 향해 삼배를 했다.

"여긴 무얼 하러 왔느냐?"

늙은 스님이 절을 마치고 정좌한 초의에게 가느다란 목소리로 차갑게 물었다. 초의는 속에서 솟구치는 생각대로 "여기 늙은 쥐새끼 한 마리가 사람 껍질을 쓰고 앉아 있다고 해서 본디 자리로 돌려보내려고 왔습니다" 하고 무뚝뚝하게 말했다. 그것은 '그렇다, 내 속의 쥐새끼를 잡아 죽이면 된다'는 자기의 깨달음을 증명받으려는 것이었다. 토로하고 난 초의의 가슴은 차갑게 가라앉고 있었고 어디선가 뜨거운 영감靈感 한줄기가 얼굴로 몰려들었으며, 그 순간 알 수 없는 환희로 세상이 환하게 열리고 있었다.

늙은 스님이 얼굴을 허공으로 쳐들면서 "하하하흐흐흐……" 하고 웃었다. 그것은 초의가 토로한 것에 대한 선禪적인 공명 작용이었다.

"니놈의 말이 아주 딱 맞는다."

늙은 스님은 잠시 침묵했다가 말했다.

"그래, 너처럼 그렇게 한눈에 내 속에 기생하는 그 쥐새끼를 꿰뚫어봐버린 놈은 처음 본다. 내 너에게 이 세상 어느 누구도 들을 수 없는 은밀한 선풍을 귀띔해주고 싶구나. 가까이 오너라."

초의는 늙은 스님이 하늘 잡고 따귀 칠 선풍을 귀띔해줄지도 모른다는 기대를 안고, 무릎걸음으로 가까이 다가가서 머리를 조아렸다. 흔히 선지식이라는 스님들이 자기를 깜짝 놀라게 하거나 답답하게 한 수좌들에게 그러하듯, 따귀를 치고 악 하고 소리를 지를지도 몰랐지만 각오하고 있었다. 한데 늙은 스님은 따귀를 치지도 소리를 지르지도 않고, 갑자기 고개를 숙이고 있는 초의의 코를 재빨리 잡아서 비틀었다.

초의의 코는 주먹처럼 뭉툭했다. 행자 시절을 보낸 운흥사의 아랫마을에 있던 주막집 주모가 입을 벌린 채 바라보곤 하던 코였다. "아이고, 이 젊은 스님 코는 운두가 높은 것 같지는 않은디 어쩌면 그렇게 덩실하고 튼실할까잉. 풍신도 강단지고 용모도 수려하고…… 머리 안 깎고 장가를 갔으면 각시가 참말로 좋아했겠네잉."

늙은 스님에게 급습을 당한 초의는 눈앞이 아찔했고 두 눈에서 시큼하고 짠 눈물이 솟구쳤다. 그는 아픔을 참을 수 없어, 코를 잡아 비틀고 있는 늙은 스님의 손을 두 손으로 잡아 젖히려고 버둥거렸다. 늙은 스님은 코를 잡지 않은 다른 손으로 초의의 목을 휘감아 안은 채 자기 얼굴을 초의의 귀밑에 묻으면서, "아이고 참으로 오랜만에…… 사람 같은 놈 하나 만났다이!" 하고는 비틀고 있던 코를 놓아주었다. 늙은 스님은 휴정 스님의 『선가귀감』에 있는 말, '사람 없을까 했더니 여기 하나 있었구나', 즉 자기에로의 회귀를 말하고 있었다.

순간 초의는 자기의 깨달음을 증명해준 늙은 스님에게 어떤 감사를 표해주어야 한다는 생각이 들었고, 늙은 스님의 운두가 별로 높지 않은 코를 잡아 사정없이 비틀면서, 늙은 스님이 그랬듯 다른 손으로 늙은 스님의 목을 힘껏 보듬었는데 그는 아무런 저항도 하지 않았다. 초의가 늙은 스님을 풀어주었을 때 그는 반가부좌를 풀고 방바닥에 벌렁 누우면서 으하하하…… 하고 웃어댔다. 그리고 웃음 끝을 으크크크크 하고 질질 끌면서 말했다.

"초의야, 니놈 정말 잘 봤느니라. 나도 그 쥐새끼 때문에 평생 고생 참 많이 하고 살아오는 참이다. 중노릇이라는 것은 바로 그 자기 내부의 쥐새끼를 잡아 없애기인 것이다."

초의는 바람벽에 등과 뒤통수를 기대면서 늙은 스님을 따라서 아하하하 웃어댔다.

시인은 선을 말로 설명하려 하면 안 된다는 불문율을 깨고 감히 섣부르게 별로 길지 않은 혀로 말한다. 초의의 '쥐새끼 잡아 없애기'라는 화두는, 나와 너, 그리고 사람의 탈을 쓴 우리 모두에게 그 쥐새끼가 들어 있다는 것이었을 터이고, 간사한 소인 근성이라는 쥐새끼를 몰아내는 것이 선결문제, 이 시대의 '킹 핀'이라는 것일 터이다.

놀이

이십대 초반, 닭을 마당에 놓아 먹이는 방법으로 사육한 적이 있었다. 모계를 이용한 원시 부화로 마릿수를 일흔일곱까지 불렸었다.

닭들을 키우면서 내가 알아챈 것은, 밥과 이성과의 사랑을 얻기 위해 분투하는 그들이 밥과 사랑 문제가 해결된 다음에는 놀이를 하듯 건강하게 삶을 즐긴다는 것이다. 교미와 모이 먹기를 즐기고, 땅에 뒹굴면서 모래 목욕을 즐긴다.

샛노란 병아리들이 점차 닭으로 자라는 걸 보면, 수탉은 껑충하게 크고 밉상스러워지더니 사춘기를 지나면 서투르게 홰를 치며 울기 시작하고, 꼬리털이 아직 자라지 않은 상태에서도 감히 성숙한 암탉의 등을 타고 올라가 교미를 하려 들곤 하는데, 대개의 경우 암탉의 거부로 실패하곤 한다.

벼슬과 꼬리털이 완전하게 성숙한 다음의 수탉은 암탉을 소유하기 위해 사력을 다한다. 자기 암탉을 빼앗아가려는 수탉이 나타나면 목숨을 걸고 싸우는 것이다. 상대를 퇴치한 다음에는 자기 힘이 허락하는 한 수시로 홰를 치며 허공에 울어대고, 나무 밑의 땅을 두 발로 파헤쳐놓고 암탉에게 주워먹으라고 유혹하거나 틈만 나면 그들의 꽁지를 물고 등에 올라 교미를 즐긴다. 꼬끼오 하고 울어대는 것은 만방에 자기 영역을 선포하는 것이고, 암컷과의 교미는 놀이 같은 일상인 것이다.

암탉이 성장하는 과정을 보면 수탉에 비하여 활동이 훨씬 순하고 모험심이 덜하다. 병아리 시절의 노란 털이 빠지고 새 털이 나올 때부터 개성적인 빛깔이 매끄럽게 고와지고 벼슬이 선홍색이 되면서 몸매가 곱고 예쁘장해지다가, 어느 날부터인가 수탉이 자기 꽁지를 물고 등허리로 올라가 교미하는 것을 수용하고, 곧 알을 낳기 시작한다. 알을 성공적으로 낳고 나서는 환호성을 지르는데, 수탉이 덩달아 맞불 환호성을 내지르곤 한다.

군집해서 생활하는 그들은 자기들만의 야릇한 군중심리를 가지고 있다. 군중을 주도하는 놈이 어디론가 달려가면 다른 닭들은 어찌된 까닭인지도 모르는 채 그 닭을 뒤따라 달려간다.

어느 날 슬프고 놀라운 일을 목격했다. 닭들이 이리 우르르 몰려갔다가 저리 몰려갔다가 했다. 나는 곧 그 까닭을 알았다. 털이 하얗고 몸매가 고운 암탉 한 마리의 항문에 이상이 생겼는데 그 암탉이 달아나고 있었고, 다른 닭들이 그 암탉을 쫓아가곤 하는 것이었다.

그 암탉은 첫 알을 낳다가 항문 밖으로 발갛게 탈장되어 있었다. 둥지에서 알을 낳으려고 앉아 있다가, 성공하지 못하고 선홍색의 얇은 막에 싸인 둥그런 것을 꽁무니에 매단 채 배가 고파 마당으로 나온 것이었다. 아이들이 풍선껌을 씹다가 입술 바깥으로 동그랗게 부풀린 모양새였다. 그 풍선은 약간 작은 달걀만했는데, 속의 달걀이 가로로 걸쳐 있어 제대로 나오지 못하고 탈장을 유발한 듯싶었다.

모이를 마당에 뿌려주면 모든 닭들이 우르르 몰려와 경쟁적으로 쪼아먹곤 했다. 그런데 그 모이들이 모두 없어졌을 때, 한 닭이 하얀 암탉의 선홍색 풍선처럼 부푼 항문을 호기심어린 눈으로 살피다가, 맛깔스러운 먹이일지 모른다고 생각하고 재바르게 부리로 쪼았다. 하얀 암탉은 아픔을 견디지 못하고 달아났다. 하얀 암탉의 질주는 다른 닭들이 보기에, 맛있는 먹이를 꽁무니에 달고 달아나는 것처럼 보였는지도 모른다. 모든 닭들이 그 하얀 암탉을 쫓아가 경쟁적으로 그녀의 항문에 달린 선홍색 풍선을 한 차례씩 쪼았고, 꽁무니의 선홍색 표피에서는 피가 흘렀다.

닭들은 하얀 암탉의 항문에서 흐르는 피를 보고 너도나도 몰려들어 쪼아댔다. 하얀 암탉은 사력을 다해 달아났지만, 미친듯 잽싸게 따라붙는 닭들을 피할 길이 없었다. 달아나다가 지친 하얀 암탉은 결국, 집 모퉁이에 쌓아놓은 짚더미 구석에 처박힌 채 닭들에게 공격을 당하고 있었다.

내가 닭들을 쫓고 나서 암탉의 항문에 기름을 칠하고 알을 밖으로 꺼내주었지만, 암탉은 건강을 회복하지 못하고 죽어갔다. 나는 닭들의 잔인한 놀이에 진저리쳐졌다.

*

한 종돈種豚장의 사장에게서 들었다. 그 종돈장은 씨받이 암퇘지에게 우량 유전자를 가진 정자를 제공해주는 씨돼지 후보들을 키우는 축산 농가다. 돼지의 지능은 다른 동물들에 비해 아주 높은 편으로, 그들도 놀이를 즐긴다고 사장은 말했다.

청소년기의 씨돼지들 몇십 마리를 일정 시간 동안 운동장에 내놓고 운동을 시키곤 하는데, 군집한 호기심 많은 사춘기의 씨돼지들이 잔인한 놀이에 빠져 있는 것을 보았다고 그는 말했다.

그 놀이의 발단은 한 돼지의 기형 꼬리에 있었다. 모든 돼지의 꼬리는 한쪽으로 한 바퀴 도는 모양새로 꼬부라져 있으므로, 출판사의 편집자들은 책의 교정을 볼 때 틀린 글자를 바로 잡으라는 기호로 돼지 꼬리를 그려놓는다. 책 한 권의 교정을 보자면, 돼지 꼬리를 그리는 동어반복을 무수히 해야 한다.

이십여 마리 씨돼지를 운동장에 내놓았는데, 그들 중 한 돼지가 동무들을 피해 달아나곤 했고, 다른 동무들은 그 돼지를 극성스럽게 쫓아다녔다. 달아나는 돼지의 엉덩이 한복판에 피가 얼룩져 있었다. 같은 또래의 동무 돼지들은 달아나는 돼지의 엉덩이 한 부분을 집중적으로 물어뜯어대고 있었다.

엉덩이 한가운데 있는 꼬리에 문제가 있었다. 다른 돼지들의 꼬리는 모두 왼쪽으로 꼬부라져 있는데, 달아나는 돼지의 꼬리는 오른쪽으로 꼬부라져 있는데다 약간 처져 있는 기형이었다. 어느 한 돼지가 기형인 그 꼬리를 한번 물어뜯어본 것이 놀이 아닌 놀이의 발단이었다. 그것을 본 또다른 돼지도 그것을 한번 물어뜯었는데, 옆의 다른 돼지들이 너도 나도 앞다투어 그것을 물어뜯으려고 몰려든 것이었다. 공격당하는 돼지는 '왜 이래, 왜 이래?' 하고 소리치며 그 공격을 피해 달아나는 수밖에 없었다.

돼지들은 신나는 놀이를 하듯 이리 우르르 몰려가고 저리 우르르 몰려갔다. 공격을 받고 달아나다가 지친 돼지는 마침내 한쪽 구석에 처박힌 채 다른 돼지들에게서 피투성이가 된 꼬리가 달린 부분을 물어뜯겼다.

주인이 그 돼지를 구해 치료실로 옮겨놓고 약을 발라주었지만 결국 공격받은 꼬리 부분의 깊은 상처로 인해 죽어갔다.

*

오래전, 모래 마을에 심장판막증을 앓고 있는 초등학교 5학년 학생이 있었다. 입술이 어두운 푸른빛을 띤 보라색이고 얼굴에 핏기가 없이 부석부석했다. 운동 부족으로 인해 소년 비만증까지 있는데, 좀 심하게 움직이면 숨이 가쁘므로 느리게 조심조심 걸어다녀야 했다. 소통할 동무가 없으므로 우울해하고 맥이 빠져 있었다. 또래의 건강한 아이들은 물론, 그보다 체구가 작은 아이들까지도 느리고 맥없이 행동하는 그를 업신여기고 함부로 대했다.

모래 마을 아이들은 등하교 때에 삼 킬로미터쯤의 들판을 관통하는 농로와 해안길 사 킬로미터쯤을 걸어다녔는데, 하굣길에는 몰려다니며 장난질이나 놀이를 하곤 했다. 이때 장난질을 치는 학생들은 짊어진 책가방을 거추장스러워하곤 했다.

그들 중 한 학생이 심장판막증을 앓는 학생에게 책가방을 맡기고 자유로운 몸으로 장난질을 치며 달리거나 재주를 넘기도 했다. 다른 아이가 따라서 그 학생에게 책가방을 맡기었고, 또다른 아이도 그렇게 했다.

심장판막증에 비만증까지 있는 아이는 자기 책가방을 등에 짊어진데다 다른 두 개를 양쪽 어깨에 걸친 다음, 거기에 또다른 가방의 끈을 목에 걸고 가슴에 안은 채 걸었다. 사력을 다해 숨을 가쁘게 쉬며 걸었으므로, 그의 몸에서는 땀방울이 줄줄 흘렀다. 힘이 들어 죽을 지경이었지만 그 아이는 동무들에게서 따돌림받지 않으려고 불평하지 않고 걸었다. 그 아이는 동무들을 위해 해줄 수 있는 일이 하나 있다는 사실을 위안으로 삼았다.

마을 인근에 이르렀을 때, 지나가던 한 아낙이 가방 네 개를 짊어지고 어깨에 걸치고 보듬은 심장판막증을 앓는 아이를 보고 소스라치게 놀랐다. 빈 몸으로 장난질 치는 아이들을 향해 "이 무슨 짓거리냐, 몸이 아픈 아이에게 책가방을 다 맡기고?" 하고 소리쳤지만 장난에 넋이 빠진 학생들은 듣지 못했다. 그 아낙은 아이가 걸치고 있는 책가방들을 모두 벗겨내려고 했지만 그 아이는 싫다고 도리질을 하며 한사코 몸을 피했다.

그날 집에 돌아간 그 아이는 온몸에 열이 나고 식은땀을 흘리면서 앓아누웠고, 그런 지 이틀 뒤의 새벽녘에 짚불이 사그라지듯이 죽어갔다.

아들이 지병을 앓다가 죽은 것으로 알고만 있던 부모는, 잘 아는 아낙에게서 하굣길에 그 아들이 동무들의 책가방 넷을 짊어지고 땀을 뻘뻘 흘리며 걸어가더라는 말을 듣고 통곡을 했다.

　뒤늦게 아들의 일기장을 본 부모는 경악하지 않을 수 없었다. 일기장에는 그동안 동무들에게 학대당하고 살아온 것들이 세세히 기록되어 있었다. 동무들이 놀이하듯 자기의 배를 주먹으로 힘껏 쥐어지르거나 엉덩이를 발로 차곤 하면서 즐기는 것이 슬프고 분하지만, 아들은 동무들에게서 따돌림받는 것이 겁나서, 나오는 울음을 이 악물어 참고 견디곤 한 것이었다. 아주 오래전부터 있어온 폭력이었지만, 그 사실을 선생님이나 부모에게 말하지 않은 것이었다.

　그러나 아이들만 그러는 것이 아니다. 어른들은 조리돌림을 즐긴다.

*

　한 도시의 뒷골목 길바닥에 천원짜리 새 지폐 한 장이 떨어져 있었다. 길을 가던 아낙이 사방을 둘러 살피고, 보는 사람이 없다 싶었는지, 그 돈을 주우려고 허리를 굽히는데 돈이 재빠르게 옆으로 움직였다. 바람에 날려 움직이는 줄 알고 다시 확실하게 주우려 하자, 그 돈이 아낙의 손을 피하듯 다시 움직였다.

　자세히 보니 종이돈의 한 귀퉁이에 가느다랗고 놀놀한 머리

72

카락이 묶여 있고, 그 머리카락 끝에는 가는 실이 이어져 있어 어디선가 그것을 조종하는 자가 있다고 느꼈다. 아낙이 허리를 펴는데 그 돈이 머리카락에 이끌려 조르르 달려가다가 별로 높지 않은 허름한 피죽 널빤지 울 너머로 사라졌다. 농락을 당한 사실을 알게 된 아낙은 얼굴이 빨개진 채 울 너머를 향해 "어떤 놈이냐, 이 나쁜 자식!" 하고 소리친 다음 분을 삭이며 갈 길을 갔다.

널빤지 울 너머 그늘에는 한 남자아이가 은신한 채, 피죽 널빤지에 뚫린 관솔 구멍을 통해 골목을 내다보고 있었다. 아낙이 사라지자 아이는 대문을 열고 골목길로 나가 아까처럼 종이돈을 놓아두고 머리카락에 이어진 가느다란 실 머리를 잡은 채 집안으로 들어와 담 구멍으로 골목길을 살폈다.

그 아이는 하루 내내 종이돈 한 장으로 지나가는 사람들의 순간적으로 엉큼해진 마음을 낚아올리며 즐겼다. 그날 그 아이에게 당한 사람이 스물은 넘었다.

정치를 비롯한 모든 세상사가 놀이처럼, 게임처럼 변하고 있다. 높은 자리를 차지하면 그 무엇이 된 듯 군림하고 그 노릇을 즐긴다.

생살여탈권을 가진 왕이나 대통령, 돈이 천문학적으로 많은 기업체의 사장들과 권력에 줄을 선 정치인들 가운데도, 학교

선생님이나 목사와 신부, 스님들 가운데도 그런 놀이를 즐기는 사람들이 있지 않을까.

광기어린 야만의 세상에서

나의 시는
활짝 핀 한 송이의 꽃인가 했는데

나의 시는
암퇘지 우글거리는 우리 속에서 발가벗은 여인의 알몸 연
기를 보며 마시는
프랑스산 포도주 샤토달보 맛 같은
살아 있음의 뜨거우면서도 슬픈 환희인가 했는데

나의 시는 음악을 향해 날아가는,
문득 터지는 재채기 같은 각성의 폭죽이고,
무지갯살 같은 우주의 율동인가 했는데,

나의 시는

바닷가에서

미역 향기와 우주의 경전과 신화를 읽으며

넝마 같은 삶과 죽음을 함께 사는

홀로그램의

철썩철썩 갯바위에서 물보라로 산화되는 파도 같은 함성

인가 했는데

—「나의 시」

나와 너나들이하고 사는 친구는 내가 쓴 「나의 시」가 시시
껄렁하다고 씹었다. 그따위 시보다는 마을의 노인들 사이에
흘러다니는 신화적인 설화가 훨씬 재미있다면서.

"거짓말한 자리는 올벼 논 서 마지기와 안 바꾼다는 속담을
아는가. 해놓고도 안 했다고 시치미를 떼거나 기억에 없다고
하면 끝이지, 요즘은 그것이 일반화되어 있네.

널 장사 삼 년 하면 미역 장사 삼 년 하라는 속담이 있는데,
가령 검사 노릇 삼 년 했으면 민권 무료 변호사 노릇을 삼 년
은 해야 한다는 것이지만, 그런 염치를 가진 사람은 요즘 찾아
볼 수가 없네."

여든다섯 살의 그 친구는 우주 상담사를 자처하며 너스레를

떨고, 늙은 주제에, 즉 엎어놓으면 밑구멍뿐이고 뒤집어놓으면 쭈그러든 양물밖에 없음에도 불구하고 힘깨나 쓰는 자들의 행실을 씹고 개기기를 즐겼다. 그 친구의 입심에는 판소리의 아니리 같은 가락이 들어 있었다.

"요즘 들어 정치 권력자들이 밤이면 즐긴다는 폭탄주 이야기가 호랑이 담배 먹던 시절의 비틀어 꼰 전설이나 신화적인 설화와 함께 떠돌아다니네…… 그런데 가만 보면 요즘 정치꾼들 하는 짓들이 모두 폭탄주 마시듯 하네."

나는 그 친구의 아들이 얼마 전에 전화로 한 말을 떠올렸다.

"아저씨, 제 아버지가 아무래도 이상합니다. 무단한 텔레비전을 고장내버리시고……"

"폭탄주라는 것을 아는가," 이렇게 말하는 그 친구의 목줄은 핏대가 팽팽해졌고, 목청은 높았으며 가끔 침이 튀겼다. "폭탄주라는 것은 애초에 대한민국 군대의 고급장교들 사이에 유행하던 왜색*이 짙은 것이었는데, 두 번의 군사 쿠데타 이후 군복 벗고 정치인으로 둔갑한 치들과, ×대가리로 방송이를 까라면 무조건 까야 하는 파쇼적인 권력 서열 다툼으로 치열한 검사나 경찰들이 그들의 마피아 같은 카르텔 조직이나

---

* 폭탄주 문화는 임진왜란을 주도했던 쇼군들의 음차 문화에 시원을 두고 있다.

스폰서들과 함께하는 술자리에서 즐기는 광기어린 음주 문화이네.

그 음주 문화는 검사나 경찰들 세상의 권력 서열 바로잡기와 굳건한 조직의 확인과 기강 다지기의 일환이네. 상명하복의 피라미드 조직 속에, 절대로 부서지지 않는 이익공동체의 틀, 글로벌 자본주의 자유 시장경제의 이익집단 카르텔이 잘 융합되어 있네.

폭탄주 마시기는 대개 한 권력자를 중심으로 똘마니들이 둘러앉은 술자리에서 일어나는 일로, 그 권력자의 복심이 맨 먼저 폭탄주 제조와 배분을 맡아 하네. 술상에 앉은 사람의 수대로 맥주잔과 양주잔을 대붙여 늘어놓고, 맥주잔에 맥주를 9할가량 따른 다음 양주잔에 40도짜리 양주, 30년산 발렌타인이나 XO 따위를 가득 따라 맥주잔에 붓네. 그것을 좌중에게 나누어주어 단숨에 마시게 하고, 마신 사람은 그 잔을 완벽하게 비웠음을 권력자와 좌중에게 확인받기 위해 자기의 정수리에 거꾸로 털어 보이네. 권력자는 좌중이 호들갑을 떨면서 폭탄주를 마셔주는 한, 그 폭탄주를 만들어 배분하기를 다섯 번, 여섯 번, 열 번, 한없이 계속하게 하며 즐기네.

다음에는 권력자의 복심 바로 옆에 앉은 자가 그것의 제조와 배분을 맡는데, 좌중에게 그 술을 권하는 이유의 건배사를 늘어놓고 나서, 호쾌하게 마시자는 제안에 따라 모두 단숨에 들이켜고 빈 잔을 자기 정수리에 거꾸로 들어 흔드는 것이고, 좌중 모두가 순번에 따라 그것의 제조와 배분과 건배사를 한다네.

진짜 폭탄주 제조 기술자는 좌중의 수만큼 맥주잔들을 나란히 대붙여놓고, 오줌 색깔의 맥주를 똑같이 9할쯤 채우고선, 대붙은 두 컵의 시울 위에 양주잔을 올려놓고 양주를 가득 부은 뒤, 그것들을 도미노처럼 일시에 밀어 넘어뜨려 맥주잔 속에 수직으로 가라앉게 하네. 그다음 맥주잔을 각자에게 배분하고, 그들로 하여금 단숨에 마시고 나서 가쁜 숨을 쉬며, 좌중을 향해 정수리 위에 올린 잔을 딸랑딸랑 소리가 나게 흔들어 보이고 술상 위에 놓게 하는데, 그러면 좌중은 환호하며 박수를 쳐주네. 그들 중에는 씩씩하게 러브샷이란 것을 하는 축도 있네.

권력자들의 광기어린 폭탄주 마시기에는 기괴한 일화들이 전설로 떠돌아다니네. 어떤 권력자는 수사선상에 거론되는 기업체의 우두머리 한둘을 동석시키고 폭탄주를 마시게 하는데, 그때 괴짜 권력자는 자기의 구두를 벗어 들어 거기에 맥주를 가득 따르고 다시 양주 한 컵을 부은 다음 마시라 권하네. 그러면 권력자의 포로가 된 기업체의 우두머리들은 그것을 두 손으로 정중하게 받들어 단숨에 마시는 것이고, 그날 밤의 술값과 술시중을 든 꽃뱀들의 화대까지를 모두 감당하는 것이네."

그 친구의 이야기는 거침없이 이어졌다.

"어느 날, 한 마을에서 해가 동녘 산 위로 솟아올랐을 때 부
잣집의 머슴이 거대한 호랑이를 타고 나타났는데 그게 야만
세상의 시작이네.

허우대가 크고 힘이 장사였네. 사실은 겁이 아주 많은데 속
에 품은 간요한 쥐새끼 한 마리의 잔꾀로, 주인을 오무락쪼무
락하는 머슴이었네. 몸을 양옆으로 흔들며 걷고, 잘 따르는 새
끼 머슴들과 어울린 밤에는 폭탄주 마시기를 호쾌하게 즐길
뿐 아니라, 모든 머슴들의 왕초 노릇 하기를 좋아했네. 거기다
가 은밀하게 몇십 만석꾼 부잣집의 늙은 마름들에게 꽃뱀 노
릇을 하며 전대를 불린 허리 늘씬하고, 몇 차례의 성형수술을
한 야들야들한 미녀의 서방 노릇을 하며 살았네. 미녀라는 말
에 점 하나 더 찍으면 마녀가 되는 그 미녀는 자기가 술과 일
밖에 모르는 불쌍한 노총각인 머슴을 구제해주었다고 한 친지
에게 떠벌렸네.

가뭄이 계속되는 한여름의 어슴새벽에 그 머슴이 산모퉁이
저편의 산골 논으로 물을 푸러 가고 있었는데, 때마침 마을의
토실토실한 암캐 한 마리를 물어가려고 산모퉁이의 무성한 숲
길을 돌아 나오는 호랑이와 맞닥뜨렸네. 호랑이가 미처 머슴

을 앞발로 치거나 아가리로 물어뜯을 기회를 포착하지 못한 순간에, 당황한 머슴은 얼떨결에 호랑이 목을 덥석 끌어안고 두 다리로 호랑이의 허리를 휘감았는데, 놀란 호랑이는 머슴을 떨쳐내려고 몸부림을 쳤지만 머슴은 날쌔게 호랑이 등으로 기어 올라탔지.

당황한 호랑이는 머슴을 등에 태운 채 읍내인지 들판인지 산인지를 분간하지 못하고 뛰어다녔네. 그것을 이 마을 저 마을 사람들이 다 나와서 보고, 난세 막판에 신령스러운 호랑이를 탄 영웅이 나타났다고 박수를 치며 외쳤네. 호랑이는 자존심이 상해, 등에 타고 있는 머슴을 떨어뜨린 다음 물어 죽이려고 으르렁거리며 머리를 회회 저으며 달렸지만, 머슴은 호랑이 등에서 떨어지지 않으려고 젖 먹던 힘까지 동원해서 호랑이의 목을 끌어안았네. 그리하여 호랑이는 미친듯이 이 마을 저 마을을 돌아다녔는데, 세상의 모든 졸부들은 자기 재산을 지키고 불릴 좋은 기회를 만난 것이라 직감하고, 이제 세상을 화평하게 해줄 새 영웅―구세주가 나타났다고 환호성을 질러댔네.

그들의 환호성에 머슴은 자기가 정말 세상을 화평하게 할 영웅이 되었다고 생각했네. 들리는 소문에 의하면, 그를 보듬고 사는 야들야들한 미녀의 박수와 키득거리는 웃음과 응원에 용기를 얻었다고도 하네. 그렇게 그는 사력을 다해 호랑이의 목을 끌어안았는데, 뛰어다니다가 지친 호랑이는 그 머슴에게 하릴없이 길들기 시작했고, 머슴은 사람들 앞에 진짜 영웅처럼 군림하기 시작했네.

머슴의 속에 든 쥐새끼와 그 머슴을 기둥으로 삼고 사는 미녀가 점술가의 예언에 따라 호랑이 길들이는 법을 가르쳐주었고, 호랑이 목에 가죽 목걸이를 걸고 타고 다니면서, 밤이면 똘마니 머슴들하고 폭탄주 마시기를 즐기고, 호랑이를 앞세워 고을의 구관 사또를 대신해 원님 노릇을 시작했네. 그를 따르던 새끼 머슴들은 육방관속이 되어 포도청을 장악하고 고을 부자들의 후원을 얻어 떵떵거리고 사네."

늙바탕에 든 그 친구는 어쩌면 쉽게 흥분하는 과대망상증에 걸렸거나, 아니면 나로서는 이해할 수 없는 어떤 좀비(치매)에 씌어 있는 듯싶은 인간으로 변질되어 있었다.

그 친구는 내가 늘 그의 속을 뚫어보면서 그의 말에 콧방귀를 뀐다는 것을 잘 알면서도 나를 상대로 장광설을 늘어놓곤 했고, 채플린처럼 자기를 희화화하는 것을 즐겼다.

"〈토끼전〉에 나오는 토끼는 심한 과대망상증 환자이네. 조그맣고 경망스러운 자기의 주제를 파악하지 못한 채, 용궁에 가면 소년 대장을 시켜준다니까 자라를 따라 용궁으로 가지 않는가? 과대망상증도 정도가 심하면 실성한 것과 한가지인 것이네. 토끼를 꼬인 자라 또한 부귀영화에 눈이 어두워, 용왕의 말을 따르는 미친 벼슬아치들 가운데 하나이지.

용궁의 늙은 용왕도 영원히 죽지 않고 권력을 누리고 싶은 탐욕으로 인해 중국의 진시황처럼 돌아버린 것이네. 자기의 병이 나으려면 그 약효가 확실하게 보장되지도 않은 토끼 간을 먹어야 한다는 도사의 말, 사실은 희망을 주기 위한 거짓말일 뿐인 그것을 철석같이 믿은 것이지. 죽을병을 앓고 있는 세상의 모든 환자들은 귀가 아주 얇아져 있게 마련이네. 더 오래 살고 싶어 반쯤은 돌아 있게 되는 것이지.

외딸 청이란 년의 아버지 심학규도 정신이 돌아 있네. 양반 퇴물인 심학규는 공양미 삼백 석을 절에 시주하면 눈을 뜰 수 있다는 화주승의 말을 곧이곧대로 믿고, 찢어지게 가난한 주제에 삼백 석을 시주하겠다고 서약을 했으니 온전한 정신이 아니지. 아버지 심학규의 눈을 뜨게 하려고 중국 상인들에게 공양미 삼백 석에 몸을 팔아 바다에 몸을 던진 딸 청이도 효에 대한 집착으로 눈이 멀어버린 것이네. 인당수에 처녀 제물을 바치면 풍랑이 일지 않는다고 믿는 중국 상인들도 미친 것이고…… 심학규에게 집적거리는 꽃뱀 뺑덕어미도 미쳤네.

〈심청전〉은 개인이 쓴 것이 아니고 다중의 공동작인데, 그들 중 깨어 있는 의식을 가진 자가 세상의 모든 미친 중생들의 멀어버린 눈을 뜨게 하려고 그 이야기를 만들어간 것이네. 그러니까 심청전의 주제는 효를 장려하자는 것처럼 보이지만 사실은 인간의 탐욕으로 인한 잘못을 깨닫고 각성하게 하려는 것이네.

인간은 밥만 먹고는 못 살고, 놀이를 즐기며 사는 동물이네. 인간의 놀이는 즐기는 강도를 점점 더해가면 광기에 이르네. 로마의 원형극장에서 행해진 검투사들의 격투, 힘센 사람力士과 황소의 싸움을 즐기는 황제와 귀족들은 반 이상 돌아버린 사람들이네. 인간이 즐기는 현대의 모든 스포츠, 예를 들어 공으로 승부를 다투는 축구, 야구, 배구, 미식축구, 권투, 유도, 태권도, 레슬링 따위의 격투기는 그러한 광기의 역사를 가지고 있는데, 동서고금 역대의 독재자들이 스포츠를 이용했네.

가령 형사나 검사나 판사 들은 죄인들을, 영악한 고양이가 잡은 쥐를 죽이지 않고 장난감처럼 가지고 놀듯 잡아다놓고 즐기네. 검사들은 인디언들이 비가 내릴 때까지 기우제를 계속 지내듯 끈질기게 수사를 즐기네. 판사라는 자들이나 정치인들은 국민을 가지고 노네. 인기 있는 가수들은 자기의 노래라면 사족을 못 쓰는 팬들을 가지고 놀고, 재벌 기업인들은 소비자들을 가지고 놀고……

광복 후, 친일을 했다고 후배들로부터 지탄을 받는 소설가 김동인은 자기 소설이 한국에서 최고라고 생각했고, 평생 동안 선배인 춘원 이광수의 소설의 허점과 약점을 편집광적으로 찾아내면서, 그의 소설세계를 폄하하려는 의도로 평론집『춘원 연구』를 펴냈는데, 그 글로 인해 춘원의 소설은 더 높이 평가되어 팔리곤 했네. 김동인의 단편소설 「광화사」에 나오는 화가는 작품의 영감을 얻기 위하여 방화를 하고, 불이 활활 타오르는 것을 보며 자기만 아는 광적인 환희인 오르가슴의 정점에 사로잡히네.

늘 프로이트 같은 안경을 끼고 상담을 하는 어떤 상담사는 세상의 모든 화가들이 미쳤고 시인, 소설가, 철학자와 무용가도, 무당도, 정치인도, 기업인도, '사'자 돌림 직업을 가진 사람인 판사, 검사, 회계사, 감정사 들도 다 편집광들이라고 말하네. 우크라이나를 침공하는 러시아 대통령도 편집광일 터이지. 서로를 견제하는 미국과 중국 지도자들도 편집광들이고, 일류 대학을 나온 오만한 정치인이나 마피아 같은 카르텔의 삶을 즐기는 로펌의 변호사들도 마찬가지지. 자기 자식을 반드시 일류 대학으로만 넣으려고 눈에 불을 켠 학부모들도 편집광이긴 마찬가지네.

빌라 천 채를 사들인 '빌라왕'들이 연이어 죽어가고 전세 사기를 당한 자들도 스스로 죽어갔다는 기사를 읽었네. 만만한 어느 한 노숙자를 얼굴마담으로 내세운, 돈 가진 잔인한 자들이 암약하는 야만 세상이네. 전 세계적인 자본주의 자유 시장 경제의 재산 불리기 놀이에 미쳐 날뛰는 정글 세상의 모든 사람들은 '인류 퇴행의 길'을 가고 있네.

니체는 '신은 죽었다'고 말했는데, 그 사람의 눈으로 볼 때 모든 세상 사람들은 돌아 있었네. 물론 그 자신도 돌아 있었지. 그의 책 『차라투스트라는 이렇게 말했다』에서 니체는 "나는 너희들에게 위버멘쉬를 가르치노라" 하고 외쳤는데, 위버멘쉬를 일본의 번역가들은 '초인超人'이라고 번역했지만, 얼마쯤 후에 뜻있는 한국의 번역가들은 거기에 동의하지 않았네. 니체는 반역사적인 퇴행의 길을 가고 있는 인간에게 인류의 미래를 맡길 수 없다는 판단에서 '새로운 유형의 인간'을 제시했고 그 인간의 유형이 위버멘쉬인 것인데, 우리말로는 마땅하게 번역할 말이 없다고 한국의 번역가들은 말하네.

돈과 권력 맛에 미쳐 날뛰는 세상 사람들이 이끌어가는 글로벌 자본주의 자유 시장경제 사회를, 살아갈 만한 지속 가능한 가치가 있는 새 세상으로 바꿀 킹 핀을 제시할 위버멘쉬는 누구일까.

이 야만 세상에서, 성인들이 가르친 올바른 윤리와 모럴, 사랑이라든지 자비라든지, 어짊仁이라든지는 모두 소멸되거나 무력해져버렸고, 그 윤리의 껍질을 그럴듯하게 포장해서 머리에 쓴 일부 '사' 자 돌림의 직업을 가진 사기꾼들만 날뛰네.

히포크라테스 선서를 깜빡 잊어버린 일부 의사들은 질병 퇴치보다는 밥과 돈의 권력에 어리어리 들떠 있고, 판사는 하늘 저울 같은 법을 젖혀놓고 돈과 권력을 향한 줄서기와 끼리끼리 해먹기인 사익 추구의 카르텔 때문에 좌고우면 눈치를 살피고, 검사는 비리와 부정부패 척결보다는, 돈과 권력과 마피아 같은 카르텔과 함께 골프를 치고 여행비와 용돈을 챙겨주는 스폰서나 가족의 재산을 불려주느라 눈이 멀어버리고⋯⋯ 모두들 해먹을 것 다 해먹고 옷 벗은 다음에는, 거대 기업화한 변호사들의 이익집단인 로펌에 들어가서, 통 크게 해먹고 사는 악덕 기업인들의 비리와 신변과 기업을 감싸주고, 또 정치판에 뛰어든 치들은 권력 다툼으로 올바른 윤리적 시각의 초점을 잃어버리고 진영 논리에 골몰하면서 표를 얻으려고 균형 감각을 잃어버리고 마녀사냥질을 하고, 철밥통을 보장해주는 직장을 확실하게 보듬은 채 철 군화를 신은 공무원이나 기업인이나 종교인이나 어용학자들과 더불어 고스톱을 짜고 치고, 이기적인 아빠, 엄마 찬스를 만들어 자식 키우기, 재산 물려주기를 일삼는 편집광들이 되네.

아파트 한 채에 살면서, 다른 한 채를 더 사서 전세로 내주고 그 돈에 다른 돈을 조금 보태 또다른 아파트를 사고⋯⋯ 더 배포가 큰 자들은 오십 채, 팔십 채, 천 채를 자기가 만든 법인 명의로 사들여 세를 받아 재산을 풍선처럼 키우고 있네. 조물주 위에 건물주가 있다는 말이 일반화되었네. 그 졸부들에게 재산세, 종합소득세, 거래세를 감면해주는 조건으로 표를 얻어 당선된 보수 정치인들은 살판나서 그들과 더불어 춤

을 추네…… 그 병적인 풍조를 한 방에 치유할 수 있는 킹 핀
은 없네."

그 친구는 지치지 않고 침을 튀기면서 계속 지껄거렸다.

"며칠 전 한낮에, 누운 채 자연 다큐멘터리를 틀어놓고 잠
이 들었는데 깨어보니, G20 정상들이 단상에서 서로 악수를
나누고 담소하는 영상이 흐르고 있었네.

정상들 중에 우리 원님 혼자만 단하의 식탁 앞에 앉아 있는
데, 맞은편에 앉은 각시가 안타깝고 초조한 얼굴로 원님에게
얼른 단상으로 올라가 다른 정상들과 어울리라는 듯 손을 거
듭 내치는 것이었네. 그럼에도 불구하고 원님은 일어나려 하
질 않고, 단상과 각시의 얼굴을 번갈아 살피기만 했네…… 짐
작하건대 우리 원님은 어떤 정상하고도 어울리지를 못하고 스
스로 열없어, 정상들이 어울려 노는 단에서 내려와 자기 각시
의 맞은편 식탁에 앉은 것이었는데, 각시가 안타까워하며 꾸
짖는 표정으로 손을 거듭 내치고 있는 것이었어.

각시의 표정과 손 내침에는, 알 수 있기도 하고 알 수 없기
도 한 뜻이 담겨 있는 듯싶었어…… 당신은 여기 이러고 있으
면 안 돼. 국제 외교 정치는 보도사진을 염두에 두고 눈치로 하는 거
야. 얼른 나가서 그냥 아무하고나 어울려봐! 미소 지으면서 아
무하고나 악수하고 지껄이고 고개를 끄덕거려주라고…… 우

리 기자들이 그러는 당신의 사진을 많이 찍어 국민들에게 보여줄 거니까.

그런 지 얼마 뒤에는 우리 원님이 일본에 갔는데, 우리 기업들에게서 돈을 갹출해서 징용이 된 사람들, 위안부들한테 보상을 해주는 척 일본하고 짝짜꿍하기로 하고 밤새 술을 마셨네…… 그다음에는 대만을 놓고 미국과 중국이 전쟁을 하면 우리가 미국 편을 들어야 한다고 큰소리치는 우리 원님……

노량진 수산시장에 가서 경쟁하듯이 수족관 물을 벌컥벌컥 마시는 미친놈들…… 서울에서 양평까지 뚫는 고속도로 종점에 우리 원님 처가의, 축구장 다섯 개 넓이의 땅이 있다고 사람들이 우겨대니까 국토교통부 장관이 모든 것을 없던 일로 하겠다고, 자기가 모든 책임을 지겠다고 하는데…… 우리 원님 부부는 유유히 비행기 타고 날아가서 일본 총리가 방사능 섞인 물을 방류하겠다는 말에 고개나 끄덕거려주고, 우리나라 방방곡곡에는 물난리가 나서 사람이 오십 명이나 죽었다고 난리인데 그 각시는 쇼핑을 즐기고……

나는 그 꼴을 차마 더 보고 있을 수가 없어 옆에 있는 책들을 텔레비전으로 내던졌는데…… 깜박 고장이 나버렸네."

그로부터 며칠 뒤, 그 친구의 아들이 나에게 전화를 걸었다.

"아저씨, 제 아버지가 아무래도 이상합니다. 고장내버린 티브이를 고쳐드렸는데, 거기에 나오는 건들건들 걷는 사람과 그를 싸고 도는 아부꾼들이 보기 싫다면서 격투기나 야구, 축구만 보시거나 컴퓨터 앞에 앉아 자판을 두들기다가, 발광하지 않고 산다는 것이 오히려 이상한 야만의 세상 아니냐고 투덜거리기도 하고, 무슨 망상을 하시는지, 곰곰이 무슨 음모인가를 꿈꾸는지 어쩌는지 혼자 하하하 하고 웃어대곤 하십니다."

나는 나의 친구에게 치매 증상이 나타나고 있다고 짐작하여 그 아들에게 말했다.

"대학병원 신경과에 모시고 가서 치매 검사를 받으시게 해보소. 치매에는 여러 증상이 있다고 들었네. 인지 장애가 나타나는 수가 있고, 과대망상증이 나타나거나, 괴팍하고 고약한 폭력적인 노망기가 발병하는 수도 있고⋯⋯"

친구 아들이 말했다.

"이미 모시고 갔다 왔어요. 치매 초기에 좋다는 뇌 영양제를 처방해주어서 드시고 계십니다. 그런데 대통령, 법무부장관, 국회의장, 각 정당 대표에게 청원을 하고, 사법연수원 원장에게도 청원을 하십니다. 그분들은 저희 아버지가 당치도 않는 케케묵은 꼰대짓을 한다고 무시할 뿐 아니라, 망령이 든 것이라고 콧방귀나 뀌지 별수 있겠습니까. 제가 지금 선생님 메일로, 아버지의 컴퓨터에 들어 있는 청원 내용을 보내드리겠습니다. 한번 훑어보시고, 제 아버지께 제발 그만하시라고, 산책이나 책 읽기나 시 창작하기나 서예나 댄스 같은 것을 배우며 소일하라고 충고를 좀 해주십시오."

그 아들이 곧 메일로 친구가 작성한 장문의 청원을 보내주었다.

「국회의원의 선서」를 의료인의 히포크라테스 선서를 참조하여 다음과 같이 꾸몄습니다.

하나, 나는 민주공화국 국정의 근간이 되는, 신의 그물과 하늘의 저울 같은 성스러운 법을 만들고 국정에 간여하고 행사하는 행위자로서 종사할 수 있도록 허락을 받음에 나의 삶을, 진정으로 위선 없는 국민 사랑과 봉사에 바칠 것을 엄숙히 서약하노라.

하나, 나는 나를 선출해준 유권자들에 대하여 존경과 감사를 드리고 그들의 뜻을 받들겠노라.

하나, 나는 양심과 존경받을 만한 품위와 위엄으로써 성스러운 국민에게 유익한 법을 만들겠노라.

하나, 나는 사사로운 이권을 절대적으로 외면하고, 국민의 이익과 생명과 안녕을 첫째로 생각하겠노라.

하나, 나는 입법권과 국정 관여 권력을 이용하여 얻은 모든 내정의 비밀을 지키겠노라.

하나, 나는 입법부의 고귀한 역사와 전통과 명예를 유지하겠노라.

하나, 나는 동업자를 형제처럼 여기겠노라.

하나, 나는 인종, 종교, 국적, 정당 정파 또는 사회적 지위 여하를 초월하여 국민과 인류에 대한 나의 성실의무를 지키겠노라.

하나, 나는 인간이 수태된 때로부터의 인권을 지상의 성스러운 것으로 존중하겠노라.

하나, 나는 설사 권력자나 외부의 올바르지 않은 세력으로부터 박해와 위협과 유혹을 당할지라도 나의 법 정신과 입법기관으로서의 윤리를 지키고 나의 권력을 인도人道에 어긋나게 쓰지 않겠노라.

위와 같은 서약을 나는 나의 자유의사로, 신으로부터 받은 나의 소명과 명예를 받들어 인간을 구제한다는 마음으로 실천하겠노라.

나는 친구의 아들에게 전화를 걸어 말했다.

"읽어보니까 한 사람의 국민으로서, 넉넉히 청원할 수 있는 아주 고귀한 내용인데 뭘 그렇게 신경을 쓰나? 요즘 모든 벼슬아치들, 특히 '사'자 돌림의 직업인들의 윤리 의식을 고양시키는 킹 핀으로서 대승적으로 장려할 만한 내용 아니겠는가?"

"지금 제 아버지께서는, 모든 법조인의 윤리 의식을 바로잡을 「법조인의 선서」를 준비하고 계십니다. 제 아버지는 또 사회에서 번 돈을 그 사회에 돌려주어야 한다는 「기업인들의 선서」 등을 줄줄이 만들어 그것을 사용해달라고 국회의장, 대통령, 국무총리, 정부 요로…… 모든 언론사에 청원을 하고 계십니다. 먼저 「법조인의 선서」를 메일로 보내드릴 터이니 보시고 제발 제 아버지에게 그만두어달라고 말씀을 좀 해주십시오…… 그들이 제 아버지를 늙다리 꼰대라고 비웃기나 하지 무슨 뾰족한 수가 있겠느냐고 설득을 좀 해주십시오."

잠시 후, 그 아들에게서 메일이 들어왔다.

법조인의 선서

나는 신의 그물과 하늘의 저울 같은 성스러운 법을 운영하고 행사하는 행위자로서 종사할 수 있도록 국가로부터 허락을 받음에 나의 생애를 위선 없는 인간애와 봉사에 바칠 것을 양심에 비추어 엄숙히 서약하노라.

나는 법 정신과 법의 윤리를 가르쳐준 나의 은사에 대하여 존경과 감사를 드리겠노라.

나는 양심과 위엄으로써 성스러운 법을 만인에게 베풀겠노라.

나는 신성한 법 그물과 하늘의 법 저울 안에 들어선 모든 이의 생명과 안녕을 첫째로 생각하겠노라.

나는 신성한 법 그물과 법 저울의 허점들을 이용하여 스스로의 이권을 챙기고 그 허점 사이사이를 교묘하게 빠져나가는 범법 행위자(세칭 법꾸라지)들을 밝혀내고 그들의 설 자리가 없도록 하겠노라.

나는 법 그물과 하늘의 법 저울 안에 든 자가 토로한 모든 내정의 비밀을 그 어디에도 흘리지 않고 지키겠노라.

나는 법 그물과 법 저울의 고귀한 역사와 전통과 명예를 유지하겠노라.

나는 동업자를 형제처럼 여기겠지만 그 동업자가 법에 어긋난 길을 가는 경우 사정없이 엄정하게 징치하겠노라.

나는 인종, 종교, 국적, 정당 정파 또는 사회적 지위 여하를 초월하여 국민과 인류에 대한 나의 성실의무를 지키겠노라.

나는 인간이 수태된 때로부터의 인권을 지상의 성스러운 것으로 존중하겠노라.

나는 설사 살아 있는 권력으로부터 박해와 위협을 당할지라도 나의 법 지식과 법 정신과 법 집행자로서의 윤리를 지키고 법을 인도에 어긋나게 쓰지 않겠노라.

이상의 서약을 나는 나의 자유의사로, 신으로부터 받은 나의 소명과 명예를 받들어 인간을 구제한다는 마음으로 실천하겠노라.

*

다음날 나의 모교인 장흥고등학교 교장이 학교 건물의 개축 준공식에 초청하였으므로, 나는 늙다리 꼰대라고 지탄을 받으면서도 소신을 굽히지 않는 그 친구의 의기를 생각하며, 나 나름대로의 자부심과 신념어린 축사를 밤새 준비해 갔다.

"꽃은 지면 미래 세상의 꽃을 만들 씨를 남기지만, 달과 별은 지면 흔적이 없습니다. 우리가 이 자리에 모인 것은, 이 자리의 꽃다운 듬직한 얼굴들이 장차 이 세상을 찬란하게 장식하는 달과 별들임을 증명하기 위해서입니다. 우리는 시간적인 존재입니다. 시간은 과거, 현재, 미래를 갖추고 있으면서, 그 미래를 확실하게 확보한 것들만 살아남게 하고, 미래가 없는 존재들을 잔인하게 소멸시키는 신神입니다.

이 나라의 교육당국은 지속 가능한 먼 미래를 내다보고, 장흥고등학교가 찬란한 미래 시간을 확보할 수 있는 기반을 조성해주고 있습니다. 저는 이 학교 동문의 한 사람으로서, 모든 선생님들과 학생 여러분들께 청합니다. 이 세상은 일류 학교 출신 벼슬아치와 같은 장미꽃들만 존중받는 세상이 되어서는 안 되고, 연꽃도 진달래꽃도 살구꽃도 벚꽃도 민들레도 제비꽃도 앙증스러운 들꽃들도 존중받는 화엄의 세상이 되어야 합니다.

이 나라 최고의 일류 대학을 나온 윤리 의식 희박해진 정치인이나 법조인들은 천재 소리를 듣고 자라온 나머지 오만방자해서 끼리끼리의 부정부패 카르텔로 나라를 망치는 짓을 거침없이 하고 있음에도 불구하고, 글로벌 자본주의 자유 시장경제의 야만 세상에서 이 나라의 모든 고등학교를 평가하는 사람들은 그 일류 대학으로의 진학률만을 평가 기준으로 하고 있다는 슬픈 이야기가 일반화되어 있습니다.

모든 학교는 학생들 각각이 장미꽃밭으로 가는 길이 아닐지라도, 스스로 꼭 하고 싶고 잘할 자신이 있는 일을 즐기며 살아갈 수 있도록 길을 열어주어야 합니다. 저의 모교 장흥고등학교가 선진 전원학교로서 서울을 비롯한 모든 도시의 학생들이 유학 오고 싶어하는 어머니의 품 같은 학교가 되기를 기원합니다. 멀지 않은 장래에 인구 소멸 지역이 될지도 모르는 장흥 땅에 자리한 전통 있는 인문계 장흥고등학교의 만세를 기원합니다. 감사합니다."

축사를 하고 돌아온 저녁, 이 시대의 킹 핀을 청원한다는 그 친구의 아들에게서 전화가 걸려왔다.

여느 때 멀쩡하던 자기 아버지가 정부 요로와 언론 매체들에서 아무런 반응이 없자, 방바닥을 치면서 집안이 들썩거리도록 소리쳐 연설을 한다는 것이었다. 차려드리는 음식을 아귀아귀 잡수고 나서는 연설을 말리는 노인 도우미와 며느리와 아들의 깨어 있지 못하고 행동하지 않는, 무골호인 같은 간사함을 낱낱이 짚어 꾸짖고, 군의회가 열리는 날 방청하면서 군의원들의 발언이나 답변하는 군수나 부군수, 실장, 과장 들을 향해 소리쳐 항의하고, 다짜고짜 버스를 타고 가서 도지사를 면담하려고 하고, 군의원이나 국회의원을 독대하려 하고, 상설시장이나 터미널로 가서 다시 소리쳐 연설을 한다는 것이었다.

물은 배를 띄우지만 그 배를 가라앉히기도 한다고, 그 물이란 것은 머슴이 타고 나타난 호랑이와 똑같다고, 그 호랑이가 지금은 잠시 머슴에게 길이 든 것 같지만 머지않아 야만 세상을 조장하고 있는 그 머슴들을 모두 몰아낼 것이라고, 혼돈에서 깨어난 호랑이가 우리들이 진짜 살아갈 만한 세상으로 바꾸어놓을 것이라고, 목에 핏대를 세우고 외쳐댄다는 것이었다.

아들이 안정과 요양을 위해 한 정신요양병원에 입원시키려 했는데, 본인 동의가 없으면 안 된다고 하여 집안에 감금하다시피 모시고 있다는 것이었다.

"가뜩이나 일본 후쿠시마 방사능 오염수 방출 문제가 터지면서 제 아버지의 반발과 저항이 극에 달했습니다. 주권 의식과 윤리 의식이 썩은, 왜색 짙은 세상의 고위층들이 주도하는 법치 만능주의와 법꾸라지들의 세상을 바로잡으려는 자기를 치매 병자 취급하는 세상을 향해 악을 써대십니다."

그날 밤, 나의 휴대폰에 문자 메시지가 들어왔는데 서울 사는 졸부 친구였다.

"자네가 모교 개축 준공식장에서 했다는 축사에 대해서 참석한 후배를 통해 다 들었네. 모교를 참으로 빛낸 사람들은 다 일류 대학으로 진출한 법조인과 정치인들이네. 자네도 이 야만의 세상陋巷에서 섣부른 꼰대짓거리 그만하게. 자네 같은 사람은 세상으로부터 초연한, 신선처럼 사는 길이나 모색하도록 하소."

늙은 음유시인의 사랑 이야기

늙은 소설가는 치매가 의심되는 증상으로 자기 집에 감금당하다시피 한 친구가 그랬듯 야만 세상의 뉴스를 보며 살아가는 게 기막히고 짜증이 났다. 언제부터인가 그 늙은 소설가는 세밀화로 그려진 세상보다는, '흑백 망점 기법'*으로 현상된 사진을 멀리 떨어져서 보는 것 같은 세상의 경계로 들어서고 싶어졌다. 산문정신**과 리얼리티에 충실한 소설가로 살기보다는, 『돈키호테』나 『백 년 동안의 고독』 같은 남미문학적인 낙천과 환상적인 고요에 묻혀 사는 시인으로서 살고, 그러한

---

* 화면을 고요하게 단순화시키는 수법이라 나는 읽는다.
** 산문정신은 곧 저항정신이기도 하다.

시인으로 불리고 싶었다.

가끔은 '달 긷는 집'*의 툇마루에 아들딸이 설치해준 흔들 의자나 그물 침대에 누워 스스로 흔들어놓고 흔들리는 세상을 환상적으로 보곤 했는데, 그것도 시들해졌다.

오래전부터 섬들을 혼자 여행하는 꿈에 젖어 살아온 그는 율산 여닫이 연안의 모래밭에 한 늙은 어부가 정박해둔, 혼다 모터를 장착한 1.5톤의 FRP로 제작된 어선을 구입해 수리하고 운항하는 법을 익힌 다음, 그 배를 운전하여 인근의 섬들을 돌아다녔다. 바다에 흩어져 있는 섬들을 돌아다니면서 낯선 세상의 밝게 트인 경계로 빠져들고 싶었다. 하나의 섬을 지나 좀더 바다 멀리, 조금 더 멀리 떨어진 섬들로 진출하곤 했다.

어느 날, 먼바다의 짙푸른 물너울에 떠 있는 노루 모양새를 한, 검푸른 해송 숲 무성한 섬의 남쪽 포구에 배를 댔는데 선창에는 경운기 엔진을 장착한 허름한 목선 두 척이 정박해 있었고, 선창가에 조그마한 조립식으로 지은 구멍가게가 하나 있어, 한 늙은 여자가 거기에 살고 있었다.

배가 출출한 늙은 시인은 가게 마루에서 바지락과 거북손을 손질하고 있는, 곱게 늙어간다 싶은 늙은 여자에게 점심을 먹

---

* '한승원 문학학교'에 걸린 현판.

게 해줄 수 있는가 물었다. 그 여자는 그를 기다리고 있기라도 한 듯 반갑게 맞았고, 집 그늘에 놓인 평상에 앉으라고 바닥을 훔쳐주고 라면을 끓여주었다. 바지락과 거북손을 푸짐하게 넣어서 보얗게.

그 여자는 칠십대 중반이나 되었을까 싶었는데, 햇볕에 그을어 얼굴 살갗이 가무잡잡하기는 했지만 허리가 굽지 않고, 주름살도 많지 않아 피부가 곱다랬다. 남자들의 하이칼라 스타일로 머리를 짧게 자른 그 여자를 보는 순간 그는 선승들 사이에 전해 내려온 '암자를 불태운 노파'라는 화두를 떠올렸다.

한 곱게 늙어가는 노파가 뒤란 언덕 위에 자그마한 암자를 짓고 선禪 공부에 몰두하는 한 비구 스님을 모셔놓고 정성을 다해 공양과 공부 시중을 들어주었다. 오랫동안 시중을 들어오던 어느 날, 노파는 자기 대신 새파랗게 젊으면서도 지혜롭고 예쁜 미녀를 불러 그 비구에게 정성스럽게 차린 밥과 차를 대접하고 그를 시험하게 했다. "스님이 식후에 차를 마시고 나면 그냥 나오지 말고 스님에게 애교를 떨면서 얼싸안고 섬섬옥수로 스님의 몸을 애무하며 입을 맞추어라. 그런 다음 그 느낌이 어떠냐고 물어봐라." 젊은 미녀는 할머니가 시키는 대로 했는데, 비구 스님은 그녀의 질문에 "나무 기둥이나 차가운 돌장승에게서 애무를 받은 듯싶소" 하고 차갑게 대답했다.

그 말을 듣고 난 노파는 그 비구를 쫓아내고 암자를 불태웠다.

이것은 무엇을 가르치려는 화두인가. 그 노파는 비구 스님이 무어라고 대답을 했으면 쫓아내지도 불태우지도 않고 계속 공부하게 했을까. 비구가 만일 "가슴이 뜨거워지고 숨이 가빠지고 당신과 사랑하고 싶어졌습니다. 나의 수도는 아직도 멀었다는 절망감이 들었습니다" 하고 대답했다면 그랬을까. 그것도 아니라면, 그 비구의 공부가 그로써 완결되었다고 판단했던 것일까.

아니다. 발랄하고 고혹스러운 젊은 여인의 교태 앞에서 정상적인 남성이라면 어찌 목석 같아질 수 있을까. 노파는 비구가 거짓말을 했다고 판단하고, 내가 이때껏 사기꾼을 키웠구나, 하고 절망하여 암자를 불태우지 않았을까.

참으로 풀기 어려운 그 화두 앞에서 늙은 소설가는 참삶이란 어떤 것일까라는 의문 속으로 미끄러지곤 한다. 그것은 살아온 길과 앞으로 살아갈 길을 새삼스럽게 다시 생각하게 하는 냉엄한 금강 몽둥이가 되곤 하는 것이었다.

선선한 남풍이 부는 한여름 밤이었다. 파도 소리가 부드러웠다. 그는 세끼 밥을 가게의 노파에게 부탁하고, 모래 언덕 위에 텐트를 치고 하룻밤 머물기로 했다.

샛노랗고 둥그런 보름달이 중천에 떠 있었다. 섬 모퉁이 모래밭을 거닐다가 짙은 해송 숲속에 동그마니 앉아 있는 오두막 한 채를 발견했다. 무성한 해송 숲이 사방을 가로막고 있어, 오두막에서는 바다가 보이지 않고 하늘만 보였다. 해송 숲이 거친 바람과 파도 소리를 걸러주는 역할을 해주고 있었다.

그 오두막 툇마루에 한 오십대 중반쯤이나 되었을까 싶은, 머리털이 반백인 남자가 앉아 새끼를 꼬고 있었다. 처마 밑에는 둥그렇게 사려놓은 새끼 묶음들이 처마까지 닿게 층층이 쌓여 있었다. 그 새끼 사리의 묶음은 각기 독립된 묶음이 아니고, 모두 한 줄에 이어져 있었다. 자세히 보니 그 남자는 두 다리를 전혀 활용할 수 없는 장애인이었다.

다가가서 무슨 새끼를 그렇게 한없이 이어서 꼬아 쌓아놓느냐고 묻자, 그는 말없이 숲 사이로 보이는 달을 턱으로 가리키면서 흰 이들을 드러내고 천진하게 웃었다.

어느 날 그 달이 지쳐, 오두막 앞에 서 있는 늙은 소나무 가지에 앉아 쉬어갈 것이라 했다. 그때 기회를 놓치지 않고 그 달을 새끼줄로 묶어놓겠다는 것이었다. 달은 하늘 높이 멀리 멀리 돌아다니기를 좋아하니까 한없이 긴 새끼줄이 필요하지 않겠는가.

로켓을 이용한 달 탐사가 진행되고 있는 세상에 이게 무슨 망상인가. 어떻게 그런 생각을 하게 되었느냐고 물으니, 그는

"어머니"라고 대답했다. 그는 생각했다. 이 남자는 시詩를 살고 있다.

다음날 갯바위에서 낚시질하는 늙은 어부에게 들으니 부두 앞 가게의 보살이 그의 어머니인데, 그녀는 그를 낳은 것이 아니고, 어디선가 데려다 기른 것이라고 했다.

그 장애인은 일어서서 걷지 못하고 두 손만을 이용하여 기어다녀야 하므로 그의 어머니가 먹을 것, 입을 것, 새끼 꼴 짚을 마련해준다고 했다. 그렇지만 두 손과 팔뚝은 건강하므로 두 손을 이용하여 마당을 기어다니고 화장실을 출입하고, 뒤란 옹달샘 물로 손수 빨래를 하여 마당 한복판에 나지막하게 걸린 빨랫줄에 널어 말리고, 누구 도움 없이 목욕을 하고, 부엌에서 음식을 만들어 먹곤 한다는 것이었다. 그에게는 발에 신는 신이 없고 손에 끼는 두꺼운 가죽장갑이 몇 켤레 있을 뿐이라고 했다.

늙은 소설가는 텅 빈 하늘을 보며 생각했다. 달에서 희귀 광석을 캐오려 하는 세상에, 참으로 말도 안 되는 삶을 살고 있는 이 남자는 대관절 누구일까.

사실인지는 모르지만, 그 포구의 노파가 오래전 한 도시의 중학교 교장 노릇을 한 남자의 딸이란 말이 있다고, 약간 검은 빛이 도는 주황색 통기타를 옆에 놓고 낚시질을 하는 늙은 어부는 말했다. 늙은 소설가는 젊어서 그 도시에서 살 때 들었던 한 교장에 대한 전설적인 일화가 떠올랐다.

8·15광복 전, 일제의 신사 참배를 거부한 까닭으로 파면되었다가 광복 후에 다시 임용된 그 교장은 민족주의자이자 자유 민주주의자였는데, 사람들에게는 거목 같은 인물로 알려져 있었다. 그의 집은 한길 가에 있는 삼간초가로, 가난한 젊은 제자들이 무시로 드나들며 밥을 축냈다.

그 도시에는 서로 경쟁 관계인 두 중학교가 있었다. 한 학교는 초등학교 교사를 양성하는 사범학교이고, 다른 한 학교는 항일 학생운동을 주도한 전통 있는 중학교로 많은 인재를 배출해왔다. 전통 있는 중학교 출신이었던 그 교장은 사범학교에 교장으로 임용된 것이었다.

장차 나라의 기둥과 대들보가 될 학생들의 기상을 드높여주자는 그 교장의 제안에 따라, 두 학교 학생들은 봄과 가을 두 차례에 걸쳐 축제 같은 축구 경기를 치렀는데, 양쪽 다 전교 학생들이 몰려와서 응원전을 펼쳤다.

첫해 가을의 축구 경기에서 사범학교가 지고 전통 있는 중학교가 이겼다. 그날 밤 그는 술에 취해 집에 들어와서 자기 방에 들어앉아 징징 울었다. 평소 말수가 없는, 인자한 어머니가 그에게 무슨 큰일이 생겼나보다 생각하고 그의 방으로 들어가 왜 그렇게 우느냐고 물었다.

그는 "우리 학교가 축구 시합에 졌어요" 하고 퉁명스럽게 울먹였는데 어머니는 어처구니없어하며, "세상에 자기 학교가 축구 시합에 졌다고 집에 들어와 엉엉 우는 교장이 어디 있단 말인가? 아이고 부끄럽네, 조용히 하소" 하고 말했다. 평소 어머니 말씀에 순종하던 그였지만, 이날은 어머니에게 소리쳐 대꾸했다. "자기네 학교가 시합에 졌는데 울지 않는 것도 교장이랍니까?"

다음해 봄에 또 사범학교와 전통 있는 중학교는 축구 경기를 했다. 그날 밤 집에 들어온 그는 또 자기 방에서 엉엉 울었다. 어머니는 아들 방으로 들어가서 빈정거렸다.

"자네 우는 것 보니 자네 학교가 또 졌는가보네!"

그러자 그는 "아뇨, 이겼어요" 하고 말했다.

그럼 이겼는데 왜 우느냐고 어머니가 묻자 그는, "우리 모교 후배 선수들이 얼마나 공을 못 차는지, 차라리 내가 들어가서 대신 공을 차고 싶었어요" 하고 나서 이제야말로 더욱 서럽게 울었다.

포구 서편 나지막한 동산 너머의 아늑한 계곡에 마을이 있었다. 오종종한 분지에 여남은 채의 집이 있었는데 모두 비어 있고, 마을 입구의 허름한 집에 단 한 사람, 하루 전날 만난 바 있는 어부 한 사람만 살고 있었다. 그 어부를 여기 살게 하는, 그의 들숨과 날숨은 무엇일까.

늙은 소설가는 궁금해서 그의 집 마당 안으로 들어섰다. 그 어부는 바야흐로 낚시질을 하러 가려고 도구를 챙기고 있었다. 한쪽 어깨에는 낚시 도구를 짊어지고 다른 한쪽 어깨에는 약간 검은빛이 도는 주황색 통기타가 담긴 갈색의 가죽 케이스를 짊어졌다.

늙은 소설가는 그 어부를 따라 포구 선창 옆의 갯바위로 나갔다. 어부는 통기타를 갯바위 한쪽 편평한 곳에 벗어놓고 익숙한 솜씨로 낚시질을 했다. 가짜 미끼를 쓰고 있음에도 불구하고 고기는 입질을 곧잘 했고, 어부는 우럭과 검은 줄무늬의 도미와 깔딱(농어 새끼)을 거듭 낚아올렸다.

어부는 낚시질을 멈추고, 잡아올린 우럭과 깔딱을 회로 뜬 다음 새콤한 된장물회를 만들어서 소설가와 함께 소주를 곁들여 먹고선 기타를 치며 청승스럽게 노래했다.

사랑이 한창 고프던 그 시절
강변 호수의 수련꽃이 너무 예뻐서……

소설가가 텐트 속에서 자려 하는데, 어부가 참숭어 회 안주와 소주 두 병을 가지고 와서 한잔하자고 했다. 그들은 갯바위

위에서 마주앉아 마셨다. 모래톱과 부두에서 철썩거리는 파도 소리, 삽상한 마파람과 금방 쏟아질 듯 수런거리며 반짝거리는 푸른 별과 누런 별, 불그스름한 별 들이 술맛을 돋우었다. 취기가 돌자 어부는 자기가 오래전부터 자연 친화적인 삶을 즐긴다고 선제한 나음, 한여름 밤이민 집 주변의 숲에서 극성스럽게 우는 풀벌레들의 소리에 대한 이야기를 꺼냈다.

"시인님, 여름과 가을밤의 풀벌레 소리가 참으로 이상한, 알 수 없는 힘을 가지고 있다는 것 아시나요?"

"아, 네" 하고 소설가는 맞장구를 쳤다.

우주에 존재하는 모든 것들은 연주를 한다. 풀벌레들은 자기 날개나 다리를 치열하게 비비는 소리를 통해 자기 존재를 만방에 알리고 사랑을 구가謳歌하는 것이다. 우주 속에 흐르는 별들도 이웃의 별에게 어떤 영향을 주면서 또한 스스로도 이웃의 별에게서 어떤 영향인가를 받는다는데 그게 섭동攝動이라고 들었다.

"무더위가 계속되는 한여름 밤……" 하고 어부는 입을 열었는데, 시를 이야기로 풀어내고 있다고 여겼다. 세상에는 시를 쓰는 사람이 있는가 하면, 시를 몸과 마음으로 사는(실천하는) 사람이 있다.

돌담 안팎의 무성한 풀숲에서는 풀벌레들이 귀가 먹먹해질 만큼 극성스럽게 울었다. 끼르르, 끼이이, 삐리리…… 그것은 자욱한 밤공기를 귀울음처럼 깊고 높고 아득하게 촉촉이 적시고 있었다.

귀가 절벽인 시어머니가 쓰는 안방과 비좁은 부엌, 그리고 홀로 된 며느리가 쓰는 모퉁이 갓방이 있을 뿐인 삼간 오두막의 마당 가장자리와 돌담 옆의 수숫대 숲에서도 풀벌레는 울어댔다.

모퉁이 갓방에서 자려고 누운 젊은 홀어미의 몸에서도 풀벌레 소리가 흘러나오고 있었다. 밤하늘에는 푸르고 누르고 불그죽죽하게 반짝거리는 별들이 금방 쏟아질 듯이 수런거렸다. 그녀의 몸은 그녀를 연주해주던, 먼 나라로 가버린 남편의 손길이 감당할 수 없도록 사무치게 그리워 풀벌레처럼 속으로 울고 있었는데, 야릇하게도 그녀의 머리에는 남편이 아닌 이웃집 숫총각의 늠름한 모습이 떠올라 있었다.

어느 한낮에, 무릎이 차게 자란 참깨 나무들의 우듬지를 잘라주고 오다가 그 총각이 미루나무 숲 그늘 내린 냇물 웅덩이에서 멱을 감는 것을 먼발치로 보았는데, 그뒤부터는 그녀 머리에 그 거무튀튀하게 그을린 늠름한 알몸의 잔상이 사라지지 않고 있었다. 그 잔상은 그녀의 몸에 문득 진저리를 일으키곤 했다. 훤칠한 몸매에 얼굴 훤한 그는 고등학교를 졸업한 다음 집안에서 책을 읽거나 가끔 기타를 치고 노래하다가 아버지 어머니의 농사일을 거드는 '반거들충'이었다. 오롯한 선비도 못 되고, 선비 옷을 제대로 벗어젖히고 농사에 전념하지도 못하는 어중간한 사람을 마을 사람들은 반거들충이라고 했다.

땡볕이 들끓는 한낮에 꿀이 가득 담긴 하얀 통꽃들이 일어 있는 깨밭에서 벌들의 잉잉거리는 소리를 듣고 온 그녀는 부엌 안에서 아침 일찍 길어다놓은 동이의 찬물을 머리와 알몸에 끼얹고, 맨살에 맺힌 숭어 비늘 같은 물방울들을 수건으로 훔쳤다.

그녀 몸이 풀벌레 소리에 시달리고 있는 그때 이웃집 총각의 몸에서도 풀벌레 소리가 자자藉藉하게 메아리치고 있었다. 한낮에 하얀 꽃 만발한 깨밭에서 우듬지를 자르는, 이웃집 그녀의 허리가 잘록한 쪽색 자락 치마에 가려진 실팍한 엉덩이의 모습이 눈에 삼삼이 그려지고 있었다. 그는 어릿어릿, 알수 없는 힘에 이끌려 집을 나왔고, 별들을 머리에 인 채 그녀의 오두막 마당으로 들어섰다. 마당 가장자리에 늘어선 수숫대 잎사귀들에 별빛이 얼룩무늬를 만들고 있었다. 그녀의 방문은 잠겨 있지 않았고, 그는 방문을 열고 스미듯 들어가, 귀를 먹먹하게 하면서 소용돌이치는 풀벌레 소리 바다 속으로 미끄러져버렸다. 풀벌레 소리는 어두운 소리 바다를 미친듯이 출렁거리게 했다.

그해의 한여름 밤을 내내, 그들은 오두막 안팎에서 우는 풀벌레들과 더불어 뜨겁게 울면서 보냈고, 가을 찬바람과 함께 울어대는 귀뚜라미 우는 밤 또한 그렇게 함께 보냈다.

그들의 몰래 한 사랑은 한없이 깊어졌다. 뜨거운 사랑을 하면서 그들은 꿈결처럼 지껄이곤 했다. "친정에 가서 기다리면 내가 도시에 나가 취직하고 금방 찾아갈게요. 우리 그런 꿈을 꿔도 될까요⋯⋯?" 그녀는 밤마다 우렁각시처럼 그를 위해 쌉쌀한 막걸리와 안주를 마련해놓고 기다렸고, 도둑처럼 기어든 그는 그것을 먹고 마시고 풀벌레 울음 바다 속으로 미끄러져들곤 했다.

얼마쯤 뒤 몸에 이상이 생긴 것을 인지하고 눈물을 주체하지 못하고 사는 그녀를 친정어머니가 와서 데리고 간 다음 그녀는 돌아오지 않았는데, 친정아버지 등살에 그녀가 개가를 했지만, 오래지 않아 배가 불렀으므로 소박을 맞았다는 소문이 마을에 돌았다.

그 소문이 퍼진 그해 겨울, 이웃집 총각은 부모의 강압적인 주선으로 이웃 마을의 한 처녀에게 장가를 갔는데, 사는 내내 금슬이 좋지 않은 것은 아니었지만, 불행하게도 둘 사이에는 자식이 생기지 않았다.

이후 수많은 꽃이 피고 졌고 그의 머리도 희끗희끗해졌을 때, 해로하던 아내가 홀연 깊어진 속병(자궁암) 탓에 저세상으로 떠나갔는데, 어느 날 황갈색의 감물을 들인 생활한복 차림에 새까만 장발을 뒤통수에 갈래머리로 묶은 한 젊은 남자가 찾아왔다. 그 젊은이는 그의 코와 눈매와 얼굴 윤곽을 쏙 빼닮은 늠름한 청년이었는데, 홀로 살던 어머니가 돌아가시며 "늬 아부지를 찾아가거라, 아무아무 데 사는 아무개가 늬 아부지다" 하고 유언을 남겼다고 하면서 두 손바닥으로 눈물을 훔쳤다.

늙은 말년에 뜻밖의 아들 하나가 덩쿨째 굴러들어온 것이었다. 그 아들은 며느리와 함께 집안일을 맡아 하면서 손자들을 거듭 낳아주었는데, 그는 새삼스럽게 친정어머니를 따라간 뒤 소식이 끊긴, 푸른 대처럼 싱싱하던 그녀가 한없이 그리웠다. 그리하여 집안의 모든 살림살이를 거저 굴러들어온 아들과 며느리에게 물려주고 이 섬으로 들어와서, 청승스럽게 기타 치고 노래하며 살고 있었다.

사랑이 한창 고프던 그 시절
강변 호수의 하얀 수련꽃이 너무 예뻐서
한 송이 꺾어다가 병에 꽂았는데
그날 밤 꽃에서 걸어나온
달빛 치마저고리의 여신이
차려낸 밥과 상큼한 술을 배불리 먹고 마시고

그 여인과 꿈꾸듯이 뜨겁게 사랑했는데,

새빨간 아침노을 빛 타고 그 여인 홀연히 날아가버렸네,

아, 훨훨 날아간 그 달빛 치마저고리의 여신,

여신이여! 하얀 수련꽃 여신이여!

지금도 그대를 찾아

나 이렇게 가슴 저미는 사랑 노래를 부르고 있네.

―「사랑이 고프던 시절」

어부는 술에 얼근해지자 자기도 젊은 시절 한때 문학병을 앓은 사람이었다고 하면서 그의 소설 「까치노을」에 대하여 말했다.

"시인님은 『새터말 사람들』이란 소설집의 '작가의 말'에서, 요절한 친구를 위해 그 소설을 썼다고 했더군요. 그 친구가 군대에서 자살을 했다지만, 믿을 수 없다고도 했고요."

어부의 말은, 떠올리면 가슴을 아리게 하는 고향 마을과 그 요절한 친구에 대한 회억回憶 속으로 미끄러지게 했다.

새터말이라는 고향 마을은 나의 태어남과 자람과 방황과 실패와 절망과 성취와 성숙의 시공이고, 내가 회귀하게 될 영혼의 안식처이다. 나는 나를 낳아준 어머니에게 그러하듯이, 나를 품어 길러준 고향 마을과 그 산하의 풍토에 많은 빚을 지고

있다.

　오래전부터 나는 요절한 내 친구의 이야기를 소설로 쓰고 싶었는데 그게 좀처럼 쉽지 않았다. 따지고 보면 그 친구에게도 나는 큰 빚을 지고 있는 것이다.

　이차세계대전과 삼십육 년간의 일제강점기로부터의 광복과 그 직후의 좌우 이념 다툼과 6·25전쟁의 암울하고 긴 터널의 시공에서 유년 시절과 청소년 시절을 보낸 그 친구와 나는 이십대 초반 문학적인 열정병과 실존주의 병을 함께 앓으면서 방황했다.

　고등학교를 졸업한 지 삼 년째 되는 해, 한밤중이면 그는 문득 새터말 우리집으로 달려와서, "승원아!" 하며 곤히 잠들어 있는 나를 불러 깨우곤 했다. 봄이든지 여름이든지 가을이든지 겨울이든지 가리지 않았다.

　고향 마을은 천관산 아래의 펑퍼짐하여 매우 포근한 섬 덕도德島였다. 읍내 고등학교 졸업 후 나는 고향 마을에서 아버지 어머니가 하시던 농사와 김 양식과 고기잡이를 물려받고, 밤이면 시와 소설 쓰기 공부를 하겠다고 작정했다. 그렇지만 낮에 고된 논밭일이나 바닷일을 하고 나면 초저녁부터 깊은 잠에 떨어지곤 했고 공부는 별로 진척이 없었다.

　문학적인 열정만 넘쳐났을 뿐 공부가 덜 되어 있는 나의 치기와 객기는 나로 하여금 고등학교 졸업장도 거부하게 했다.

도와주는 이 없이도 혼자 농사짓고 김 양식을 하면서 독학으로 소설가나 시인이 될 수 있다며 그 길을 외곬으로 파고들자고 작정했던 것이다.

그 문학의 길은 한 걸음 한 걸음 나아갈수록 짙은 안개 속처럼 암담해졌다. 오래지 않아 나는 나의 삶과, 시와 소설 쓰기에 절망하고 또 절망했다. 절망은 나를 몸부림치게 하고 헤매게 하였다. 이때 나를 찾아와 위로해주고, 너 같은 사람을 위해 서라벌예술대학이 있다며 그리로 진학하라고 안내해준 사람이 그 친구였다.

그는 고향 덕도의 서편 해협 회진 포구 마을에 살고 있었는데, 한 지방대학교의 국문과에 다니다가 2학년 초에 입대했고, 적응을 제대로 못하고는 탈영했다. 그는 '반항한다, 그러므로 나는 존재한다'를 입에 담곤 하는, 실존적인 아나키스트 같은 반항하는 자유인이 되어 있었다.

그와의 만남이 나에게는 암담한 절망으로부터 빛을 찾아가는 출구가 되고 있었다.

나도 바쁜 농사일 바닷일을 하다가 틈을 내서 회진 방앗간 집에 숨어사는 그를 찾아가곤 했다. 초저녁이든지 한밤이든지 낮이든지 꼭두새벽이든지 찾아가면, 막걸리나 소주를 마시고 기타 치고 노래 부르면서 열정을 불사르곤 했다.

동병상련의 두 실존주의 병자, 문학적인 열정병자들에게는 사르트르와 카뮈, 하이데거와 키르케고르, 쇼펜하우어, 니체, 목숨을 걸고 지동설을 주장한 코페르니쿠스, "지구가 돌다니요? 아니오. 하늘이 돕니다" 하고 거짓말을 하고 사형장에서 살아나온 다음 사람들에게 "나는 하늘이 돈다고 거짓말을 하고 살아났지만, 그러나 지구는 지금도 돌고 있다"고 말한 갈릴레이 갈릴레오가 술안주였다. 시시포스와 프로메테우스를 숭상하는 우리는 치기어린, 고독과 불안과 부조리의 영웅이 되어 있었다. 『죽음에 이르는 병』의 애독자였던 우리는 카뮈의 소설 『이방인』의 주인공이 되어 겁없이 주막과 포구 마을과 덕도의 바닷가 모래밭을 휩쓸고 다녔다.

그는 시도 쓰고 유행가 가사도 썼는데, 하얀 가는베 바지저고리를 즐겨 입었다. 위에 조끼를 걸치지 않았으므로 굴레 벗은 망아지 같은 차림새였다. 나도 그 차림이 좋아, 그렇게 했다. 호주머니 없는 한복이었으므로 담배나 용돈은 양말목 속에 넣고 다니거나, 소매를 어깨까지 걷어올리고 그 속에 넣어 다녔다. 지폐 몇 장을 책 속에 넣고 다니기도 했다.

주변 사람들은 나와 그의 하얀 가는베 바지저고리만 입은 모습을 두고 까치나 흰 물새 같다고 말했다. 그와 내가 어울려 미친듯이 부르고 다니던 그 노랫소리들은 아직도 내 고향 마을의 바다와 모래밭 해송 숲에, 마른나무나 바위 표면에 돋아난 검은 버섯처럼 서식하고 있을지도 모른다.

그러던 어느 겨울밤에 찾아온 그는 숨어사는 탈영 생활을 마감하고 자수하여 남한산성이란 곳에서 감방살이를 마치고 군대 생활을 한 다음 제대해 나오겠다고 하면서, 나에게 서울 서라벌예술대학 문예창작학과에 진학하라고 권했는데 그것은 어쩌면 그의 대리 충족이었을 터이다. 그는 나에게 그 학교의 유명한 교수진(김동리·서정주·박목월)을 줄줄이 말해주었다. 사실은 그도 그 학교에 다니고 싶었던 것이었다. 나는 그의 권유에 따라 이듬해 봄 그 학교로 찾아들었다.

한 해 뒤, 1학년 2학기 가을이 깊어가던 어느 날, 미아리 고갯마루의 서라벌예술대학 앞마당에서 그와 나는 만났다. 그는 십 개월간 남한산성의 육군교도소에서 갇혀 살다가 출소하여 부대 배속을 받기 위해, 그 당시 창동에 있던 보충 부대로 찾아간다고 했다. 그는 옆구리에 자기 생명줄이라는 '병역복무기록카드'가 담긴 노란 서류봉투를 끼고 있었다.

그때 빡빡 깎은 머리와 깡마른 얼굴, 영양결핍으로 인해 노인들의 저승꽃들처럼 기미가 거뭇거뭇하게 끼어 있던 그의 모습에 나는 가슴이 짠하게 아렸다.

머리에 써야 할 모자를 구겨 뒤 호주머니에 찌르고, 작업화 끈을 매지도 않은 채 윗옷 단추들을 모두 풀어 헤쳐놓고, 목의 머플러도 착용하지 않은 그의 모습은 그야말로 '순 개판' 군인이었다. 그것은 말도 안 되는 개멋이었을 터이다.

그날 미아리고개 위로 핏빛 저녁노을이 타오를 때까지 우리는 서라벌예술대학 맞은편 길음동의 돌산 밑 상설시장 입구의 대폿집에서 하늘이 샛노란 동전 한 짝만큼 해지도록 술잔을 기울였다. 취한 우리는 어깨동무를 하고 비틀거리면서 시장 골목을 헤매다가, 보충대가 있는 창동을 거쳐 의정부까지 가는 버스 정류소에 이르렀다.

'이거 잃어버리면 나는 골로 간다'고 하며, 히브리 노예의 문서에 해당될 법한 병역복무 기록카드가 들어 있는 서류봉투를 구기듯 접어 호주머니에 넣은 그가 헤어지면서 나에게 준 마지막 말은 이것이었다.

"내가 못 쓴 소설하고 시, 승원이 니가 다 써라. 한국문학 판도를 바꿔놔라."

그리고 다음해 초여름의 어느 날, 원양어선을 타러 간다는 친구에게서 편지 한 통이 날아들었는데, 그 친구의 죽음에 대한 사연이 담겨 있었다. 군대에서 자살을 했다는 것이었지만, 자살인지 타살인지는 확실히 알 수 없다고 했다.

그 친구의 아버지가 부대장의 연락을 받고 달려갔을 때, 부대장은 그 친구의 자살 현장을 보여주었을 뿐이었다고 했다. 산기슭의 작은 소나무 가지가 꺾여 있는 것이 증거라는 것이었다. 꺾인 가지에 M1 소총의 방아쇠를 걸어 당겨 자살했으리라 추정하고 있었다. 부대장은 아버지의 품에 유골함을 안겨주었는데 그게 끝이었다고 했다.

여름방학이 되자마자 나는 그 친구의 무덤을 찾아갔다. 그의 무덤은 바다가 한눈에 내려다보이는 회진 마을 뒷산 마루자기네 산밭 귀퉁이에 있었다. 그날은 아침부터 궂은비가 내렸다. 그의 여동생이 파란색 비닐우산 둘을 준비했고, 그녀가 앞장서고 내가 뒤따랐다. 빗방울들은 비닐우산을 작달작달 짓두들겨댔다.

그의 무덤은 초라했다. 무덤의 표피에서 피 같은 황톳물이 흘렀다. 나는 그 무덤을 등지고 선 채 회진 앞바다를 내려다보았다. 내 귀에 그의 기타 치는 소리와 서글프게 부르는 노랫소리가 들려오고 있었다.

그후로 나는 잠을 자다가 문득, 나를 부르는 그의 "승원아" 소리에 놀라 깨곤 했다. 그의 넋은 무시로 내가 잠든 방문 앞에 와서 서성거리는지도 모른다. 열정을 감당하지 못하던 그 사람, 어떻게 그 미친 열병 같은 열정을 여의고 떠나갔을까. "흥남부두 울며 찾던 눈보라치던 그날 밤"*을 피맺힌 소리로 부르면서 그는 모든 밤을 호랑지빠귀처럼 헤매고 있을지도 모른다.

『새터말 사람들』에 수록한 중편소설 「까치노을」을 나는 그

---

* 손인호, 〈함경도 사나이〉(1956).

남한산성 교도소에서 갓 출소한 '순 개판' 군인을 생각하고 가슴 아파하면서 썼다. 그 소설의 교정지를 읽으면서 나는 울컥 흐르는 눈물을 주체할 수 없었다.

그 어부가 말했다.

"시인님의 「까치노을」이란 작품이 실린 책 '작가의 말'에 나오는…… 탈영했다가 남한산성을 다녀온 이등병, 그 친구가……"

어부는 나를 작가님이라 하지 않고, '시인님'이라고 불렀다. 혹시 내가 늙바탕에 들어 시인으로서의 해인海印 같은 고요의 삶, 그러한 시경詩境이나 선경禪境에 들어서 있다고 생각한 것은 아닐까.

"남한산성을 다녀온 시인님의 그 이등병 친구가 어쩌면, 혹시 내가 친지한테서 들은 이야기 속의 그 사람하고 동일인이 아닌지 모르겠습니다. 약산도에 살던 얼마 전에 죽은 내 친지가 군대 생활을 할 때 자기 내무반에 배속되어 온, 남한산성을 다녀온 이등병에 대한 이야기를 하더라고요."

그 어부는 자기 친지에게 들었다는 이야기를 마치 자기가 경험한 이야기이기라도 한 듯 세세히 들려주었다.

"그때 내가 내무반장이었는데, 그야말로 군기가 개판인 이등병 하나가 배속되어 왔네. 그놈이 중대본부 선임하사를 따라 들어왔는데, 목에 두른 머플러가 비뚤어져 있고, 박박 깎은 머리 위에 쪼글쪼글 구겨진 모자를 비뚜름하게 얹었고, 신고 있는 작업화의 끈도 단단히 조여 묶지 않은 거였어.

제대를 두 달 앞둔 나는 그야말로 골칫덩어리 하나를 떠맡은 것이었지. 그놈은 자그마한 체구이지만 늘씬하고 강단진데다 매우 날렵해 보이고 영양결핍으로 깡말라 있는 얼굴에는 기미가 끼어 있었지. 눈빛은, 철창에 가둔 채 몽둥이로 두들겨 패면서 키운 늑대의 푸르뎅뎅한 독기가 어려 있었어.

푸코의 『광기의 역사』에 따르면 인간은 자신과 삶의 의미나 가치관을 달리한 자들을 외딴섬에 유배시키거나 가두는 역사를 지니고 있네. 가치 체계나 의식의 형질이 다른 그들을 자신들처럼 온순하게 길들이겠다는 교도矯導의 미명하에 가둔 그들 가운데는, 독기어린 반발과 저항으로 인해, 오히려 더욱 사나워지는 이들도 생기는 것이지. 그들 속에는 그들을 가둔 자들에게 반항하고 저항하는 독성이 싹터 자라는 것인데, 그것은 자기 생명을 보존하겠다는 동물적인 본성이 작용하는 것이라고 해.

가령 오랫동안 끊임없이 항해하는 배 안에서 생활하거나 교도소에 오래 가두어놓으면 극지에서의 생존 본능이 생기기 마련이네. 극지 본능은 상대를 적으로 느끼는 동물적인 본능을 말하는 거라고 나는 알고 있네.

남한산성에 다녀온 이등병은 내무반원들에게 의례적으로 하는 신고부터를 아주 개판으로 했어. 그놈은 피식하고, 알 수 없는 웃음을 기미 낀 얼굴에 바르고 나서, 심한 음치가 음정 박자를 무시한 채 읊고 싶은 가사만을 주절주절 뱉어가듯이 말했지.

'육군 이등병 이 아무개는, 남한산성에서 십 개월 동안 콩밥을 먹다가 보충대를 거쳐 ○○부대로 배속을 명 받았으므로 이에 신고합니다. 저는 인생을 이미 죽 쒀서 개에게 줘버린 새 까만 이등병인데, 사람이 동물과 다른 점은 자살할 줄 안다는 것이라고 생각하는, 아주 못되게 길들여진 동식물성의 아나키스트입니다. 그런데 내가 아직 살아 있는 것은 자살할 만한 정당한, 아니 적당한 이유와 기회를 못 잡았기 때문입니다. 아니나의 적을 죽이지 못했기 때문입니다. 나의 적은 여러분의 적이기도 한데 여러분은 히브리의 노예처럼 길들여졌으므로, 그들을 적으로 인지하지 못하고 먹여주고 보호해주는 주인으로 인지하고 있습니다. 그 적은 착하고 순수한 인간에게 푸른색 얼룩무늬 제복을 입혀 가두거나 노예처럼 부리는, 인간의 탈을 쓴 폭력 집단입니다.'

그것은 국가주의나 전체주의 지배 체제를 부정하는, 야비하게 희화戱畫된 무정부주의자의 말이었어. 자기가 문제성 많은 야수 같은 양생 인간이므로 '미리 알아서 기어라'라는 선전포고 같은 경고성 신고였는데 나는 그것을 자기 나름의 방어기제라고 읽었어.

나는 그를 외계의 별에서 온 듯싶은, 통제하기 힘들게 잘못 길들여진 무지막지한, 아니 조악하게 제작된 상품 같은, 그 어떤 방법으로도 뜯어고칠 수 없는, 만일 뜯어고치려 했다가는 더 못되게 망가져버리는, 『이방인』의 뫼르소 같은 자유인이라고 읽었지. 제대 날짜만 손꼽아 기다리는 말년 병장이자 내무반장인 나는 진저리치며 생각했어. 전체주의에 길든 제복 속 다중의 인간들이 이 무지막지한 자유인에게 벌을 가하지 않더라도, 무엇이든지 일사불란과 일사천리로 시행되는 군대라는 특수 체질의 세계에서는 허용되지 않을 그 자유로 말미암아 그가 죽을 수도 있다고.

중대본부 선임하사는 신고를 마친 그 이등병의 어깨를 툭 치며 '야 인마, 신고를 그렇게 개판으로 하면 어떡하냐……! 섣부르게 까불지 말고, 조용히, 나 죽었습니다, 하고 복무해…… 무사히 제대해 나가려면…… 짜식아, 너, 내 말 잘 아로새겨! 너는 이미 절대로 인자하지 않은 신의 시험에 들어 있는 거야. 너는 가방끈 긴 놈이니까 내 말이 무슨 말인지 알아들었을 거다' 하고 무뚝뚝하게 말하고 내무반장인 나에게 알 수 없는 눈짓을 해준 뒤 돌아갔고, 내무반 안은 얼음물을 끼얹은 듯 냉랭해졌어. 내무반원들은 아주 불길한 예감에 사로잡힌 채 침묵했어. 제복 입은 다중의 침묵이 얼마나 무서운 것인지 나는 오래전부터 잘 알고 있었지. 그 침묵은 각자 자기가 들어 있는 시험을 묵묵히 이겨내려 하는 악마들의 침묵이지 않은가.

특별한 잘못을 저지르지 않는 한, 두 달쯤이 지나면 제대해 나갈 예정인 내무반장인 나는 막연하고 난감했지. '인생을 이미 죽 쒀서 개에게 줘버린 이등병 이 아무개입니다. 사람이 동물과 다른 점은 자살할 줄 안다는 것이라고 생각합니다'라는 그놈의 말과, '너는 이미 시험에 들어 있는 거야'라는 중대본 선임하사의 빈정거리는 말이 나의 영혼을 한순간 얼어붙게 했어. 아, 모두가 들어 있는 그 시험이란 것! 무지막지한 동식물성 아나키스트인, 조악한 상품인 그를 내 내무반에 둔 채 살아갈 일이 막연했어. 나도 그 시험에 걸려든 것이니까…… 푸른 제복의 세상 한복판에 쇠말뚝을 박아버린 중대본 선임하사가 단박에 세워놓은 채로 모질게 조인트를 까거나, 엎드려 뻗치게 해놓고 빠따로 조져 길들이려 하지 않고, 거리를 멀찍이 두고 아웃사이더처럼 깐죽대기만 하면서 내무반장인 나에게 그놈을 떠민 것은 무슨 까닭인가. 그놈과 나를 공동운명체로 만든 것 아닌가.

그렇지만 무탈하게 제대해 나가는 것이 제일의 목표인 나는 미리감치 그의 독기어린 무지막지한 자유를 모르는 체하기로 했고, 계급 서열을 무시하고 내무반 맨 안쪽에 그의 자리를 마련해주었지. 그것은 그를 애초부터 열외列外로 두겠다는 것이었어.

그는 군번은 내무반장인 나보다 빠르지만 강등되어 이등병이었지. 그의 독기는 남한산성의 감옥 속에서 더욱 표독해지고 번들번들 윤기까지 더해진 것일 거라고 나는 생각했지.

내무반원들은 빠짐없이 새벽 다섯시에 기상했는데, 예상한 대로 그놈은 뒤집어쓴 침낭 속에서 꼼짝하지 않았어. 상병인 1분대장이 흔들어 깨웠지만 그는 일어나려 하지 않았지. 1분대장이 한번 더 흔들어 깨우다가 그가 일어날 기미를 보이지 않자 나를 바라보았어. 어찌했으면 좋겠느냐는 물음이 그의 눈빛에 담겨 있었지. 나는 1분대장에게 고개를 저으면서 가만 놔두라는 눈짓을 했어.

중대본부 앞마당에서 중대 전체의 새벽 점호를 하는데 내무반장인 나는 점호에 빠진 자들의 사고 내용을 '휴가 1명, 파견 1명, 환자 1명'이라고 보고했지. 환자 1명은 내무반 침낭 속에 들어 있는 그 남한산성을 말하는 것이었지. 내무반 요원들은 군가를 부르고 청소를 하고 식당에서 아침밥을 먹었어. 내무반원들이 내무반으로 돌아와 칫솔질을 하고 오전 작전을 하러 나갈 때까지도 그 남한산성은 자고 있었어. 나는 1분대장에게 그의 밥을 타다가 주라고 명했고, 1분대장은 그 일을 자기 분대의 한 고분고분한 일등병에게 시켰지.

나는 중대본 선임하사와 소대장과 중대장에게 그 이등병의 행동거지에 대하여 사실대로 보고하지 않았어. 사실대로 보고하면 그들이 어떻게 조처하고, 그 조처에 대하여 그놈이 어떻게 행동할까 생각하면 두려웠어. 나는 자존심이 상했지만 두 달 동안만 그놈을 건드리지 않은 채 무탈하게 지내고 제대할 생각으로 참았어. 내가 내무반장을 하는 동안에는 그 무지막지한 자유인을 가만 놔두고 싶었어. 그놈이 나의 관대함으로 이성을 회복하고, 내무반과 군대 생활에 잘 적응하다가 제대해 나가기를 바랐지.

그런데 그 애물단지는 나의 기대와 바람을 무시하고 하루 내내 내무반에서 빈둥거리다가 저녁밥을 먹은 다음에는 부대 밖의 주막에 가서 술을 마시고 들어오곤 했어. 우리 부대는 나지막한 동산 위에 지은 막사에 주둔해 있었는데, 동산 동편 골짝 아래에 들판을 앞에 둔 마을이 있고, 거기에 부대원들을 상대로 한 주막이 있었지. 술 파는 새파랗게 젊은 여자 하나와 함께. 소문에 의하면, 입술 연지를 새빨갛게 칠한 허리 늘씬한 그 여자 위로 한 개의 사단 병력이 지나갔으므로 반들반들 길이 나 있다고 했어. 마을과 부대 사이에는 철조망이 쳐져 있지만 누군가가 개구멍을 내놓았는데 그것은 공공연한 비밀이었어.

사역이나 훈련을 하고 난 대부분의 병사들은 야간 점호를 마치고 침낭 속으로 들어가 잠을 자지만, 간이 배 밖으로 나온 병장이나 상병들은 은밀하게 개구멍을 빠져나갔고 그 여자를 안고 낀 채로 술을 즐겼지. 그들 중에는 술을 마시다가 번개 사랑을 하는 축도 있다는 소문이 있었지. 그들 틈에 남한산성이 끼어 나가곤 했어. 모두들 눈을 감아버렸으므로 그것도 공 공연한 비밀이 되었어.

그런 어느 날 밤, 남한산성이 열두시쯤에 들어와 불침번을 서는 한 일등병에게 찹쌀떡 봉지를 들이밀었어. '야 고생한다. 내가 대신 설 테니까 너는 이거 먹고 자거라' 하고 속삭였어. 불침번인 일등병이 도리질을 하며 '아닙니다…… 그러면 안 됩니다' 하고 거부했는데, 남한산성은 그를 떠밀듯이 억지로 침상에 앉히고 그 찹쌀떡을 먹였고 일등병은 더 거역하지 못 했어. 남한산성은 일등병의 총을 빼앗듯 넘겨받고 군화를 벗 게 하고 침낭 속으로 밀어넣었어. 일등병은 침낭 속에서 그 찹 쌀떡을 먹었지. 그러는 동안 남한산성은 총을 메고 불침번 노 릇을 했어. 그런데 일등병이 잠이 들자, 그도 침낭 속으로 들 어가 자버렸지…… 침낭 속에 든 채 그들이 하는 짓을 알아챘 으면서도 나는 잠이 든 체해버렸고 실제로 까무룩 잠이 들었 어. 다행히도 주번사관이 순찰을 돌지 않아 우리 내무반 불침 번이 자고 있는 것이 탄로나지 않았어.

불침번이 제대로 교대하지 않고 잠을 자버린 것은 영창보다 더 큰 실형을 받아야 하는 것이었어. 그러나 나는 이튿날 아침 애물단지 남한산성을 탓하지 않고 일등병에게만 엎드려 팔굽혀펴기 서른 번의 기합을 주고 모든 것을 덮었어. 그 일등병은 완도군 신지도가 고향이었지. 다행하게도, 그 일 이후 나는 탈 없이 제대했어."

어부는 자기 친지의 말을 연이어 전해주었다.
"나는 제대한 다음 교통사고로 다리를 다친 아버지의 다시마와 전복 양식을 물려받아 작업선 위에서 거의 날마다 물옷 바람으로 살았는데, 어느 날 문득 해경 순시선이 내 다시마 발 작업선 옆으로 다가왔어. 나는 소스라치게 놀랐지. 내가 무슨 잘못을 저질렀길래 순시선이 출동했을까.
한 해경이 순시선에서 내 작업선으로 옮겨 타자마자, 나를 향해 부동자세를 취하고 거수경례를 하며 말했네.
'일등병 강 아무개는 군복무를 무사히 마친 다음 ○○해양 경찰 ○○지구대에 복무의 명을 받았으므로 이에 내무반장님께 신고합니다.'
나는 그 해경의 흰 테 안경을 낀 갸름한 얼굴과 주먹처럼 뭉툭한 코, 웃음기어린 표정으로 그를 알아채고, '아니 이거 누구냐?' 하고 말했어. 해경은 바로 그 일등병이었지. 그는 나를 덥석 끌어안았어. 그리고 일단 돌아갔다가 다음날 근무를 마친 뒤 나의 집으로 찾아왔지.

우리는 부둣가에서 낚은 깔딱과 전복을 안주로 술을 한잔하면서 회포를 풀었는데, 그 자리에서 그 일등병은 끔찍한 이야기를 풀어놓았어. 내가 제대한 후로, 그 내무반 안에서 일어난 남한산성 이등병에 관한 것이었어.

그것은 그의 마음 깊은 곳에 잠재해 있다가 어느 한순간 문득 유령처럼 나타나서 혹독하게 고문하곤 하는 트라우마인 듯싶었어. 씹지 않고 삼켜놓은 깍두기처럼 그의 영혼 속에서 뒹굴고 다니는 두렵고 무서운 마비나 경련, 두통과 불면증 같은 외상덩어리 말일세…… 그는 그것을 내무반장이었던 나에게 하소연하고, 그에 합당한 어떤 기합을 받고 나야만 얼마쯤 홀가분해질 듯싶은 것이었는지도 모르네. 그는 성당의 신부에게 고해성사를 하듯, 정신과 의사나 심리 상담사에게 치유를 위한 고백을 하듯 말하고 있었어.

그날 깊은 가을철 한밤중에 둥근 보름달이 중천에 대낮처럼 환히 떠 있었고, 풀밭에 내린 이슬들이 은빛으로 반짝이고 있었는데, 그 둥근달을 알 수 없는 새까만 그림자가 먹어들어가기 시작한 거야. 월식月蝕 말이야. 그때 남한산성은 주막에서 술을 마시고 부대로 돌아오다가 어떤 알 수 없는 생각에 젖어든 채 하늘 한복판에서 일어난 월식을 쳐다보고 있었어. 그는 몇 달 전에 불침번을 서던 그 문제의 일등병과 함께 마을 주막에서 입술 연지를 새빨갛게 칠한, 별로 예쁠 것도 없는 여자를 앞에 앉힌 채 술을 마시고 부대로 들어가고 있었던 거였네.

남한산성은 그 여자를 다만 건너다보기만 할 뿐 절대로 껴안거나 몸의 어떤 부위도 만지려 하지 않았어. 오히려 그 여자가 그의 가슴으로 파고들고 몸을 만지려고 들었는데, 그는 그 여자를 뿌리치고 일정한 거리를 둔 채 술만 들이켰고 그 여자에게서 성적으로 허기진 병사들을 상대한 이야기를 들으려 할 뿐이었어. 어쩌면 노는 여자에 대한 결벽증이 있는 듯싶었고, 그러면서도 그렇게 살 수밖에 없는 그 여자의 어찌할 수 없는 실존을 흥미 있어하고 존중해주는 듯싶었어. 험하게 더러워진 세상 속에서 이렇게 살아가는 사람도 있구나, 하고 달관한 사람처럼 그 여자를 대하고, 인간 윤리가 무너진 세상을 냉소적이고 객관적으로 관찰하며 짠해하는 듯싶었어.

그 여자는 머리를 빡빡 깎은 남한산성의 호주머니에 돈이 좀 들어 있다는 것을 귀신처럼 냄새 맡고 있었고, 그에게 아양을 떨어야 팁을 더 받을 수 있다고 생각하고 있었어. 동행해준 일등병은 새색시처럼 다소곳했지. 남한산성은 그녀에게, 술값과 팁을 동행한 일등병이 모두 낼 거라고 거짓말을 하면서, 한번 진하게 사랑해주라고 강요했어. 일등병은 손사래를 치고 '아녀요' 하면서, 만일 여자가 자기에게 다가오면 도망치기라도 할 것처럼 몸을 사렸지. 그러나 여자는 남한산성의 말을 들으려 하지 않았어. 남한산성은 여자에게 명령하듯 '우리 김일병 숫총각이야. 저쪽 쪽방으로 모시고 가서 진하게 번개사랑 한 번 하고 와. 내가 꽃값 두둑하게 쳐줄게' 하고 말했는데 일등병은 앉은걸음으로 출입문 쪽 구석으로 피해 갔고, 여자는 자기는 코가 큰 당신 같은 남자가 좋다며, 남한산성만 유혹하려 들었어.

남한산성은 진정 그 여자와 일등병이 당장 옆에 있는 쪽방으로 들어가 번개 성행위를 치르고 나오기를 바라고 있다 싶었는데 그러는 그의 뜻은 무엇이었을까.

마침내 남한산성은 싫다는 일등병과 그 여자를 강제로 그늘 짙은 쪽방으로 밀어넣으려고 들었는데, 일등병은 그를 뿌리치고 밖으로 달아났어. 남한산성은 그냥 허허허 하고 웃으며 여자에게 꽃값과 술값을 지불하고 일등병을 뒤따라 나와 일등병과 어깨동무를 한 채 부대로 복귀했고, '나는 김일병 니놈의 순수가 환장하게 좋다' 하면서 그의 얼굴에 볼을 비볐다고 했어.

……일등병이 볼 때 남한산성은 씁쌀한 막걸리에만 취한 것이 아니고 알 수 없는 그 무엇, 아나키스트적인 자유에 취해 있었어. 그는 노래를 불렀다고 했어. '흥남부두 울며 찾던 눈보라치던 그날 밤…… 금순아 어디를 가고 길을 잃고 헤매었더냐.' 일등병은 그 남한산성이 두려웠어. 일등병은 애초에 막가는 인생을 산다 싶은 그가 개구멍 밖의 술집 순례를 하자고

꾀었을 때, 그의 유혹에 말려들지 않으려고 '저 술 못해요' 하고 도리질하며 손사래를 쳤지만, 그는 일등병에게 야수 같은 눈빛을 레이저처럼 쏘아 무력화시켜 강압적으로 이끌었고, 일등병은 억지 걸음을 걸어 동행했다는 거였어.

"남한산성은 철조망의 개구멍을 등지고 풀밭에 엉덩이를 붙이고 앉아 하늘의 달을 쳐다보았어. 그 무렵에는 검은 그림자에 먹혔던 달이 그 그림자에서 거의 벗어나 있었지. 일등병은 그가 무슨 이야기인가를 하고 싶어한다고 생각하고 그의 옆에 앉아 기다렸는데, 그가 잠시 침묵하다가 말을 꺼냈다는 거였어.

'월식, 저게 어찌된 거냐 하면 말이다…… 저 하늘 세상에 세 개의 발을 가진 삼역구라는 거대한 짐승이 있는데, 그 짐승이 입을 한껏 벌리고 달을 먹으려 했다가 달이 워낙 얼음같이 차가워서 삼키지는 못하고 시방 뱉어내고 있는 중인 거야.'

그러고 나서 남한산성은 한참 생각에 잠겨 있다가 입을 열었다고 했어.

월식이 있는 오늘밤, 아마 어디에서일지는 모르지만 무슨 사건이 일어날 거다, 하고 그는 예언하듯 말했다고 했어.

'저렇게 월식이 있는 밤이거나, 또는 어느 한낮에 삼역구라는 놈이 해를 삼키는 일식日蝕이 진행되는 순간에도, 땅 위의 어디에선가는 상상할 수 없는 사건이 터지곤 한단다. 그건 어

찌할 수 없는 신화적인 거야.'

남한산성은 자기가 고등학교 3학년 때 겪은, 일식이 진행되는 동안에 일어난 사건을 이야기했어.

'나한테 늘씬하고 예쁘장하고 앳된 S누나가 있었지. 내가 혼자 자취하는 집의 외동딸이었어. 6·25전쟁중이었는데……스무 살에 결혼한 남편이 군대에 가서 전사했어. 나이가 서른살인데, 초등학교 다니는 열 살 먹은 딸이 하나 있어 친정에 데리고 와서 살고 있었어. 그 친정집의 모퉁이에 붙은 작은 방에서 나는 자취를 하고 있었고…… 나는 고등학교 시절 빠구리를 잘 쳤다. 수업을 듣다가 중도에 허락 없이 뒷문으로 달아나버리는 것을 우리는 빠구리 친다고 그랬다…… 다 빤한 것들을 가르치는, 밑천 간들간들한 풋내기 대학원생 강사들의 허한 속이 보여 미칠 것 같았어. 그날, 자취방에 들어가 막 누우려 하는데 갑자기 세상이 어두컴컴해지기 시작하는 거야. 웬일이야 하고 몸을 일으키는데, 창문 밖에서 S누나가 깊이 잠긴 목소리로 '오늘 일찍 집에 왔네?' 하고 인기척을 하는 거야. 내가 '응' 하고 대답하자 아침저녁 밥때면 따끈한 시래기 된장국을 떠다주곤 하는 S누나가 '나 좀 들어가야겠다' 하며 방문을 열고 들어오는 거야. 일요일이면 그 누나는 나하고 마주앉아 화투치는 것을 좋아했었지. 진 사람의 팔뚝을 두 손가락으로 때려주기…… 양반다리하고 마주앉아 화투 칠 때는 하얀 두 허벅다리를 보라색의 주름진 치맛자락 밖으로 내놓곤 했지.

그 누나가 내 방으로 들어오는 순간 나는 아찔했어. 주름진 자락치마를 입은 누나에게서 날아오는 물씬한 몸냄새 때문이야. 너 성숙한 여자의 냄새를 아니? 잘 익은 사과 향 같기도 하고, 봄에 핀 산난초 꽃향기 같기도 한 그 향기는 누나가 방바닥에 앉을 때 치마 속에 있던 바람이 밖으로 빠져나오면서 더 진하게 났는데, 나는 그때 가슴이 심하게 두근거렸고 어지러웠고 얼굴에 훅 열꽃이 피었어. 그런데 누나도 나에게서 풍기는 어떤 냄새를 맡았는지 얼굴이 빨개졌어. 창문 밖은 더욱 어두워졌고, 누나의 얼굴이 어슴푸레하게 보일 지경이었어. 누나는 목이 바싹 밭은 소리로 말을 더듬거렸어. '지, 지금 삼 역구가 해를 삼키고 있는데!' 하더니, '나 왜 이러는지, 가슴이 막 뛰고, 숨이 막혀 죽을 것 같다, 나 좀 어떻게 해주라' 하고, 내 가슴으로 쓰러지면서 두 팔로 나를 끌어안고 몸부림을 치는 거야. 나는 당황했지만, 그 누나를 뿌리치지 못했어.'

남한산성은 한동안 달을 쳐다보기만 했는데, 그때는 달이 검은 그림자에서 완전히 벗어나고 있었어.

'그 일이 있은 이후 나의 고3은 그 누나와의 거듭된 몰래 한 사랑으로 인해 꿈결같이 흘러갔어. 우리가 그 꿈에서 깨어난 것은 그 누나가 문득 욱 하고 토하곤 하는 일이 일어났을 때였어. 어느 날 학교에서 돌아오니까 누나가 집을 나가고 없었어. 한 달 뒤에 돌아왔는데, 얼굴이 창백하고 몸이 홀쭉해져 있었어. 먼 친척 오빠가 한 의료원의 보조 의사였는데, 유산을 해 버리고 온 거야. 나를 끌어안고 울어대며 미안하다고, 너하고 어디로 달아나서 살고 싶기도 했는데, 내가 술집에서 일을 할지라도 너 대학 뒷바라지 다 해주고…… 그럴까 했는데, 어머니가 말렸다고. 딸을 달고 사는 자기와 함께 살기에는 네가 너무 어리다고, 한없이 창창한 네 앞길을 가로막아서는 안 된다고…… 그때는 몰랐는데, 군대에 와서 문득 생각했다. 그 누나하고 결혼을 해야겠다고…… 그런데 탈영해서 찾아가보니까 그 누나는 어디론가 사라지고 없었어. 개가해서 산다는 곳을 찾아갔는데, 그 누나는 완전히 딴사람이 되어 있었어. 금방 출산을 했다는데, 깡마른데다 핼쑥해진 얼굴에는 거뭇거뭇한 기미가 끼어 있었고, 튀어나온 광대뼈에 입은 볼까지 찢어진 것처럼 커졌어. 중국집으로 가서 짜장면을 사주겠다고 했는데, 나는 도망치듯 돌아왔다. 너라면 배반한 여자가 사준 짜장면을 먹고 있겠니? 하하하……'

달은 언제 검은 그림자에게 먹혔느냐 싶게 중천에서 환하게 세상을 비추고 있었는데, 남한산성은 개구멍을 지나서 부대 막사 안으로 들어갔어. 일등병은 말없이 뒤따라갔는데, 남한산성은 내무반으로 들어가자마자 미친듯이 꽥 소리를 질렀어.

시쳇말로 CPX를 건 거야. '이 새끼들, 월식이 일어난 줄도 모르고…… 너희가 사람이냐, 군기가 뭐 이래? 기상!' 하고…… 남한산성 다녀온 이등병 주제에 미친 짓을 한 거지.

곤히 자고 있던 내무반원들이 모두 놀라 일어났는데, 남한산성은 실성한 사람처럼 '하하하……' 하고 웃어대더니, '아이고 미안합니다. 월식 때문에 제가 잠시 회까닥했습니다. 다들 그냥 주무십시오' 하고는 자기 침낭 속으로 들어가려 했어.

그때 새 내무반장이 발딱 일어섰어. 그는 이때껏 남한산성이 들어오기를 기다리고 있기라도 한 듯싶었어. 신참 병장인 새 내무반장은 한쪽 귀가 반쯤 찌그러져 있었는데 유도인가 레슬링인가를 하다가 그리되었다고 알려져 있었지. 경량급 국가대표였다는 그는 늘씬하면서도 앙바틈한 근육질이었는데, 선발전 때 체중 감량의 실패로 국가대표에서 탈락했다는 것이었어. 그는 오래전부터 이 남한산성을 제압하지 않고는 도저히 내무반을 제대로 운영할 수 없다고 판단하고 있었지. 법은 멀고 주먹은 가깝다고, 오래전부터 맨손 맨몸으로 맞장을 떠서 제압을 하자고 마음먹어온 것이었어.

'야, 남한산성, 일어나! 나하고 오늘밤에 아주 죽기 살기 맞장을 떠버리자. 계급장 떼고 군번 떼고!'

새 내무반장은 내무반원들과 문 앞을 지키는 불침번을 향해 선언하듯 말했어. '앞으로 어떤 일이 일어나도 주번사관한테

알리지 마! 알겠나?'

그런데 침낭 속에 든 남한산성이 '나는 싫다. 미안하다. 그
냥 자자. 쓸데없이 헛심 쓰는 짓거리 하기 싫다' 하고 나섰다
는 거야. '너하고 맞장뜨는 것은 아무런 의미도 없다. 너는 내
적이 아니다. 그냥 참아라, 미안하다. 인생이란 것은 그냥 이
세상 다녀가는 한줄기 바람인 거다.'

그러나 새 내무반장은 참으려 하지 않았어. 침낭 속의 남한
산성 옆으로 다가가 일어나라고 소리쳤지. 남한산성은 침낭
속에서 말했지. '싫다, 미안하다. 내가 사과한다. 나를 더 건드
리지 마라. 조용히 제대해 나가고 싶다.'

새 내무반장이 침상 위로 뛰어올라 '모가지를 콱 밟아버리
기 전에 일어나. 무사히 살아 제대해 나가고 싶으면 일어나서
무릎 꿇고 빌어. 빌면 끝까지 열외로 지내게 용인해줄게' 하고
말했어. 그 말에 침낭 안에 있던 남한산성이 몸을 일으켰고,
내무반원들은 조마조마해하면서 마주선 둘을 지켜보기만 했
지. 내무반원들 사이에서는, 머리를 박박 깎은 남한산성이 기
계체조 선수인데다 태권도가 몇 단일지도 모른다는 소문이 퍼
져 있었어. 밤에 그가 혼자 일어나 부대 앞마당에 설치되어 있
는 철봉과 평행봉에서 몸을 푸는 것, 앞차기와 돌려차기, 허공
을 날듯이 이단 높이 차기를 하는 것을 몇몇이 훔쳐본 것이라
했어. 국가대표 유도 선수 출신과 기계체조에 태권도 유단자

인 두 남자가 과연 어떤 모양새로 맞장을 뜰까.

일은 한순간에 터졌어. 새 내무반장이 침낭 밖으로 나온 남한산성의 한쪽 소매를 잡는가 하더니 남한산성은 업어치기를 당해 내무반 바닥에 내동댕이쳐졌어. 그런데 남한산성이 발딱 몸을 일으키더니 새 내무반장의 가슴팍을 걷어찼고, 내무반장은 뒤로 나가떨어졌어. 그러나 그냥 넘어진 것이 아니고, 나가떨어지면서 남한산성의 바짓가랑이를 잡아당겨 쓰러뜨렸고, 그를 타고 누르며 목을 졸랐어. 그때 병장 진급을 눈앞에 둔 상병 하나가 달려가서 남한산성의 두 다리를 짓누르면서 내무반원들을 향해 소리쳤어.

'야, 다들 와서 한 번씩 밟아버려! 이 새끼 골로 보내버리자! 어차피 우리는 다 운명적으로 공동의 피해자이고, 공범자들이야. 가만히 있는 놈은 다 이 새끼 편이다. 그런 놈은 우리하고 이 내무반에서 함께 생활 못 한다.'

내무반원들이 하나둘 나서서, 드러누운 채 목이 졸린 남한산성의 몸 여기저기를 한 차례씩 짓밟았고, 그의 몸은 축 늘어져버렸다. 그 싸움을 말리는 병사는 없었다.

얼마쯤 뒤 내무반장이 그를 놓아주었음에도 불구하고 그는 일어나지 않았다. 남한산성의 숨이 끊어져 있었다. 주번사관이 달려오고, 뒤이어 중대장과 소대장이 달려왔고, 그들은 숙의 끝에 힘센 병사들 몇을 동원하여 남한산성의 축 늘어진 몸을 막사 뒤편 산기슭의 키 작은 소나무 밑으로 옮기게 했고, 내무반원 모두를 내무반 안으로 몰아넣었다. 내무반원들은 양쪽 침상 가장자리에 늘어앉아 있었다. 두렵고 불안한 침묵이 흘렀다. 그러는 서슬에 한 방의 총소리가 들려왔고, 앰뷸런스가 요란한 사이렌소리를 내며 다녀갔다. 주번사관이 내무반으로 들어와 모두 일사불란하게 입을 맞추어야 한다고 말했다.

'그 남한산성 이등병 자식은 밤 열두시에 M16의 방아쇠를 나뭇가지에 걸어 당겨 자살을 한 것이다! 우리가 총소리를 듣고 달려가보니, 그는 가슴에서 피를 흘리며 죽어 있었다. 알겠느냐! 아프다는 핑계를 대고 교육이나 사역에도 참여 않고 열외 취급을 받고 살아오면서, 그는 오래전부터 우울증에 빠져 있었는데 드디어 극단적인 선택을 한 것이다. 알겠느냐.'

'너도 밟았냐?'

나는 해경복을 입고 있는, 예전의 그 일등병에게 물었어. 그는 한동안 대답을 하지 않고 바다를 내다보며 눈물을 훔치고 있었어. 바다는 땅거미에 젖어들고, 먼 데 섬에 떠 있는 까치노을을 보고, 내가 다시 물었어. '너도 밟았구나!' 일등병이 떨리는 목소리로 말했어. '어쩌겠어요. 모두가 공동운명체라는데요.'"

그 친지가 예전의 부하 일등병이었던 그에게서 들었다는 참담한 이야기 한 가지를 더 전해주었다고 어부는 말했다.

"그 일등병 말이, 한겨울에 대대 훈련을 하고 돌아오다가 소대원들을 태운 트럭이 눈길에 미끄러져 전복되었는데, 세 명이 죽고 아홉 명이 중경상을 입었다고 하더라고. 그 죽은 자들 가운데 '우리는 공동운명체야' 하고 외치며 남한산성을 한 번씩 밟으라고 소리친 병장이 들어 있었다고 했어. 그리고 제대해 나간 새 내무반장이 자동차 사고로 즉사했다더라고…… 술 때문이었대. 그 새 내무반장은 제대 직전부터 술을 마시지 않으면 밤에 잠들지를 못했는데 제대 후에도 그랬던 모양이라 하더라고. 남한산성을 목 졸라 죽게 한 것이 트라우마가 되어, 그를 두고두고 괴롭혔던 것인지도 모른다는 것이었어."

나는 아득한 혼돈 속으로 빠져들었다. 아나키스트나 이방인 같은 내 친구가 푸른 제복의 다중으로부터 밟혀 죽었을지도 모른다는 사실은 충격이었다. 그 어부가 친지에게서 들었다고 전해주는 이야기 속에 나오는 남한산성이 나의 친구인지 아닌지는 모른다는 생각이 아니 든 것은 아니었지만, 나는 오랫동안 멍해져 있었다.

회오리 같은 어지러움이 몸을 흔들어댔다. 몸이 떨리고 팔다리에 힘이 빠졌다. 배를 운전하여 토굴로 돌아갈 수 있을지, 그냥 아득하고 막연해졌고, 나는 삶의 가락을 잃어버렸다.

그의 그와 같은 죽음이 사실일까. 어떻게 그에게 그런 일이 일어날 수 있었으며, 그들은 어떻게 그 사건을 자살로 위장하여 일사불란하게 덮을 수 있었을까. 내 표정을 살핀 늙은 어부가 걱정스럽게 말했다.

"시인님, 내가 괜히 그 이야기를 전해드렸는가봅니다. 이 늙은이가 주책바가지입니다. 제가 들려드린 이야기는 하나의 잔인한 사례일 뿐, 시인님의 친구가 그 남한산성과 동일인이 아닐 수도 있는 것입니다."

어부는 맵고 짜고 기름진 음식을 먹은 다음 입맛을 바꾸려는 사람처럼 "우리 딴 이야기를 몇 개 더 하고 헤어집시다" 하고 말했고 나는 속으로, 늘 두고 써온 말을 되새김했다.

'이야기는 모두 알 수 없는 힘을 가지고 있다. 그것은 생각을 바꾸고, 그 생각은 습관을 바꾸고, 그 습관은 전 인생의 운명을 바꾸어준다. 특히 모든 삶에서 마지막에 하는 이야기는 한 인간이 죽어가는 순간에 남기는 유언처럼, 축구 경기의 막판에 터진 극장 골이나 농구 경기의 버저비터처럼 삶의 결과를 바꾸어준다.'

"사랑이란 것은 선물과 같습니다."

하고 음유시인인 그 어부가 말했다.

"선물은 상대에게서 아무것도 받을 생각 않고 가슴 설레는 즐거운 마음으로 주기만 하는 것 아닙니까. 세상에는 자기 앞에 닥치는 모든 순간을 선물하듯이 살아가는 사람들이 있습니다."

어부가 말을 이었다.

"저기, 저 포구에서 가게를 열고 사는 저 노파 말입니다."

어부는 내가 '암자를 불태운 노파'를 연상한 선착장 가게의 늙은 여자에 대한 이야기를 하고 있었다.

"그 여자는 아주 오래전에 도시에서 들어온 뜨내기입니다. 이 이야기를 저는 오래전에, 홀로 살다가 도시의 아들 집으로 간 노파에게서 들었어요. 저 여자는 애초에 방랑자 같은 한 낚시꾼하고 같이 들어와서 신혼부부처럼 알콩달콩 살았는데, 어느 날 그의 머리 허연 마나님이 와서 울며불며 통사정을 하며 그 낚시꾼을 데려가고, 저 여자 혼자 남은 거예요.

낚시꾼들이 밥을 지어달라고 하면 지어주기도 하고, 여행 온 사람들이 재워달라면 재워주기도 하며 살고 있어요. 마을 사람들에게 돈을 꾸어주고 받지 못하는 경우도 있답니다.

저 여자가 그러더라고요. 남자들은 대개가 황혼이 물들면 안마당으로 찾아들어, 모자를 벗고 하룻밤 머물게 해달라고 굽실굽실 청하는 정처 없는 나그네처럼 여자를 기웃거리는, 운명적으로 외로운 존재라고.

따지고 보면 젊어서부터 사귀었던 남자들은 이래저래 모두 곁을 떠나가버려 쓸쓸한 포구처럼 홀로 살게 된 여자가 아닌가 싶어요.

저 여자는 술을 잘 마시고 흥이 많아서 노래도 잘하고 춤도 잘 춥니다. 그 노래들은 모두 그리움의 노래예요. 내가 생각하기로는 누군가를 기다리며 살고 있는 듯싶어요…… 그게 누구겠어요. 머리 허연 마나님이 와서 울며불며 데리고 간 그 사람이겠지요. 좋아서 죽고 못 살고 소가지 없게 하는.

시인님, 사랑을 주고받기로 약정하고 한 결혼이 글로벌 자본주의 자유 시장경제 체제의 거래와 비슷하다면, 짝사랑은 상대에게서 받을 것을 전제하지 않고 무조건 주기만 하면서도 즐거워하고 기뻐하는 사랑을 말하는데 그 짝사랑은, 비교하자면 선물 경제와 증여 경제의 원리와 비슷할 터입니다."

어부는 말을 이었다.

"한겨울, 죽은 자들의 한스러운 영혼처럼 하얗게 바래져서 일렁이는 억새풀꽃의 꽃말이 '짝사랑'이라고 전해옵니다.

먼 옛날에 한 양반의 대궐 같은 집이 성곽처럼 높은 벽돌담에 둘러싸여 있었습니다. 그 인근에는 그 집에서 품을 들어 먹고사는 가난한 집이 몇 채, 드난살이하는 집이 두셋 있었습니다. 어느 날 그 집에서 씻김굿을 했는데, 드난살이하는 여인의 바야흐로 사춘기에 접어든 아들이 어머니를 따라 그 굿을 보러 갔다가 그 집의 소복 차림을 한 외동딸의 청초한 백합꽃 같은 모습을 보았고, 그 순간부터 가슴이 아리면서 두근거리는 짝사랑의 상사병을 앓게 되었습니다. 이 이야기를 하다보니 시인님의 시 한 편이 떠오릅니다. '내 가슴/ 아무도 밟지 않은 눈꽃나라^{雪國}의 꼭두새벽처럼 펼쳐놓았습니다./ 그 신화의 종이에 노을처럼 타오르는 사랑의 시 한 줄 써주십시오,/ 진주 같은 씨앗 하나 품고 싶습니다.'*

상사병은 그리운 사람이 사무치게 그리워지면 미열이 오르고, 가슴이 두근거리면서 온몸에 맥이 빠지는 병입니다. 드난살이 여인의 아들은 굿이 끝난 다음날부터 그 양반집 딸의 모습을 보기 위해 앞산 중턱에 올라가 먼발치로 그 집 마당을 내려다보고 있곤 했습니다. 양반집 딸은 가끔 빨래를 널기도 하고 마당을 거닐기도 했습니다…… 먼발치로 그 모습을 보면 상사병이 어느 정도 해소되곤 하니까, 그 아들은 하루도 빠짐없이 먹고 마시는 것을 잊고 그 딸의 모습을 보기 위해 앞산 중턱에 앉아 있곤 하다가 거기에 앉은 채 시들어지고 말았습니다. 그 자리에 낯선 풀 한 포기가 솟아났는데 억새풀이었습니다…… 봄부터 푸르른 양면에 톱날 같은 것이 서슬 멀겋게 돋아난 잎사귀가 헌걸차게 자라고, 가을철에 옅은 보라색의 꽃을 피워내는데 겨울이 되면 그 꽃은 혼령 같은 하얀색으로 바래집니다. 짝사랑하다가 시들어진 그 소년의 혼령이 억새풀이 된 것이라는 이야기가 흘러 다녔습니다. 억새풀 잎사귀들은 늦가을 찬바람 속에서 눌눌하게 말라진 채 혼령 같은 흰 꽃

---

* 한승원, 「백합꽃」, 『달 긷는 집』.

들을 흔들어대면서 '휘릭, 휘히리히' 하고 한스러운 소리로 웁니다.

'아, 으악새 슬피 우니 가을인가요'*라는 유행가 가사에서 '으악새'는 북한에서 '왁새'라고 불리는 억새의 사투리라는 설이 있지만, 나는 젊은 시절부터 그냥 억새풀이라고 생각하고 그 노래를 부릅니다."

짝사랑을 통해 사랑을 쟁취한 슬픈 사연도 있습니다, 하고 나서 어부는 이야기 하나를 더 들려주었다.

"조선시대에 젊은 선비들의 혼을 빼놓곤 했다는 명기 황진이는 양반 가문에서 나고 자랐는데, 어린 시절부터 시를 잘 짓고 수묵화와 풍월도 잘하는 천재적인 규수였습니다. 이웃집 무당 아들이 그녀의 집에서 굿을 할 때 어머니를 따라갔다가 달 선녀처럼 아리따운 그녀의 자태를 보고 한눈에 반했고, 그녀를 짝사랑하다가 상사병으로 죽었습니다. 그런데 그의 주검이 담긴 널棺은 알 수 없는 힘에 이끌려 황진이의 집 사립문 앞으로 나아가더니 문짝에 찰싹 붙어 떨어지지 않았습니다. 힘센 장정들 몇이 떼어내려 해도 널은 꼼짝도 하지 않았습니다. 그 소문은 고을 안에 퍼졌고, 원님에게까지 알려졌습니다. 원

---

* 고복수, 〈짝사랑〉(1936).

님이 포도들을 보내 널을 떼어내려 했지만 되지 않았고, 영험한 무당들이 와서 살풀이굿을 해도 떨어지지 않았습니다.

모든 것을 알아차린 황진이가 어른들의 만류를 무릅쓰고, 자기의 체취가 서린 하얀 속치마를 들고 나가 널을 덮어주자 그것이 거짓말처럼 움직였습니다. 그 소문이 방방곡곡으로 퍼져나갔으므로 어떤 가문에서도 그녀를 며느리로 삼으려 하지 않았고, 그녀는 하릴없이 기생이 되어 살았다고 합니다."

그 섬에 다녀온 이듬해 나는 그해 한식을 지내려고 온 서울 동생 부부가 가져온 지독한 독감에 걸려 몇 달 동안 죽을 뻔했다가 간신히 살아났는데, 후유증으로 으슬으슬 춥고 무력증이 일어나고 부정맥과 숨 가쁨 증세와 잔기침이 이어졌다. 7월 중순에서야 건강이 겨우 회복되었으므로 배를 몰고 그 섬으로 갔는데, 전에 보았던 모든 것이 사라지고 없었다. 늙은 여자와 그녀가 살던 부두의 가게도 없어지고 갯바위에서 낚시질하던, 통기타를 치며 청승스럽게 노래하고 나에게 남한산성을 다녀온 이등병 이야기를 들려주던 어부도 없고, 숲속 오두막과 함께 거기에서 새끼를 꼬던 천진한 웃음의 남자도 없었다. 그들이 모두 어디로 사라졌느냐고 물어볼 만한 그 어떤 사람도 없었다.

전혀 생소한 섬이 되어 있었다. 먼바다에서 파도만 밀려오고 있었고, 그 파도 위에 찬란한 햇빛만 쏟아지는 채로 갈매기들 몇 마리가 물에 떠서 고양이처럼 울어대다가 날다가 할 뿐이었다.

짙푸른 바다를 헤치고 돌아오면서, 나는 나의 삶을 의심했다. 그때 내가 본 모든 것이 꿈이었을까, 내가 그 섬을 제대로 찾지 못하고 돌아가고 있는 것은 아닐까. 애초에 그런 섬이 존재하지 않았고 내가 그 섬을 찾아간 적이 없는데, 혼자서 꾸었던 꿈을 현실에서 겪은 일로 착각하고 있는 것은 아닐까. 이 세상이 아닌 또하나의 저승 세상을 다녀온 것은 아닐까.

내가 이미 오래전부터 나의 길을 잃고 있는 것은 아닐까.

길

내가 걸어가고 있는 이 길은
어디까지 뻗어 있을까.
무지개까지, 달까지 별까지
은하수 건너서
새벽노을 저녁노을을 만드는 곳까지,
밤만 있는 세상의 저쪽 끝
파도도 일지 않고
흐르는 해류도 없는
염라대왕이 다스리는
고요한 저승바다의 검은 포구까지
그 대왕의 업경대業鏡臺 앞까지 뻗어 있을까.

—「미완의 시」

나는 살아오면서 늘 두 갈래 세 갈래로 갈라져 뻗은 갈림길을 만나곤 했고, 그 기로岐路 앞에 이르러 망설이다가 어느 한 길을 선택하곤 했다.

허공에서 누군가가 말했다.

"누구든지 가끔은 잘 가던 길 위에서 길을 잃고 방황한다. 사람들은 다 한두 차례씩은 무지개를 쫓아가다가 무지개와 함께 길을 잃고 절망하고 실패를 경험한다. 그때는 누구에게 길을 물어야 하는가. 무지개는 실체가 없는데.

조선조 대개의 선비들은 집을 나서자 길을 잃고 헤매곤 하다가 다시 새 길을 만나곤 했다. 학교가 학생들에게 커리큘럼을 통해 가르치는 길은 표준화된 길이면서도 생소한 길이므로, 학생들은 졸업하자마자 자신이 실제로 가야 할 길을 스스로 찾아야 한다. 타자가 마련해주는 길은 자기 길이 아니다.

글로벌 자본주의 세상의 자유 시장경제라는 정글이자 야만 세상의 학교 커리큘럼에 따라 가르치는 길은, 야만 세상에서의 경쟁력을 키워주려는 것이다. 때문에 그것은 자기보다 약한 자에게 가하는 인정사정없는 폭력과 탐욕의 길일 수도 있다. 그 살벌한 경쟁의 공간인 학교라는 환경과 거기에서 만난 친구들은 적당하게 더러워지고 폭력적이고 탐욕적인, 야망을 가진 존재가 음양으로 되라고 가르친다. 사람들은 텔레비전의 브라운관에서 난무하는 광고들과 죽이고 파괴하기의 게임과 너 죽고 나 살자는 스포츠와 티브이 프로그램과 영화 등을 통해 방죽에 고인 물처럼 더러움으로 가득차 있는 세상에서 자의 반 타의 반으로 조금씩 더러워진 채 정의라는 이름으로 포장한 정당화된 폭력과 탐욕과 불공정과 불평등을 체득하면서 살아간다.

윤리 의식이 갖추어진 사람다운 사람은 스스로 정화 능력이 있어, 그 더러움과 폭력과 탐욕 속에서 연蓮이 그러하듯 향기로운 꽃을 피워 올린다. 더러운 물속에 몸을 담근 채 폭력어린 더러운 물을 마시고 어떻게 연뿌리처럼 향기롭고 깨끗한 꽃을 피워 올릴 것인가. 그 실존은 참혹하다.

'사람 없더니 거기 하나 있었구나' 하고 깜짝 소스라치는, 자기로의 회귀라는 자각 체계를 갖춘 사람은 십 리쯤 가야 하나 만날 수 있거나 말거나 하는 세상이다."

나는 갈림길에서 선택한 길 반대쪽 방향으로 흘러간 길에 대해서 알지 못한다. 만일 그 길로 내가 나아갔다면 나의 운명, 나의 삶은 지금 어떠한 모습으로 바뀌어 있을까. 고등학생 시절, 군사훈련을 면제받으려고 취주악대에 들어가 불었던 클라리넷을 밥으로 삼고 지금까지 계속 불었더라면, 밤무대에서 밤이슬을 맞으며 살았을까. 관현악단의 클라리넷 연주자로 살았을까.

나 혼자만의 무지개에 홀려 있는 나에게 등을 돌리고 가버린, 현실적이고 늘 계산하며 사는 여자의 비위를 맞추며 한생을 살았다면 나는 어떻게 세상을 살았으며 지금 어떤 모양새로 늙어가고 있을까.

내가 서울 미아리고개 북편에 있는 서라벌예술대학 문예창작학과에 다닐 때, 아버지께서는 한 해의 전후기 등록금과 용돈 대신에 김 세 궤짝을 이른봄에 주며 서울로 가져가서 팔아쓰라고 하셨다. 나는 그것을 회진 포구 시발점에서 버스를 이용하여 가까운 기차역인 영산포역으로 싣고 가지 않았다. 영산포를 거쳐 광주까지 가는 그 버스는 늘 초만원이었으므로 사람 아닌 짐짝 취급을 받아야 하는데다, 김 궤짝을 싣고 가야 하는 나는 죄지은 듯 차장에게 괄시를 받을 뿐 아니라, 너무 붐비어 그 차를 놓칠 수도 있었으므로 나는 그 길이 진저리쳐지도록 싫어 생각을 바꾸었던 것이다. 서울까지 가는 길은 영산포를 경유하는 버스를 이용해 호남선에 오르는 지름길만 있는 것이 아니고, 멀리 여수항을 거쳐 돌아가는 뱃길과 전라선 밤 기찻길이 있었다. 뿌웅 하는 뱃고동 소리를 들으면서, 허공을 선회하는 흰 갈매기와 푸른 바닷물 너울과 함께 출렁거리며 가슴 울렁거리게 하는 알 수 없는 그리움과 동경을 품은 수

평선 저쪽을 망연히 바라보며, 외로운 섬을 감돌아가는 구름과 돛배, 똑딱선 들과 함께 꿈꾸며 가려고, 멀리 우회하는 여수행 여객선에 김 궤짝들을 싣고 나도 올라탔다.

여수항에서 그 궤짝들을 여수역 밤 기차 화물칸에 옮겨 실어놓고, 밤안개 속에서 깜박거리는 오동도와 장군도의 등댓불을 즐기다가 해안통에서 서대회를 먹고, 육중한 몸을 뒤척거리면서 내내 꽃불을 밝힌 채 꿈꾸며 가는 밤 기차에 앉아 잠꼬대하며 새벽 남대문시장 건어물 상회까지 달려가 위탁판매를 하곤 했다.

아버지는 빠른 지름길을 버리고 멀리 우회하여 가곤 하는 나의 비현실적이고 비경제적인 짓을 못마땅해하면서도 제 놈속에 무슨 개멋이 있긴 있는 모양이지 하고는 모르는 체하시곤 했다. 한 세상 지내고 보니 나를 구제하곤 한 것은 늘 그 '개멋'이란 것이었다.

모든 들이나 산에는 사람의 발길이 닿기만 하면 반질반질 길이 나지만 바다에는 아무리 다녀도 길이 나지 않는다. 바닷길은 지도상에만 가시적으로 나타난다.

지금 돌아보면 나의 모든 길은 현실적인 낮의 길보다는 비현실적인 깜깜한 밤길이고, 달밤의 길보다는 별밤의 길이었다.

마음을 비우고 좋은 글을 쓰겠다는 생각마저도 버린 채 낡

시질도 하고 천천히 모래밭과 해송 숲을, 저세상에 간 혼령을 부르기招魂 위해 피운 만수향을 찾아가는 바람처럼 걸어다녀 보는 개멋을 부리기도 했는데, 따지고 보면 그 길이 나를 편하게 하는 길이었다. 사실에 있어서는, 이승에서의 내 모든 길은 아마도 저승(또는 천국)의 문턱에 있는 업경대 앞까지 닿아 있을 터이다.

길을 벗어나면 벌레가 된다

지난밤 꿈에

흰 눈 두텁게 쌓인 허허벌판 한가운데서 바릿대 하나 들
고 서 있는,

먹물색 승복의 앳된 비구니를 보았는데

여느 때 허리 아파서,

무릎 쪼그려 앉으면 다리가 후들거려서

땅에 떨어진 낙엽 하나도 줍지 않으려 하던 토굴의 늙은
나비시인이

토굴로 들어서는 길 가장자리에 늘어선 동백나무들 밑에

떨어진 수많은 빨간 꽃송이들을

에멜무지로

주워 토굴 드나드는 오솔길에 뿌리자

선혈이 방울방울 임리淋漓한 것 같은

새빨간 꽃길이 되었는데,

꽃길이 되었는데,

애초에 늙은 나비시인은 그 길을 지나다닐 때마다

그 꽃들을 악동처럼 발바닥으로 짓이기듯이 즈려밟아

으깨는 재미를 맛보자는 작정이었는데

막상 그 핏방울 같은 낙화 송이들을

차마 밟을 수가 없어

이쪽저쪽으로 피해 다니네.

아니, 세상에, 이런 바보 멍청이가 또 있을까.

—「에멜무지로」

　늙은 나비시인은 오래전에, 작가실인 토굴 모퉁이의 비좁은 자드락길을 꽃길로 조성했다. 그 길 남서쪽에는 꽃향기 그윽한 호랑가시나무와 통꽃이 농염한 동백나무와 새빨간 꽃복숭아나무를 잇대어 심고 동북쪽에는 다산성의 재래종 동백나무를 줄지어 심었다. 길바닥에는 봄과 가을에 흰 꽃과 연분홍의 자잘한 꽃들이 섞이어 피는, 네 잎 클로버 모양새의 사랑초가 번져가도록 했다.

사랑초는 애초에 이웃집 마당에서 사방 이십 센티미터쯤을 삽으로 떠다가 자드락길 가장자리에 심었는데, 그 풀은 생명력이 무척 강하여, 해를 거듭할수록 마당에 깔아놓은 금잔디의 사이사이를 헤치고 번져나갔다. 몇 년 뒤에는 금잔디가 깔린 마당 전체로 퍼졌고, 자그마한 언덕도 타고 올라가 군락을 이루었다. 씨가 언덕 아래의 정원 잔디밭으로도 날아가 자생하고, 큰 무더기를 만들면서 세력을 떨치었다. 봄철과 가을철에는 토굴 앞마당과 언덕 아래 정원에 그 흰색과 연분홍의 꽃들이 지천으로 피었다.

해마다 12월 초부터 3월 사이에는 동백꽃이 피었고, 그 동백꽃은 통꽃이라 땅에 떨어진 다음에도 한 일주일쯤은 꽃으로서의 모양새를 갖추고 있기 마련이었다. 우주적인 생리 현상으로 느껴질 만큼 통꽃송이들이 뻘겋게 임리한 듯싶었다. 임리라는 표현보다는, 방울방울 뚝뚝 떨어진다는 표현이 더 현실적이리라. 늙은 나비시인은 금잔디나 사랑초 위에 떨어진 통꽃들을 자드락길 바닥에 던져 새빨간 꽃길을 조성하고 그 길을 즐겨 오르내렸고, 그 빨간 꽃길을 어떤 창조적이고 생산적인 의미를 가진 것인 양 휴대폰으로 촬영하여 자식들이나 친지들에게 자랑하곤 했고, 그 꽃길을 시로 썼다.

고요를 조성하고 그 고요 위의 향기로운 길을 한 마리의 나

156

비가 된 듯 발밤발밤 즐겼다. 마치 야만 세상의 벌레에서 홀로 우화등선羽化登仙한 듯 살았다. 시인은 이때껏 살아온 삶이 꽃길을 밟아온 셈이라고, 저승으로 가는 길도 이런 꽃길이었으면 좋겠다고 생각하기 시작했다.

구십을 바라보는 시인은 우주 상담사로서 세상의 모든 존재들과 무리 없이 소통하는, 인사이더적이면서도 아웃사이더적인 시각을 함께 가졌다고, 신선에 버금가는 삶을 산다고 생각하고 싶었다.

그런데 어느 날 한낮에 뜻 아니하게, 한 마리 거대한 벌레로 전락하게 되었다.

늙은 나비시인은 오래전, 토굴 거실에서 칫솔만한 지네에게 수모를 당했고, 그로 인해 크게 한 소식 한 듯 "아, 그렇다!" 하고 환희한 적이 있었다.

한낮 토굴의 거실 바닥에 누워 뒹굴고 있는데, 칫솔만한 크기의 새까만 지네 한 놈이 황금색 사십팔 개의 발들을 탱크의 캐터필러처럼 일사불란하게 움직이고 고개를 이쪽저쪽으로 갸웃갸웃하며 여유롭게 방바닥을 건너왔었다. 눈이 퇴화한 까닭으로 황금색 더듬이로 주위 환경과 온도, 습도와 잡아먹을 벌레의 존재를 감지, 관측하는 이 지네란 놈은 "이 거대한 굴을 파놓고 사는 벌레는 대관절 얼마나 크고 살찐 놈일까, 이놈을 잡으면 평생토록 배불리 살겠구나" 하고 혼잣말을 내뱉었다.

늙은 나비시인은 그 지네의 탁월한 직관에 놀랐다. "아, 나도 이 지구상에 존재하는 한 마리 벌레에 지나지 않는구나. 덩치만 클 뿐 아주 좀스러운 벌레야" 하고 생각한 다음 인간의 길에서 벗어나지 않으려고 무진 애를 쓰며 살아왔다.

사람의 길이란 무엇인가. 동양의 선인들은 "어짊仁과 예의 염치"라고 가르쳤고, 소크라테스는 "너 자신을 알라"라고 가르쳤다. 누구든지 그 가르침의 길에서 벗어나면 벌레로 전락하는 것이다.

그러니까 늙은 나비시인은, 그날 갑자기 더러운 야만 세상에서 초탈했다고 자부하는 선지식들이 타기하듯 말하곤 하는 '인간의 길에서 벗어나 좀스러운 벌레'가 된 것인데, 그 연유와 내력은 이러하다.

집필실 '해산토굴'은 이십오 평짜리 뱃집 형태로 털털하게 지은 한옥이다. 이십육 년 전인 1997년에 서울을 등지고 낙향한 시인이, 전남 장흥 안양면 율산 마을 뒷산 언덕바지에다, IMF 구제금융 요청이라는 한국 초유의 경제적인 공황 속에서 일자리를 잃은 한 목수를 후배 소설가의 소개로 불러다 지은 것이다. 비록 두껍지 않은 예금 통장을 털어 지은 암자 모양새의 털털한 집일지라도, 바다를 조망하는 좌청룡 우백호 배산

임수의 요건을 제대로 갖추었다.

늙은 나비시인은 그 토굴을 노후의 삶에 마침표를 찍을, 지속 가능한 영원의 시간을 직조하는 시공時空으로 활용했다. 이 시공은 장차 시인의 무덤이 될 터이므로 기둥과 서까래와 바람벽에 덧댄 목재에 갈색의 방부제를 칠하고, 장난감 같은 석탑과 석등이 있는 마당 가장자리에 철쭉 꽃나무들을 심어 가꾸었다. 나이 구십을 바라보는 늙은 나비시인은 늙은 농부가 이삭줍기를 하듯 글을 쓰며, 선정(해인海印)에 빠져들기도 하고 조성한 꽃길을 즐기며 누리려고 들었다.

그런데 어느 날, 토굴 동편에 인접한 땅의 젊은 소유주가 집을 짓겠다고 경계 측량을 하였는데, 측량기사는 토굴 진입 차로의 시멘트 바닥 한복판에 파란 점 한 개를 찍은 다음, 그 점을 중심으로 동그라미를 그려놓고, 토굴 모퉁이의 꽃길 가장자리와 정화조 옆에 빨간 말뚝 몇 개를 줄줄이 박아놓고 갔다. 정화조의 하수관이 그 측량 경계에 물려 있었다.

토굴 동쪽 땅의 젊은 주인은 점령군 부대의 장수처럼 늙은 나비시인을 토굴 입구로 불러낸 다음, 경계선에 서 있는 동백나무들을 뽑아 옮기거나 가지를 치고, 진입 차로 한복판에 찍은 측량 표시와 박아놓은 말뚝들이 지시한 대로 석축 공사를 하겠다고 말했다.

그렇게 되면 시인이 기껏 조성한 꽃길과 토굴 진입 차로는 사라지고, 그 대신 가파르고 비좁은 자드락길만 남게 되는 것이었다.

당황한 시인은 서울에서 퇴임하고 낙향하여 시인의 토굴 이웃에 집을 짓고 사는 김사장을 토굴 진입 차로에서 만나, 이 사달을 어떻게 하면 좋겠느냐고 물었는데, 김사장은 토굴의 지적도와 진입 차로를 대조한 다음 말했다.

"저쪽에서는 이십육 년 동안 무얼 하고 있다가 이제 와서 자기 땅을 찾겠다는 것인가요? 법은 땅을 찾겠다는 쪽의 말만 들어주지 않습니다. 이 경계를 자기 땅으로 알고 길을 내고 나무를 심고 이십육 년을 살아온 선생님의 말을 참작하기도 합니다. 선생님의 동의 없이는 저쪽에서 이 진입 차로 한복판에 일방적으로 석축을 할 수 없습니다. 이 길은 원래 지적도에 없던 길인데, 선생님이 이 집필실을 지으면서 만든 길이지 않아요? 마을에서 이리로 올라오는 찻길도 개울 양쪽의 땅주인들이 십시일반으로 조금씩 양보를 하여 만든 길이고 이 토굴의 진입 차로는 그 연장선에 있습니다. 토굴 동쪽 땅 주인은 남들이 양보하여 낸 길을 사용하면서 자기 땅은 한 뼘도 양보하지 않겠다는 것은 도리에 어긋납니다."

그리고 토굴 진입 차로로 사용된 땅 사 평 반과 정화조가 묻혀 있는 땅 십여 평을 그쪽에 넘겨주지 않고 해결점을 찾는 방법을 말해주었다. "그러할지라도 저쪽에서 자기 땅을 찾겠다고 하면, 이쪽에서는 그 요구를 어떤 방법으로든지 들어주지 않을 수 없습니다. 그러니까 이 진입 차로에 들어간 저쪽 땅 몇 평에 대한 감정가와 시가를 절충하여 사버리는 방법이 하나 있고, 다른 하나는 선생님의 토굴 위쪽 사모님 명의의 밭에서 그 넓이만큼의 땅을 바꾸는 것입니다."

김사장의 조언대로 동쪽 땅의 젊은 주인과 타협하려 했지만 그쪽은 거연히 측량의 결과, 즉 법대로 석축을 하겠다고 고집했다. 그로 인해 토굴 동쪽 땅의 주인과 집필실 주인인 시인 사이에는 뜻 아니한 분쟁이 시작되었다.

법적인 분쟁이 일어났을 때 송사를 벌이는 양측은 무조건 이겨야 한다는 옹졸한 생각만 하는 소졸한 벌레가 되어야 하는 것이라고 들었는데 그게 사실이었다. 시인은 벌레가 되고 온몸에 각질이 돋는 소리가 들렸다.

벌레로 전락한 시인은 밤잠을 설치다가 새벽에 일어나 토굴 동쪽 땅 젊은 주인의, 토굴 진입 차로 한가운데에 석축 공사를 강행하겠다는 의지로 인해 일어난 분쟁의 내력과 해결 방법을 문서로 작성했다.

1. 집필실인 해산토굴 동쪽에 인접한 땅과 나의 땅이 반반

들어 있는 사 미터 넓이의 이 진입 차로는 이십삼 년 전인 2000년에 그쪽 땅 소유주의 돌아가신 외삼촌이 이장이었던 시절 장흥군청의 확장 포장 공사에 의해 만들어졌다.

당시 그 이장은 나의 집필실 해산토굴이 장차 문화재로서의 가치가 있을 것임을 내세우며, 안양면의 관계 직원들을 설득하고 군청 건설과로부터 그 확장 포장 공사를 따왔었다.

2. 마을 입구에서 해산토굴까지의 확장 포장 차로가 만들어지기 이전에는, 비 백 밀리리터쯤의 집중호우가 내리면 토굴 동쪽 땅 옆으로 나 있는 얕고 좁은 개울이 범람하곤 하였는데, 그때는 토굴 동쪽에 위치한 그쪽의 땅이 깎이고 파이면서 흙과 자갈이 흘러내렸으므로, 비포장인 길바닥 전체가 자갈밭으로 변하기 일쑤였다.

3. 그 이장은 마을 입구에서 토굴까지 올라오는 찻길의 확장 포장 공사를 한 다음에는, 산골짜기에서 토굴 동쪽의 땅 옆으로 흐르는 개울에 두 아름드리만큼의 큰 관을 묻고, 골짜기에서 흐르는 빗물이 그 관을 통해 흐르게 하는 관개공사를 군에서 따다가 시공했다. 그 공사 이후 토굴 동쪽의 땅은 비로소 큰 비가 와도 홍수로 인한 사태沙汰가 일어나지 않는 안전한 땅이 되었다.

4. 그 이장은 뒷산 골짜기에서 흐르는 개울과 그 옆의 비좁은 자드락길을 바탕으로 하여 3.5미터 폭의 확장 포장 차로를

만들 때, 해산토굴과 토굴 동쪽 자기 누님의 땅을 향해 올라오는 자드락길 양쪽 밭 주인들을 설득하여 십여 평씩을 양보받아 차가 다닐 수 있도록 길을 확장하고 시멘트와 아스콘 포장 공사를 잇따라 하도록 주선했다. 그때 모든 땅주인들은 자기 땅을 국가에 주겠다는 기부 채납 증서 하나 쓰지 않고 공익을 위하여 헌신 양보했던 것이다. 그 길 확장에는 내 소유의 현 문학관과 주차장의 땅도 이십여 평 들어갔다.

5. 토굴 동쪽 땅 소유주가 이제 와서 측량을 하여, 해산토굴 진입 차로에 들어간 자기 땅 사 평 반을 모두 찾아가겠다는 것인데, 다른 땅 소유주들이 내놓은 땅으로 만들어진 길을 이용하기만 하고 자기 땅은 한 뼘도 길로 내놓지 않은 채 오롯이 찾겠다는 것은 도덕적으로 일말의 양심도 없는 행위인 것이다.

6. 토굴 동쪽 땅 소유주가 이십삼 년 전 만들어진 길 한복판에 측량의 결과대로 석축 공사를 하겠다는 의지에 대하여 나는 다음과 같이 해결책을 그쪽에 제시한다.

가. 토굴 진입 차로에 들어간 사 평 반의 땅을 찾아가려 한다면, 양쪽 땅의 경계에 이십삼 년 전 해산토굴 준공과 동시에 심은 동백나무들을 손상시키지 말고 공사를 하되, 그 경계에 묻혀 있는 정화조 하수관도 손상시키지 않아야 한다.

나. 토굴 주인은 토굴 동편 땅 소유주가 측량 결과 자기 땅이라고 주장하는 땅의 평수에 대하여, 감정가와 시가를 절충

한 땅값을 정당하게 지불하겠다.

　다. 만일 정당한 땅값을 물어주겠다는 나의 의지와 주장을 무시하고 공사를 강행하려 하면, 나는 공사 중지 가처분 신청을 할 것이다.

　이 사달에 직면한 시인은 토굴 동쪽 땅 주인인 젊은이의 야박함에 배반감을 느끼고 절망했다.

　토굴 동쪽 땅의 소유주는 작고한 그 이장의 생질인데, 이십삼 년 전 어느 도시에서 살다가 한 여자와 함께 고향 율산 마을로 들어와 결혼식을 할 때 내가 주례를 맡아주었다. 당시 이장의 청에 의한 것이었다.

　오래지 않아 도시에 살던 그의 맏형이 고향으로 돌아오자 그는 광주로 나가 취직하고 이사하여 살고 있었는데, 문득 이제 토굴 동쪽 땅에 집을 짓고 살겠다고 그 사달을 일으킨 것이다. 그 땅의 내력을 알고 보니, 그가 현재는 도시에서 사는 형에게 얼마쯤의 돈을 빌려주었는데, 그 대신 그 땅을 담보로 잡아 자기 소유로 명의 변경을 한 것이라 했다.

　그 사달로 인해 시인은 밤에 잠을 자다가 문득 깬 다음 다시 잠을 이루지 못하고 오랜 시간을 엎치락뒤치락하곤 했다. 시인은 슬펐다. 그 젊은이의 야멸찬 행위에 절망과 배반감을 느끼는 것은 스스로가 벌레처럼 소졸해졌다는 것이었다. 사람이 넉넉해지고 커진다는 것은, 상대와의 거래에서 얼마쯤의 손해를 볼 줄 알고, 그것을 알게 모르게 실천하는 것이고, 그 손해로 인해 장차 더욱 큰 것德을 얻게 되는 것인데.

그러저러한 서운한 생각, 혹은 집필실인 토굴의 진입 차로와 동백나무 밑의 꽃길에 대한 집착으로 인해 마음이 편해지지 못하는 스스로의 옹졸함과 소졸함이 미웠다. 젊고 철없는 사람과 똑같이 분쟁을 일삼아야 하는가. 늘그막에 들어, 세상사에 대한 욕심을 훨훨 털어버리고 신선처럼 고요하게 살겠다던 마음은 어디로 사라졌는가.

시인은 저쪽 젊은이의 처사를 서운해하고 괘씸해하는 스스로가 옹졸한 벌레가 된 때문이라고 스스로를 꾸짖었다. 그 집필실 진입 차로가 좁아지면 어때서? 비좁을지라도 그냥 걸어 다닐 수 있는 자드락길이면 넉넉하지 않으냐? 뱁새는 다만 한 가지에 집을 지어 살아도 넉넉하다며 초의 스님은 일지암一枝庵을 지어 살았다는데.

벌레에서 등선하려면, 자기가 한 발 물러서야 한다고 시인은 생각했다. 벌레는 번데기를 거쳐, 날개가 돋아야 하늘을 날게 되는 것이다. 벌레의 세계에서 사람다운 사람의 세계로의 초월이다.

그 젊은이에게 적의를 가지고 대할 것이 아니고, 오히려 사이좋게 살아야 하지 않는가 하는 생각이 들었다. 내가 손해를 좀 보면 길 문제가 해결되고 화해될 듯싶었다.

집필실 해산토굴 뒤편 언덕에 아내 명의로 된 차밭 육백여 평이 있는데, 그 밭이 젊은이의 땅하고도 인접해 있었다.

토굴 진입 차로에 들어간 몇 평의 땅과 정화조의 하수관이 묻힌 땅의 평수만큼 아내 명의의 밭에서 바꾸자는 안을 제시했고 주변 사람들의 설득과 권유로 젊은이가 받아들였다.

군청 측량사에게 물으니 양측 땅의 교환은 분할 측량을 통해야 하는데, 십팔 평 이상의 넓이가 아니므로 분할 측량은 되지 않는다고 했다. 이 경우에는 면적 현황 측량을 통해 맞바꾸는 방법이 있는데, 그것은 지적도에 변화를 주는 것이 아니므로 그 측량 결과를 법무사에게 가지고 가서 양쪽이 몇 평씩의 지분으로 소유한다는 등기를 하면 된다는 것이었다.

시인은 사람의 길로 들어서려고 발버둥쳤다. 양측의 면적 현황 측량 비용을 자기가 모두 부담하겠다고 나섰고, 그쪽의 위임을 구두로 받아 군청 민원실로 가서 담당자에게 측량을 신청했다. 전화를 걸어 그쪽의 개인정보, 주민등록번호와 주소 따위를 모두 받아 위임장에 적었는데, 담당자가 도장을 가져오지 않았으면 서명을 하면 된다고 하여, 시인은 아내의 이름과 그쪽의 이름 뒤의 서명란에 흘림 글자체로 한글 이름을 써서 제출했다.

측량 접수 창구의 담당자는 "양쪽 이름과 서명을 똑같은 필체로 이렇게 하면 안 되는데" 하고 말했다. 시인은 "그럼 다음에 그 사람 서명을 받아 와서 다시 신청할게요" 하고 말했지만, 담당자는 그렇게 위조 서명으로 처리하는 경우가 비일비재한 듯 묵묵히 시인이 제출한 신청서를 토대로 서류를 작성하고, 측량에 소요되는 팔십칠만원을 입금하라며 계좌번호를 가르쳐주었다. 은행 창구에서 입금하고 오니 측량 날짜를 잡아주었다. 담당자는 시인과 더불어 서류 위조 서명의 공범이되고 있었다.

군청 민원실 밖으로 나오면서 시인은 거짓 서명한 것이 꺼림칙했다. 장차 어떤 사달이 생겼을 때, 저쪽 젊은이가 자기는 그 측량 신청서에 서명해준 적이 없다고 꼬투리를 잡으면 어찌하려고 그런 짓을 겁없이 했단 말인가. 이 일을 조급하게 처리하고 있는 스스로가 한심스럽고 저주스러웠고, 소졸해진 채조마조마해했다.

시인은 걱정하며 겁내고 있는 스스로를 타일렀다. "너무 걱정 마라. 설마, 땅을 바꾸기 위한 측량 신청을 구두로 위임받아 한 일인데다 전화로 개인정보를 자기 입으로 모두 알려주었는데 꼬투리를 잡고 나를 물먹이려고 들까, 만일 그렇게까지 한다면 악마이지."

그날 한밤에 자다 문득 깨었다. 새삼스럽게 면적 현황 측량 신청 위임장에 가짜 서명을 한 것, 그것이 다름 아닌 사문서 위조라는 사실이 떠올라, 시인의 잠을 달아나게 한 것이었다. 시인은 그 일을 제발 잊어버리자고 대범해지라고, 걱정하고 있는 스스로의 소심함을 꾸짖었지만 쉽게 깊은 잠을 잘 수가 없었다. 아, 이게 바로 누항에서 더러워진 나의 벌레 같은 소인 근성이다. 추하고 한심하다. 토굴 진입 차로를 지키려는 좀스러운 일을 하고 있는 나는 얼마나 추한 벌레인가. 집필실을 드나드는 길이 찻길이면 어떻고, 자드락길이면 어떻다는 것인가.

약속한 날 아침나절에 측량사들이 왔고, 토굴 동쪽 땅 주인은 신이 나서 측량사가 지시하는 대로 측량 표시 말뚝을 박아댔으며, 그 일이 마무리되었을 때 측량사는 측량의 결과를 설명해주었다. 시인이 토굴 동쪽 땅에서 가져오게 되는 면적과 아내의 밭에서 그쪽이 가져갈 면적은 똑같이 십팔 평씩이었다.

측량사가 말했다.

"일주일쯤 뒤에 측량 결과서가 군청에서 날아올 겁니다. 그것을 가지고 법무사에게 가서 등기 신청을 하면 됩니다."

다음날 오후 포클레인 엔진소리가 들려왔고, 누군가가 토굴 현관문을 두들겼다. 나가보니 이웃 동쪽 땅 젊은 주인이 문 앞에 서 있었다. 그는 전날, 시인의 아내 명의의 밭에 박아놓은 측량 말뚝까지 자기 땅으로 까내려 합치는 작업을 당장 하겠다고 말했었다.

시인은 그렇게 하라고 말했고, 그는 포클레인 기사에게 작업을 지시했다. 겨우 한 이십 분 남짓하여 자기가 가져갈 땅을 모두 자기 땅 쪽으로 까내렸고, 그와 포클레인은 돌아갔다. 이렇게 쉽게 해결될 수 있는 것을…… 시인은 허탈해졌다.

열흘 뒤 시인과 토굴 동편 땅 주인은 읍내의 한 법무사 사무소에서 요구하는 대로 양쪽 각자의 서류(주민등록초본, 토지대장, 인감증명원, 토지등기, 면적 현황 측량 결과서)를 갖추어 들고, 그 사무실에서 만났다.

그런데 양쪽이 바라는 대로 땅 교환의 등기 수속 절차를 밟을 수 없는 일이 발생했다. 광주에 거주하는 그쪽이 (땅 교환으로 인한 것이기는 하지만) 장흥군에 사는 시인의 아내 땅인 농지 십팔 평을 가져가려면, 장흥군 해당 기관의 농지 구입 허가증을 가져와야 한다는 것이었다.

시인은 코미디의 한 장면을 목격한 것처럼 허허허 하고 웃었다. "세상에, 땅 십팔 평 바꿈질하는 데 농지 구입 허가증이 있어야 하다니, 아무리 법이라지만 너무 웃기네."

법무사 사무소 여직원은 웃는 시인에게 차갑게 말했다.

"그게 갖추어지지 않으면 법원에서 신청 서류를 받아주질 않습니다."

그때 사무소에 온 한 남자 손님이 묘수 하나를 가르쳐주었다.

"그런 경우에는 주말 농장으로 활용한다는 조건으로 농지 구입 신청을 하면 될 것입니다."

시인은 하늘을 쳐다보며 싱겁게 실소를 했다.

"엉덩짝만한 십팔 평의 땅을 주말 농장으로 활용하겠다고 농지 구입 신청을 한다니 허허허."

남자 손님은 웃어대는 시인을 이상한 사람이라는 듯 바라보며 "다들 그렇게 합니다" 하고 말했다.

시인과 동쪽 땅 주인은 농지 구입 허가증을 뗀 다음 다시 만나기로 하고 헤어졌는데, 어찌된 일인지 그에게서는 몇 달이 지나도록 꿩 구워먹은 소식이었다.

*

벌레의 각질을 아직 다 벗지 못하고 있는 시인은 아내에게서 어이없는 이야기 하나를 들었다.

"안 골목에 사는 영출이네가, 삶아놓으면 밤맛이 나는 단호박 몇 덩어리 때문에 혼쭐이 났다네요."

여느 때 가끔 마을을 돌곤 하는 아내는 마을 사람들의 미묘한 풍속도를 전해주는 소식통 노릇을 했다.

"영출이네가 초가을의 어느 저녁나절에, 광주 딸네 집엘 다녀왔는데, 옆집 아낙이 '안양 동초등학교 옆의 밭에 단호박을 수확해가고 남은 자잘한 것들이 널려 있어, 모두들 가서 몇 덩어리씩 주워왔다네. 나도 한 뭉치 주워 왔어' 하고 말하더랍니다. 그래서 영출이네는 바지락 담는 검은 그물자루 하나를 가지고, 전동차로 재바르게 그 밭으로 갔대요.

호박덩굴은 아직 다 걷어내지 않았는데, 군데군데 자잘한 호박 덩이들이 남아 있어 다섯 개를 따서 담자 그물이 가득찼답니다.

바로 그때 농로를 타고 달려온 하얀 자동차 한 대가 호박밭 머리에 서고, 한 중년 남자와 경찰이 차문을 열고 나오더니 영출이네 앞으로 와, '당신은 단호박을 훔쳐가려다 들킨 현행범'이라면서 휴대폰으로 호박 자루를 안고 있는 모습을 거듭 찍고, 이름을 대라고 닦달하드래요. 영출이네는 당황하여, 자기는 훔치러 온 것이 아니고 이삭을 주우러 왔을 뿐이라고, 나는 평생 남의 것 훔친 적이 한 번도 없다고, 단호박이 담긴 자루를 밭 가장자리에 던져두고 집으로 와버렸답니다.

다음날 영출이네는 경찰서로 불려가서 형사에게 취조를 받고 조서에 손도장을 찍어주었는데, 형사는 절도범으로서 큰 처벌을 면하려면 호박밭 주인과 합의를 하는 게 좋을 거라고 했답니다.

이웃 수문포 마을에는 여남은 집 아낙들이 걸려들었다 하네요. 그들은 주워 온 단호박들을 햇볕에 말리려고 마당에 널어 놓았다가, 집집을 샅샅이 수색하는 경찰과 호박밭 주인에게 발각되었대요.

들리는 소문에 의하면, 호박밭 주인은 광주에서 사는데 안양초등학교 옆의 땅을 세 얻어 호박 재배를 한 것이었대요. 사실인지는 모르지만, 그 주인은 일부러 큰 것들만 수확해가고 자잘한 것들을 남겨두었다가, 주워 간 아낙들을 붙잡아 경찰에 신고한 것이라 합니다. 함정을 판 것이지요. 그 사람은 화순 어디에서인가도 같은 방법을 써, 많은 사람들에게서 합의금 명목으로 돈을 제법 챙겼다고 하대요."

*

4월 어느 날 늙은 나비시인은 한낮에 토굴에서 낮잠을 자다가 바깥이 시끌벅적하여 창밖을 내다보았는데, 눈부신 흰 햇살이 쏟아지는 금잔디 깔린 마당에서 남녀 고등학생 이십여 명이 한쪽은 잡으려고 쫓아가고 다른 한쪽은 쫓겨 달아나며 깔깔거리거나 휴대폰으로 서로의 사진을 찍어주고, 탑 앞의 방죽 분수에 있던 오줌 누는 소년 석상의 사타구니를 들여다보며 으악 하고 소리쳤다.

'아차, 저 학생들에게 오늘 강의하기로 약속했는데 내가 깜빡 잊고 있었는가보다.'

연두색의 신록 같은 싱싱한 그들에게 강의를 통해 '천강千江에 비치는 달'을 길어가게 해주어야 한다고, 낮잠으로 무겁게 가라앉은 몸을 일으켰는데, 갑자기 창밖이 조용해졌다.

'웬일일까.'

현관문을 열고 나갔는데 사랑초꽃 섞인 금잔디 마당과 그 마당 가장자리의 공작단풍나무, 그리고 감나무 잎사귀에는 흰 햇살만 쏟아진다. 그 많던 학생들이 모두 어디로 갔을까.

토굴 입구 동편의 감자밭에 김을 매고 북을 주는 아주머니에게 물었다. 우리 마당에서 놀던 학생들 다 어디로 가더냐고.

아줌마가 도리질을 하고 대답한다.

"못 봤는디라우?"

시인은 의심했다. 일에 정신이 팔려 제대로 못 본 게 아닐까. 그들이 타고 온 버스가 사차선 한길 가장자리에 서 있지 않을까, 하고 언덕 아래를 내려다보았지만 번쩍거리는 하얀 빛 너울만 일렁이고 있었다.

내가 꿈을 꾸었나보다, 하고 생각하며 토굴로 들어가다가 소스라쳤다.

아, 오늘이 4월 16일, 제주도로 수학여행을 가는 학생들 사백여 명을 싣고 가던 그 큰 배가 진도 앞바다에 가라앉은 그날이다.

*

야만 세상 속에서, 늙은 나비시인은 이승과 저승을 함께 살았다. 밤에 잠을 자기만 하면 아득하게 낯선, 어쩌면 지옥에 들어선 듯싶은 곳에서 집으로 가는 길을 찾아 헤매는 꿈을 꾸곤 했다. 암담하고 아득하기만 한 그곳을 벗어나려 하는데 그의 앞에는 가파른 산능성과 넘어가는 자드락길이 있을 뿐이거나, 이제 새 길을 내려는 공사를 시작한 울뚝불뚝한 흙더미들이 그를 가로막고 있곤 했다. 그런가 하면 다리도 나룻배도 없는 질편한 강줄기가 펼쳐져 있곤 했고, 요행히 오불고불한 둑을 타고 그 강을 건넌 다음 편평한 마을에 들어서도 길을 물을 사람이 보이질 않았다. 휴대폰으로 전화를 걸어 물으려 하는데 터지질 않았고, 호주머니에 버스나 기차를 탈 돈도 없었으며 버스 정류장이나 기차역도 보이질 않았다. 절망을 거듭하며 길을 찾으려고 헤매다가 잠에서 깨어나곤 했다.

밤 아홉시 뉴스 시간이면 오른손에 리모컨을 든 채 티브이를 켰다. 만일 뻔뻔스럽게 느껴져 진저리쳐지는 변죽 좋은 얼굴들이 나오면 재빨리 다른 채널로 돌렸다가 그 얼굴들이 사라졌을 때쯤 다시 그 채널로 돌리기 위해서였다.

그날이 코로나19 역병에 시달린 지 삼 년째인 10월 30일이었는데, 티브이 화면에는 핼러윈 데이 전야제를 즐기려는 젊은이들이 이태원으로 홍수처럼 몰려가는 영상이 흐르고 있었다. 아나운서는 예년의 이날에 비추어볼 때, 이날 밤 이태원에 몰려들 거라 예상되는 인파가 십만이 훨씬 넘을 거라고 말했다. 화면에는 예쁘고 늘씬한 앳된 선남선녀들이 들뜬 표정과 흥분된 몸짓으로 어우러져 흘러가는데, 그들 가운데는 마치 무슨 사육제에 참가하기라도 하는 듯 가면을 쓰거나 얼굴에 울긋불긋한 분장을 한 젊은이들도 있었다. 천국에 가지 못한 채 방황하는 혼령들과 함께 춤추고 노래하면서 그들을 위로하고 달래준다는 명분의 상업성 물씬 풍기는, 주최자도 없는 가운데 이루어지고 있는 그 축제는, 내리 삼 년 동안이나 만연된 코로나19 역병으로 인해 억눌려 있다가 확진자들이 감소하는 추세를 따라 한없이 즐기려는 달뜬 분위기가 고조되고 있었다. 달아오른 열정과 결핍을 품은 청춘 남녀들은 들썽거리고 있었다.

요란하게 분장한 젊은이들 몇과 중년 상인 한 사람의 짧은 인터뷰가 진행되고 있었다. 젊은이들은 친구들과 어울려 밤새워 즐기겠다는 뜻을 늘어놓고 있었고, 상인은 밤새워 팔 식품들을 가득 준비해놓은 자기의 가게로 젊은이들을 끌어들여 한몫 챙기려는 기대로 흥분되어 있었다.

전날 밤 가마득한 지옥 순례로 인해 잠을 설친 시인은 다음 날의 기상 예보도 보지 않고 티브이를 끄고 잠자리에 들었다가, 새벽 다섯시쯤에 여느 밤처럼 지옥에서 길을 찾아 헤매다

와자한 소음으로 인해 깨어났다. 미명에 아침 운동을 하러 나가곤 하는 아내의 방에 설치된 티브이가 와자한 소리를 내뿜고 있었고, 동시에 아내가 "여보 서울 용산 이태원에서 난리가 났네요" 하고 비명에 가까운 소리를 내질렀다.

거실 티브이를 켜보니 재난 특집 방송이 한창이었다. 젊은 남녀들이 홍수처럼 밀려든 인파에 깔려 백 명 이상이 죽었고, 아직도 죽거나 부상당한 사람들을 인근 병원으로 실어가고 있다고 아나운서가 목청 높여 말했다.

티브이의 화면은 와글거리는 지옥 세상 같은 아수라장과 빽빽하게 밀려든 인파가 빠져나갈 출구를 찾지 못하고 아우성치는 모습을 번갈아 보여주면서, 켜켜이 쌓인 사람의 축 늘어진 몸뚱이들을 사력을 다해 끄집어내는 구조원들과 길바닥에 드러누운 자에게 심폐소생술을 하는 시민들, 소방차와 구급차로 부상자와 사망자를 실어가는 사람들을 번갈아 보여주었다.

날이 번히 샜을 때 아나운서는 사망자가 158명이고 부상자가 어림잡아 백여 명임을 말해주었다.

얼마쯤 뒤 재난을 총괄하는 행정안전부 장관과 국무총리의 얼굴이 나타나, 주최측이 없는 행사여서 통제가 어려웠다는 점을 강조하고 경찰이 설사 어떤 조치를 취했을지라도 이 참사를 막을 수는 없었다는 논조의 말을 변죽 좋게 늘어놓고 있었다.

그날 열두시 뉴스에서 국무총리는 이태원 일대를 특별 재난 지역으로 선포하고, 일주일간을 국가적인 위로와 조문의 기간으로 설정했다고 발표했다.

　한 방송국에서는 행정안전부가 전국의 각 조직에 보낸 공문이 논란이 되고 있다고 보도하고 있었다. 이태원 압사·참사란 말을 쓰지 말고 이태원 사고라는 말을 쓸 것과 가슴에 부착하는 검은 리본에는 한자로 근조謹弔를 새기지 말 것과, 이 핼러윈 축제는 주최자가 없는 자발적인 행사였기에 통제가 어려웠음을 강조하라는 내용이라는 것이었다.

　토굴로 올라오자 친구가 전화를 걸어, 무정부 상태의 재난 참사에 대하여 울분어린 소리로 말했다.

　"새로 선출된 대통령이 인왕산 아래의 청와대궁을 버리고 용산 국방부 청사로 옮겨가면서, 새 대통령궁 앞에서 벌어진 정권 퇴진 시위와 광화문통에서 벌어진 시위를 막기 위해 모든 경찰 기동대가 몰려들었으므로 용산 이태원에서 무정부 상태의 대참사가 일어난 것이네."

　그날 밤 꿈에도, 시인은 또 낯선 지옥의 거리에 들어서 있었다. 지옥의 거리에는 새파란 젊은이들이 홍수처럼 흘러가고 있었다. 그 가운데 언젠가 본 듯한 한 무리의 앳된 얼굴들도 흘러갔다. 세월호 참사가 일어난 지 오 년째 되던 날 한낮에, 토굴 마당으로 몰려와서 잡히지 않으려고 달아나고 잡으려고 쫓아가며 장난질을 치고 놀던 청순한 그 혼령들이었다. 시인도 그들 속에 끼어 있었다. 뒤쪽에서 홍수 같은 인파가 흘러들고 있었다. 골목은 좁고 인파는 출구 쪽으로 흘러가지 못하고 막혔는데, 뒤쪽에서 떠미는 힘이 세차게 작용하는 바람에 앞쪽의 몇 사람이 넘어졌고 이후 연달아 도미노처럼 쓰러졌으며, 그 위로 인파가 흘러넘쳤고, 비명소리가 난무하는 아수라장이 되었다. 시인도 쓰러지는 사람들의 다리에 걸려넘어졌고, 밀려든 인파 밑에 깔리고 말았고 으악 하고 소리치다가 깨어났다. 그다음날 밤, 또 그다음날 밤 잠자리에서도 시인은 그러한 악몽을 꾸곤 했으므로 밤이 오는 것이 두려웠다.

틈입자

살림집에서 자고 꼭두새벽녘에 토굴로 올라가 거실의 불을 밝히니, 웬 노인이 까맣게 꺼져 있는 텔레비전 앞 담요 위에 누워 있다가 일어나며 "어서 오시오, 해산옹!" 하고 말했다. 깜짝 놀란 내가 그를 향해 "당신은 누구시오?" 하고 묻자 그 노인이 말했다.

"나는 율산이요. 율산 마을 늙은이란 뜻의 내 별호요. 우리 오늘부터 함께 지냅시다. 나 시도 쓰고 소설도 쓰다가, 요즘은 우주 상담사 노릇도 하며 사는데, 해산 당신이 가끔 길을 잃고 헤매곤 한다 해서 찾아왔소이다. 우리 함께 새 길을 모색해봅시다."

뜬금없는 그 틈입자의 얼굴을 뜯어보았는데 그의 모습은 거울 속에 투영된 나의 모습과 흡사했다.

이마에 슬픈 번뇌의 강물 내 천川 자로 가로질러 흐르는
당신,
　넓은 눈썹 밭 아래 졸음 겨운 거슴츠레한 눈꺼풀
　흐릿한 눈망울로
　세상을 어떻게 깊이 뚫어볼 수 있는가요?

　댓가지 감고 올라가는 호박덩굴의 손처럼 꼬부라지는
　반 곱슬머리 세상 휘감으며 오르기로 빠지고 희어진 당신,
　쥐의 이빨처럼 자잘한 옥니는 절대 고독과 오기 섞어대
기로
　다 닳아졌습니다,

　어색하면 어릿광대처럼 웃곤 하는 당신,
　바다 쪽으로 열린 소라고둥 껍데기 귓바퀴와
　통마늘처럼 뭉툭한 코는 네 개의 구멍 벙긋 열어
　새까만 내면을 보여주고 있습니다, 아,
　끔찍해라, 그대 지하 동굴
　노회한 털 부숭부숭한
　미망迷妄.
　목탁 구멍 속의 어둠 같은.

나는 나를 빼다박은 듯싶은 율산 노인이 싫었다. 무뢰한 틈입자 율산을 어떻게 쫓아낼까, 그 방도를 궁리하는 내 머리에 어린 시절 할아버지에게서 들은 '백 년 묵은 여우 같은 늙은 쥐 이야기'가 떠올랐다.

"한 고을에 만석꾼 부자가 성문처럼 드높은 솟을대문이 달린 아흔아홉 간 집을 지어 살고 있었더란다. 그 부잣집 주인은 가난한 사람들에게 보란듯이 적선을 잘했지. 대문간 앞에 곡간 하나를 지어 곡식을 담아놓고 가난한 사람들에게 먹을 만큼씩 퍼다 먹으라고 했지. 그런데 그 부자는 자기가 못 사는 사람들에게 적선을 한다는 생각으로 늘 하느님이나 원님이나 임금님이라도 된 듯 교만했더란다. 교만이란 것이 사실은 속에 들어 있는 쥐새끼 같은 소인의 근성이다.

적선 소문이 인근 모든 마을에 퍼졌으므로, 밥 안칠 거리가 없는 사람들은 몰려와 그 곡간 앞에 줄을 서서 퍼가곤 했단다. 부잣집 주인은 가난한 마을 사람들을 종처럼 부리면서 그들 앞에 군림했지. 그런데 언제부터인가 부잣집 부엌과 광 주변에는 새끼 고양이만한 큰 쥐 한 마리가 들락거렸단다. 꼬리가 아홉 개 달린 여우처럼 어떤 큰 사달인가를 낼지도 모르는 늙은 쥐였다. 그 부자는 종들을 시켜 덫을 놓아 잡으려 했지만 영악한 그 쥐는 잡히지 않았어."

　그 늙은 쥐가 문득 자취를 감춘 어느 날, 그 부잣집에 주인 남자와 얼굴, 머리 모양새, 비대한 체구, 옷차림, 목소리, 말투, 행동거지가 판에 박은 듯 똑같은 남자가 주인 남자가 거처하는 사랑채에 나타났다. 틈입자인 그 남자와 진짜 주인 남자는 서로에게 당신이 누구냐고 따지고 들었다. 서로에게 자기가 이 집의 진짜 주인이라고 우기고, 상대를 가짜라고 주장하며 썩 나가라고 소리치고 실랑이를 했는데, 그 다툼이 걷잡을 수 없도록 크게 벌어졌다.

　싸우는 소리에 식구와 종들이 사랑채 앞마당으로 몰려들었다. 주인 남자의 아내와 늙은 부모, 장성한 아들딸과 마름과 집사와 종 들은 너무나 똑같은 두 주인 남자 때문에 당황하지 않을 수 없었다. 분별할 수 없도록 똑같은 주인 남자 둘은 식구와 종들 한 사람 한 사람에게 자기가 진짜 주인 남자임을 증명받으려고 입가에 거품을 물고 설명하였지만, 모든 사람들을 어리둥절하게 할 뿐 판가름이 나지 않았다. 마침내 관아의 재판정까지 가서 판결을 구하게 되었다.

　원님은 매우 지혜로워서, 자기가 진짜 주인이라고 주장하는 두 남자를 상대로 아내의 잠버릇은 물론 몸의 은밀한 부위에 있는 점과 사마귀에 대해서까지 시시콜콜 미주알고주알 심문했다. 둘은 똑같이 확실하게 답을 했으므로, 원님은 일일이 주인 남자의 아내에게도 물어, 사실과 다르지 않음을 인정했다.

원님은 깊은 숙고 끝에, 육방관속을 통해 두 주인 남자에게서 제출받은 장부와 집문서를 샅샅이 들여다보면서, 그 부잣집 금고에 들어 있는 돈의 액수, 소유한 모든 논밭과 산의 평수, 살고 있는 집의 칸수와 평수가 얼마나 되는지도 물었다. 이때 틈입자인 남자는 정확하게 알아맞혔지만 진짜 주인 남자는 가끔 틀린 답을 내놓았으므로, 원님이 그 틀린 답을 주목해서 따지고 들었다. 진짜 주인 남자는 당황했고, 그리하여 어리벙벙해졌으므로, 결국 원님은 틈입자인 남자를 진짜라고 판결했다.

진짜 주인 남자는 어이가 없고 울화가 치밀어 자기가 진짜이고 저놈이 가짜라고 악을 써댔지만, 집에서 쫓겨나지 않을 수 없었다. 솟을대문 앞을 지키는 종들에게 자기가 진짜이고 저 안에 있는 놈이 가짜라고 소리쳤지만 문을 지키는 종들은 그를 야멸차게 밀어냈고, 진짜 주인은 하릴없이 거지가 되어 거리를 헤매다가 굶주리면서 풍찬노숙과 개고생을 하며 살지 않으면 안 되었다. 그는 한겨울에 혹독한 추위에 떨고 굶주리면서야 비로소 자기가 쥐새끼 같은 소인 근성과 허영, 탐욕으

로 오만하게 허위의 삶을 산 것을 혀끝을 물어뜯으며 참회하
게 되었다.

"개과천선한 진짜 주인 남자의 순하고 인자한 모습이 솟을
대문 앞에 나타났을 때, 틈입자인 가짜 주인 남자는 갑자기 늙
은 쥐로 돌아가 찍찍거리며 달아나버렸단다."

　나 태어나자 그림자가 있었습니다,
　처음에는 그놈이 길을 나선 나를 따라오며 내 흉내를 내
곤 했는데
　언제부터인가는 그놈이
　가시적인 모습 하나로는 내 뒤를 따르며 흉내를 내면서
　비가시적인 모습 하나로는 나를 앞장서 갔으므로
　이제는 내가 앞장선 비가시적인 그놈의 흉내를 내며 따릅
니다,

　앞장선 그놈의
　몸짓과 표정의 결 무늬가 너무 정교하고, 그놈
　가는 곳이 너무 험준하고 그윽하여 그놈을
　따라가기 고달픕니다,
　대관절 그놈은 어디로 가고 있는 것일까요
　하늘일까요 바다일까요

하늘과 바다가 맞닿은

무극 그 어디일까요.

　　　　　　　　　—「그림자」(『달 긷는 집』)

　비교하자면, 나는 고요한 삶을 좋아하지만 성질이 무르고 헤프며 성가신 일을 만나면 대충 양보하거나 포기하고, 때로는 애초에 없었던 일로 치부하고 넘어가 편안해지려 하는 편인데, 틈입자인 율산은 성정이 강하고 세밀하며 인색하고 꼼꼼하면서도 세상 모든 일에 대하여 살짝 비틀어서 아는 체하곤 하는, 매우 약은 편이었다.

　나는 어린 시절에 할아버지에게서 들은 쥐 이야기를 떠올리며 율산과 맞장을 떠 해결하려 하지 않고, 적막강산이 되어가는 토굴의 시공에서 그와 더불어 사는 쪽으로 가닥을 잡았다. 애초에 율산을 상대로 누가 진짜 토굴 주인이고 누가 가짜인가를 따지고 가리고 다툼하려 하지 않았고, 틈입자 율산을 토굴 밖으로 쫓아내려 하지도 않았다. 만일 그 다툼을 벌였다가는 약은 율산으로 인해 내가 가짜로 몰려 쫓겨날 듯싶었다. 식구와 세상 사람들에게 내 속의 쥐새끼가 둔갑했을지도 모르는, 어쩌면 분신 같은 율산의 존재를 까발리려 하지 않고, 그에게 오손도손 조용한 동거를 하자고 제안했다.

나의 속셈을 알아챈 율산은 코를 찡긋하며 그러자고 고개를 끄덕거렸다. 율산은 만일 진짜냐 가짜냐 하는 다툼이 일어날 경우 논리가 강한 자기가 이길 수 있다는 자신감으로 당당하게 무장하고 있었다.

둘은 해산토굴의 공동 주인으로서 살았다. 적당히 타협한 바 없지만, 둘 중 어느 하나는 실체로서, 다른 어느 하나는 그림자로 행세하기로 묵약했다.

나는 틈입자 율산의 존재에도 아랑곳하지 않고 전과 다름없이 고요해지려고 드는데, 율산은 나의 시인적인 사유와 삶의 가락에 대하여 비판하거나 이것저것 시시콜콜 따지고 가리려 들었다.

토굴의 적막강산 같은 조용함 속에서 나는 늙음으로 말미암아 성적으로, 또 인간적인 욕망과 참여 의식이 퇴행적으로 무력해진데다, 타고난 성정이 게으르고 우유부단한 데가 있어 부딪쳐오는 세상일들 하나하나, 가령 떨어진 휴지나 마당에서 자라는 잡풀들을 줍거나 뽑는 일 따위를 성가시게 생각하면서도, 율산을 향해 성가시다고 말하지 않았다. 그냥 상대가 어찌하든지 아랑곳하지 않고 편안하고 고요해지려고만 들었다.

"어이, 시인님 자는가? 혹시 '양돈학'을 공부한 적 있어?"

멍히 허공을 쳐다보며 고요 속으로 침잠하려 하는 나에게 율산이 물었다. 나는 젊은 시절 소설쓰기에 미쳐 있을 때, 소설 소재를 구하려고 얼마 동안 그 『양돈학』이란 책을 구해다가 뒤적거려본 적이 있었으므로, 말없이 고개를 끄덕거렸다.

율산이 불쑥 말했다.

"양돈학을 공부했으면, 반드시 미생물학도 공부해야 하는 것인데?"

나는 이미 미생물학 공부를 한 바 있지만 짐짓 덮어두고, 점박이 갈매기가 '보석학을 공부하고는 반드시 천문학을 공부해야 한다'고 말하던 것을 떠올렸다.

"율산 자네가 그래야 한다면…… 그래야 하는 것이겠지잉."

율산의 저의를 나는 이미 알고 있었다. 만물을 지배하는 인간을 지배하는 것은 미생물이란 말을 하고 싶어하는 것이다.

율산은 생뚱맞은 소리를 했다.

"교육심리학을 공부했겠지? 그럼 동물심리학, 식물심리학도 공부해야 하는데, 어쨌어?"

"꽃이 핀다, 그래, 꽃이 진다 그래, 그래." 나는 대답 대신 「늙은 나비의 노래」라는 시로 대꾸했다.

이것은 요즘 내가 잠깐씩 들고 있곤 하는 화두이기도 하다. 하늘과 바다의 변환, 아침저녁으로 노을이 화려하게 타오르다

꺼지는 것, 달이 뜨고 지는 것, 샛별이 초저녁과 새벽에 반짝이며 선회하는 것, 하얀 안개 너울이 들판과 산하에 진압군처럼 밀려오고 비와 바람과 눈보라가 수런거리는 것, 나뭇잎이 흔들리는 것을 말없이 완상하며 고요해지려 하는 것이다.

율산이 나의 화두를 멋으로 가슴에 꽂고 다니는 화두花頭라고 조롱하며, 수시로 파도처럼 일어나는 세상사에 참견할 뿐만 아니라, 우주의 모든 것과 너나들이하라고 촉구했다. 꽃 한 송이 피어나니 세계가 일어선다一花開世界起는 화두처럼 살라는 것이었다.

우리 둘은 나란히 누워 자거나, 일어나 텔레비전을 보거나, 음악을 듣거나, 컴퓨터 앞에 앉아 글을 쓰면서 실랑이질을 하곤 했다. 텔레비전 채널 선택을 두고 밀고 당기기를 하고, 전축을 틀기 귀찮아 휴대폰으로 음악을 들을 때면 베토벤이나 차이콥스키를 들을 것인지, 셀린 디옹이나 세라 브라이트먼을 들을 것인지 다투고, 글을 쓰면서는 글 속에 숨겨놓아야 하는 그림의 구도와 은유, 그리고 상징을 위해 동원하는 일화와 문장이나 단어의 선택을 두고 실랑이질을 했다. 그는 지적인 것을 앞세우고 논리적으로 이끌려고 들었고, 나는 환상적이고 신화적인 쪽으로 이끌려고 들었다.

율산은 야만 세상에서 눈길을 돌려 격투기나 축구, 야구

등을 즐기려고 했고, 누운 채 그것들을 보다가 잠을 자버리기도 했다. 그에게 채널 선택권을 넘겨준 나는 그것들을 따라 보지 않을 수 없었다. 자다 깨보면 텔레비전 혼자 떠들고 있곤 했다.

나는 쥐새끼 같은 소인 근성의 저질 인간이 되어간다는 것을 인지했지만, 가는 비에 옷 젖는 줄 모르듯 시나브로 그냥저냥 그러한 삶 속으로 젖어들고 있었다.

얼마쯤 함께 살아본 율산은 나를 "얼핏 보면 반편 같고, 어찌 보면 곱게 퇴행하는 어리숙한 늙은이"라고 평했고, 구름에서 실을 뽑아 외계인의 언어로 직조한 편직물처럼 케케묵은 구닥다리 시와 영혼의 옷을 지어 입고, 그 어떤 시공에든지 집을 잘 짓는 늘씬한 각시거미처럼 하늘 허공에 이상향을 짓는 과대망상을 가진 식물성의 아나키스트라고 몰아붙였다.

나는 나대로 율산을 '사실은 어리석은데, 스스로 어리석은 줄 모르는 모자란 놈, 소인 근성의 잘난 체하기로 이골이 난 놈'이라 규정했다. 그 어리석고 미친 시각으로 세상을 분석하는, 광기가 동하기 시작하던 니체의 아류쯤 되는 자라고 생각했다. 입에 씹히는 대로 이런저런 독설을 지분지분 퍼부어대곤 하는 그가 죽은 다음에는, 아마도 그의 모든 부위가 다 썩을지라도 입만은 푸들푸들 살아 있든지, 아니면 반대로 모든 부위는 썩지 않고 싱싱한데 입만 먼저 썩어 문드러질 거라는 말을 농담하듯 뱉어내려다 꿀꺽 삼켜버렸다.

율산은 나의 속내를 귀신같이 다 알아채버렸다. 나와 율산은 서로가 서로에게 내린 인물평에 대하여 반기를 들지 않고, 그냥 웃을 뿐이었다.

율산이 말했다.

"어이, 구닥다리 시인님. 뭉크의 명화 〈절규〉에 '미친 사람만이 그릴 수 있는'이라고 연필로 쓴 낙서가 있다는 것을 아는가. 누군가의 반달리즘이 아니고, 애초에 뭉크의 자필이라고 노르웨이 박물관측에서 밝혔네."

율산이 말을 이었다.

"자네, 이걸 아시는가? 미친 사람의 눈에만 보이고 미친 사람의 귀에만 들리고 미친 사람의 오감에만 감지되는 것이 있네. 빛도 어둠도 진리라는 것도 미친 사람에게만 보이는 것들이 있지. 니체도 미쳤으므로 신은 죽었다고 말을 할 수 있었고, 고흐도 미쳤으므로 〈별이 빛나는 밤에〉를 그렇게 특이하게 감돌아 흐르는 방울진 빛의 물처럼 그릴 수 있었어. 자네도 미쳤으므로 '내가 늘 하늘을 쳐다보는 까닭은, 한낮의 하늘 한복판에서 수직으로 수직으로만 상승하는 새 한 마리가 거기 있어서이다'라는 시를 읊을 수 있었을 터인데, 마침 한 독자가 그 시

190

를 보면 고흐의 〈별이 빛나는 밤〉 속에 하늘로 날아오르는 까마귀들이 떠오른다고 독후감을 피력한 바 있네."

결핍

해방되던 해의 한여름

이웃 대밭집의 여덟 살 형과 여섯 살짜리 동생은

대나무로 만든 활과 화살을 가지고 아주

특별한 놀이를 했는데,

연통煙筒처럼 말아 놓은 멍석의 어둠 담긴 터널

이쪽에서 형이 쏘면 동생은 저쪽에서 기다렸다가

춤추며 날아오는 화살촉을 주워 형에게 건네는 놀이를 하

다가

문득 동생이

"성아, 화살이 어떻게 날아오는지 여기서 보게 쏘아 봐."

그래서 형이 쏘았는데 저쪽 터널 입구에서 들여다보던

동생의 한쪽 눈이 날아오는 화살촉을 받아먹고

이후에 많은 아픔의 세월을 애꾸로 살았는데

동생에게 그 화살촉은 무엇이었을까

어떤 새였을까, 무한 허공을

꿈틀대며 날아다니는 빛줄기였을까

회오리치는 환영幻影이었을까

요즘 자꾸 허공으로부터 알 수 없는 화살촉이 날아오고

내 눈은 그것을 삼키는데, 나는

늘 애꾸가 되어 산다, 알 수 없는 홀로그램 빛살 꿈을 꾸

는

　　　　　　　—「날아오는 화살촉을 먹는 눈」(『꽃에 씌어 산다』,

　　　　　　　　　　　　　　　　　　　　　　문학들, 2019)

"자네는 결핍에 대하여 깊이 생각해본 적이 있는가."

율산이 말했다.

"자네의 시 「날아오는 화살촉을 먹는 눈」의 화자는 어떤 결핍으로 인해 그 화살촉을 삼킨 것인가? 화살촉을 삼킨 영혼은 다시 어떤 상처를 입게 될까? 벌은 꽃에서 꿀을 채취해가되 꽃에는 아무런 상처도 입히지 않는다는데.

요즘 먼지 알맹이처럼 자잘한 풀꽃과 거기에 들어가 꿀을 빨아가는 꿀벌을 사랑하는 자네에게 있어, 풀꽃과 꿀벌의 채집 행위는 하나의 화두인 것이겠지. 자네에게 엄동설한의 순간순

간들은 음음한 그늘을 드리운 모든 흘러간 시간과 기억들의 행간에서 떨어진 금싸라기 이삭을 주워야 하는 시공이니까."

율산은 나를 학대하듯 사디즘적으로 희롱했고, 나는 언제부터인가 마조히즘적으로 그에게 희롱당하는 것을 즐기고 있었다.

채플린이 '실패는 중요하지 않다. 자기를 웃음거리로 만드는 것이 중요하다'고 했듯, 나는 내가 율산으로 인해 웃음거리로 만들어지는 순간을 즐기기로 했다. 우리 둘의 만남은 손뼉을 치는 것과 같은데 그것은 사랑과 미움이라는 것의 원리이기도 할 것이다.

"자네의 요즘 시간은 들꽃에게서, 발정기에 들어선 길고양이와 메뚜기에게서, 갯벌과 파도가 만나는 어름에서 먹이를 찾는 갈매기와 두루미와 먹황새에게서 우주적인 신화를 읽는 홀로그램의 반짝거림이고 아우라 같은 너울이네…… 먼바다에서 달려온 수억 수천만 개의 파도 이랑에서 우주의 경전들을 읽는다는 것도 마찬가지지."

나는 대꾸하지 않고, 흑백영화 속에서 푼수처럼 걷는 채플린의 콧수염을 떠올렸다.

"우리의 우주는 하나의 거대한 구멍인데……"
율산이 말했다.

"그 우주라는 구멍이 어떤 결핍을 가지고 있는지 아는가? 우주의 율동이란 것은 만남, 혹은 별들의 섭동 같은 것으로 이루어져 있는데, 바다의 밀물과 썰물 같은 들숨과 날숨, 호혜적인 사랑 주고받기일 거라고 나는 생각하네. 모든 현상과 본질은 들숨과 날숨, 그것이니까."

〈비는 오고 풀잎은 통통거린다〉라는, 타고르의 자서전에서 읽은 동요 가사를 나는 떠올렸다.

율산이 말했다.

"부모의 자식에 대한 사랑은 들숨이고, 그에 대한 아들딸의 사랑, 효도와 보은은 날숨이지. 아내의 사랑이 들숨이면 남편의 사랑은 날숨이고, 남편의 사랑이 들숨이면 아내의 사랑은 날숨이지. 모든 들숨과 날숨은 자기와 세상의 결핍을 채우는 것이네.

우주 속에 존재하는 모든 구멍을 가진 존재들은 다 결핍을 가지고 있어. 내려다보는 하늘은 들숨이고 그 하늘을 쳐다보는 땅과 바다의 반응은 날숨이야. 부모가 죽으면 자식들은 좋지 않은 기억들만 떠올리며 통곡하는데, 남녀 간에 사랑하는 사람이 먼저 죽으면 좋은 기억들만 떠올리며 슬피 우네.

스스로의 가슴을 아프게 한 짠한 기억과 아름답고 향기로운 기억은 시들거나 늙지 않는데, 그것은 유형무형의 결핍으로 인한 것이지."

율산이 아는 체했다.

"작품을 통해 독자들에게 천기누설 하기를 일삼는 시인, 소설가와, 경전 읽기와 참선을 통해 수도하고 그것을 중생들에게 되돌려주려 하는 스님들은 이 세상 어느 누구보다 많은 영혼의 결핍을 가지고 있네. 그들의 정진은 깨달음의 텅 빈 충만이 이룩될 때까지 계속되는 것이니까."

나는 말없이 정좌*하고 고요를 즐기려 하는데, 율산이 침상에 누운 채 주절거렸다.

나는 나를 희롱하는 율산에게서 내 영혼을 갉아먹어 망가뜨리는 벌레의 삶을 감지하곤 한다. 그 희롱에서는 통증이 약간씩 느껴지는 듯싶은데 전혀 느껴지지 않고, 느껴지지 않은 듯싶은데 약간씩 느껴지는 듯싶어 내게는 통증 아닌 통증이지만 나는 진저리를 치곤 한다.

토굴 현관문 밖 차양 지붕을 떠받치는 나무 기둥 한 부분이 썩어, 목수가 그 환부를 도려내고 새 나무 기둥으로 갈아끼우는 과정에서 기둥 근간을 갉아먹는 하얀 벌레들을 보았는데, 그 벌레들이 갉아먹은 곳에는 가늘고 긴 굴들이 패어 있었다.

---

* 靜坐處茶半香初 妙用時水流花開―산곡 황정견의 시. "한곳에 고요히 앉아 있을 때는 차를 처음 우릴 때처럼 향기롭고, 어떤 일인가를 도모할 때는 물 흐르듯 꽃 피듯."

그 작은 굴들이 촘촘해지면 기둥은 차양 지붕의 무게를 견디지 못하고 문드러져내릴 터이다. 내 영혼에도 그런 현상이 일어나고 있지 않을까.

인간 사회에도 속을 갉아먹는 벌레들은 무수히 기생하고 있다고 나는 믿는다. 그 벌레는 내 속에도 존재한다. 윤리를 갉아먹고 길을 갉아먹는다. 한 회사나 국가기관들 속에도 그러한 썩어 문드러지는 현상은 분명히 있다.

*

"거대한 옹관같이 생긴 섬의 동쪽 연안에는 생불이라고 소문난 스님 한 사람이 살고, 서쪽 연안에는 시나 소설, 에세이를 쓰기도 하는 작가 한 사람, 어쩌면 자네 같은 사람이 살고 있었는데, 어느 날 스님이 작가에게 찾아가 말했네."

율산이 코를 찡긋하며 말했다.

"'작가들이 작품 속에서 추구하는 이상과 실제 살고 있는 현실적인 삶은 하늘과 땅 같은 차이가 있어요. 제 말이 어떻습니까?' 그 말에 작가는 빙긋 웃더니 말했지.

'사람이라는 동물들이 지닌 어찌할 수 없는 모순 아니겠습니까, 육체와 정신을 가지고 산다는 것 자체가 모순 아닌 모순이니까요. 살아간다는 것은 지금보다 더 나은 삶을 살아보려고, 더 아름다운 꽃을 피우고 모순을 해소해보려고 몸부림치는 것일 터입니다. 그래도 작가란 사람들은 자기는 실제로 그렇게 못 살더라도 자기의 주인공들을 통해서 그렇게 살아보고 윤리를 실현해보려고 꿈꾸고 있지 않아요? 자기의 삶 속에서 얼마나 절망하고 또 절망했으면 주인공들을 통해서나마 그렇게 참되게 살아보려고 하겠어요? 저는 낙엽처럼 떨어져 썩는 절망에서 새싹 같은 희망을 이끌어내는 사람들을 좋아합니다. 제가 수도하는 스님들을 좋아하는 것도 깨달음을 얻으려고 용맹스럽게 정진하는 동안 거듭 절망할 것이기 때문입니다.

그런데 제가 가장 가증스러워하는 것은 오만입니다. 제가 만나곤 하는 세상의 모든 어둠의 꺼풀은 양파 껍질 같은 것이었습니다. 때문에 도 닦는 스님들은 한 소식을 하고 나서는 다시 한 소식을 하려고 정진하고, 곧이어 또 한 소식을 하려 하고…… 한없이 보임補任하지 않으면 안 될 것입니다. 이때 보임은 거울을 닦는 행위하고 같은 것입니다.

풀을 뜯어먹는 소들은 더 쉽게 뜯어먹을 수 있는 달고 고소한 곡식이 있는 밭으로 자꾸 가려 하곤 합니다. 이때 소에게 풀을 뜯기는 사람은 얼른 고삐를 잡아당겨야 하는 것 아닙니까. 그런데 속 차리지 못한 어떤 스님들의 경우에는 한 소식을 하고는 원효처럼 걸림 없이 산다면서 고기 먹고 권력과 돈을 탐하고…… 그것은 남의 곡식밭으로 소를 아주 몰아넣는 것인데, 그것이 어디 원효의 무애無礙이겠습니까. 오만방자하게 막 살아버리는 것이지요. 그로 말미암은 죄를 어떻게 다 받으려고 그러는 것인지 저는 소름이 끼치곤 합니다.'

그러자 스님이 으악, 하고 금강봉 내리치는 소리를 내질렀네. 그 소리에 여뀌풀이 줄기를 빨갛게 붉혔고, 갈매기 한 마리가 놀라 소리치며 그들의 머리 위를 어지럽게 선회했고, 스님이 가엾어하는 눈길로 작가를 바라보며 말했네.

'아아, 우리 위대한 작가님께서는 불행하게도 지옥문 앞의 들판에 사는 미친 들개들에 대하여 알지 못하시네요. 그 개들의 턱과 입 가장자리에는 말라죽어가는 이끼 같은 잿빛의 수염이 돋아 있고, 이빨은 칼날 같으며 눈은 푸르딩딩한 빛을 뿜습니다. 추한 하이에나처럼 생긴 그 들개에게 주어진 임무는 지옥에 떨어진 인간의 영혼들 가운데서 특별한 것들을 골라다가 갈가리 찢어 먹는 것입니다. 정적의 딴죽 걸기로 인해 상한 자존심 때문에 정쟁을 일으키고 억지 우김질을 일삼는 정치인, 사이비 운동가, 엉터리 시인, 작가, 철학자, 과학자, 돈과 권력에 대한 욕심으로 인해 품고 있는 하늘의 저울이 은밀하게 요동치는 판사나 검사, 돈에 놀아난 회계사와 감정사처럼 잘 먹고 잘 살아온 영혼들을 찢어 먹는 그 들개들은 전생에 무엇이었는지 아십니까. 그대처럼 모순된 삶을 산 자들이었어요.'

작가는 상대 스님의 눈길에 교만이 들어 있다고 느끼고, 허공을 쳐다보면서 어허허허 하고 소리쳐 웃어댄 다음 깊이 들이켠 숨을 내뿜으면서 말했네.

'스님, 저는 한 소식 한 다음 보임을 하지 않고, 도 닦기로 얻은 깨달음을 중생들에게 돌려주려고도 하지 않는, 오만해진 스님들만 가는 축생 지옥에 대하여 이렇게 들었습니다.

어떤 늙은 어부의 그물에 괴이한 물고기 한 마리가 걸렸습니다. 한 몸뚱이에 백여 개나 되는 머리를 가진 물고기 말이지요. 어부는 그것을 모래밭으로 끌어올렸습니다. 원숭이, 뱀, 말, 여우, 돼지, 토끼, 쥐, 사자, 호랑이, 소, 기린, 닭, 독수리, 잉어, 고라니, 노루, 사슴, 낙지 따위의 머리를 한 개씩 달고 있었고, 몸통과 꼬리는 고래의 그것이었습니다. 그 괴이한 물고기를 모래밭으로 끌어올려놓은 어부는 지나가는 석가모니에게, 이게 대관절 어찌된 물고기냐고 물었습니다.

석가모니가 그 물고기 옆으로 다가가서 '너는 카필라가 아니냐' 하고 말하자, 그 물고기의 모든 머리들이 일제히 끄덕거리며 '그렇습니다' 하고 대답했습니다. 석가모니는 어부와 뒤따르는 제자들에게 말했습니다. 이 카필라는 전생에 브라만 출신의 승려였는데, 영리하고 부지런했기 때문에 여러 고전과 경전들을 읽고 그 지혜를 일찍이 습득한 나머지, 자비롭지 못하고 오만해지기만 해서, 자기의 말귀를 잘 알아듣지 못하는 도반이나 후배 수행자들에게 '이 미련스러운 닭 대가리야, 개 대가리야, 호랑이보다 못한 대가리야, 아이고 이 원숭이 대가리야, 낙지 대가리야' 하고 빈정거리면서 비웃곤 한 그 업이 쌓이고 쌓여 다음 생에서 이러한 수중 괴물 카필라가 된 것이니라, 하고 말했습니다. 아아, 저는 지금 제 앞에 계시는, 공부를 많이 하신 스님께서 혹시 그 카필라처럼 되지 않을까…… 그것이 걱정입니다.'

그 이야기를 들은 스님은 '허허, 사람 없을까 했더니 거기 하나 있었소이다' 하고 나서, 눈이 시리게 푸른 하늘을 쳐다보며 시를 한 수 읊었네…… '푸른 우듬지를 하늘로/ 쳐들고 있는 나무의 뜻을 천축국의 왕자가/ '나무南無'/ 라고 읽으라 했는데, 나는/ '나 없음의 나무我无'/ 라고 어눌하게 소리 냅니다.// 그 이르고 싶은 곳 어디인가,/ 푸르른 내 고향 태허입니다.'*

무無 자는 섶을 불태우니 현실적으로 없어진다는 뜻글자이고, 나무南無의 경우 그냥 소리만 빌려다 쓴 글자입니다. 무无는 하늘처럼 텅 비어 있는 '비가시적인 없음'의 뜻글자입니다. 없을 무无는 하늘 천天의 변형입니다. 이 두 글자는 우주 시원을 뜻합니다. 선승들이 '무' 자 화두를 드는 것은 하늘마음天心을 얻자는 것일 터입니다. 천심은 무심이고 무심이 천심입니다.'"

* 한승원, 「나무」, 『달 긷는 집』.

율산이 나에게 물었다.

"부지런히 수도를 한 결과 깨달을 것을 다 깨달았다고 오만에 빠진 카필라는 어떤 결핍을 가지고 있었을까! 가령 대통령의 아들딸이 부정하게 지원금과 혜택을 받고 있다고 계속해서 문제제기를 하곤 하다가, 막상 자기 아들의 불편부당한 취직과 오십억 퇴직금, 그리고 자기의 부정한 정치자금으로 곤욕을 치르게 된 국회의원은 어떤 결핍을 가지고 있었을까.

여기저기서 훔쳐 짜깁기를 한 논문으로 석사와 박사를 따고, 가짜 학력을 앞세워 대학 강사 자리를 얻으려 한 여자는 어떤 결핍 때문이었을까. 몇백억짜리 가짜 잔고 통장을 만들어 사기 땅장사를 하거나, 주가 조작을 해서 돈을 불리는 사람들은 어떤 결핍을 가지고 있는 것일까. 세상 사람들은 자기 나름의 결핍을 채우려는 집착적이고 병적인 버릇을 가지고 있네. 무엇인가를 물어뜯고, 그렇게 물어뜯은 것을 껌처럼 씹어 단물을 삼킴으로써 결핍을 해소하려 하네.

우리 토굴 마당에서 활짝 피곤 하는 매화꽃들에도 결핍은 있네. 수분受粉을 하려고 향기를 뿜어서 꿀벌들을 불러들이고, 꿀벌들은 꿀 주머니의 결핍을 채우기 위해 잉잉거리며 모여들어 꽃 속에 머리를 밀어넣고 꿀을 빨다가 저장하는 작업을 하지. 꽃들은 꿀벌이 꿀을 채취하는 동안 수분을 하며 내내 오르가슴을 느끼네.

우주에 존재하는 모든 것의 결핍은 비어 있는 자리의 채우기이네. 꽃이 바람과 벌과 나비를 동원해서 수정하는 것과 벌이 꿀을 빨아가는 행위는 들숨이고 그것을 뱉어내 저장하는 행위는 날숨이지. 우주는 하나의 큰 구멍인 것이고…… 모든 구멍은 결핍을 가지고 있어. 결핍과 그것 채우기는 존재하는 모든 것의 자기 살아 있음을 증명하기인 것이라고…… 우주 속에 존재하는 모든 것은 들숨 날숨을 거듭하며 살아 있는 한 결핍을 가지고 있고 또 채우려고 하는데 그것은 우주의 율동이네. 사랑하기라는 것도 결핍 채우기이네. 그런데 그 결핍 채우기에는 엄정한 윤리가 따라야 하는데, 대개의 것들은 그 윤리를 외면하네."

나는 생각했다. 인간의 몸과 마음은 집착과 관념의 집이다. 결핍을 해소시키려는, 윤리를 외면한 잘못된 집착이나 관념은 자기를 지옥에 떨어지게 하지만 볼링에서의 킹 핀 같은, 윤리를 바탕에 둔 어떤 관념을 담으면 편안한 안식과 같은 천국의 삶을 살게 되는 것이다.

나는 『무문관無門關』에서 읽은 백장야호*라는 화두를 머리에 떠올렸다. 불락인과不落因果(윤회에 떨어지느냐 그러지 않느

---

* 고명한 스님 백장이 밤마다 모여든 수좌들 앞에서 설법을 했다. 설법을 듣는 대중 가운데 한 늙은 거사가 있었는데, 어느 날 밤 그 거사는 설법이 끝났는데도 돌아가지 않고 남아 백장에게 질문을 했다.

냐)와 불매인과不昧因果(윤회에 떨어지느냐 그러지 않느냐에 얽매이는 어리석음에 빠지지 않는다)는 어떤 차이가 있는가. 얽힌 문제의 고를 풀어주는 것은 사고방식 바꾸기이다.

"저는 오백 년 전 이 절에서 설법을 하던 법사였습니다. 지금 백장처럼 수좌들을 모아놓고 설법을 했는데, 그때 한 수좌가 저에게 '수도자가 열심히 수도하면 윤회에 떨어지느냐 떨어지지 않느냐' 하고 묻기에, 저는 열심히 수도하면 윤회에 떨어지지 않는다, 즉 '불락인과'라고 대답했는데, 그 순간 저는 축생 지옥에 떨어져 지금까지 한 마리 여우가 되어 뒷산에서 살고 있습니다. 백장스님, 수도를 열심히 하면 윤회에 떨어집니까, 떨어지지 않습니까? 대답해주십시오."

이거 큰일이 났다. 만일 백장이 '불락인과', 수도를 열심히 하면 윤회에 떨어지지 않는다, 하고 대답하면 백장도 축생 지옥에 떨어질 판이었다. 그런데 백장은 불매인과, "윤회에 떨어지느냐 그러지 않느냐 하는 데 얽매이지 않고 수도를 해야 합니다" 하고 대답했다.

그 말을 듣는 순간 늙은 거사는 아아, 그렇습니다, 하고 깨달았고 축생 지옥에서 벗어났다.

늙은 거사는 백장에게, "날이 밝으면 제자들에게 뒷산 바위굴에 가보라고 하십시오. 거기에 한 늙은 여우가 죽어 있을 것입니다" 하고 말한 다음 모습을 감추었는데, 과연 백장이 제

자들을 뒷산 바위굴로 보냈더니 거기 늙은 여우가 죽어 있었
으므로 정중하게 다비 의식을 치러주게 했다.

*

율산이 말했다.

"고향에 갔다가 들었네. 고향 마을의 이웃 갯마을 한복판에
서 있는 늙은 은행나무는 세 사람이 팔을 벌려 띠를 만들어야
밑동 둘레를 잴 수 있는데, 그 밑동에는 금줄을 둘러쳐놓고 해
마다 정월 대보름에 당산제를 지내네. 여름철이면 마을 사람
들이 제단에 드리워진 그늘에서 앉아 놀며 장기를 두기도 하
고 잠을 자기도 하네. 노인들은 그 제단에 누운 채 은행나무
할머니에게서 진기한 이야기를 듣곤 한다고 소문이 나 있네.

은행나무 할머니도 결핍에 시달리는 존재이지. 땅속에 굵은
뿌리와 가느다란 실뿌리들을 뻗고 있는데, 그것을 통해 물과
무기물을 삼투압으로 흡수하고, 그것을 팽압에 의해 줄기와
잎으로 밀어올리고, 잎사귀들은 광합성을 하면서 그것을 기체
로 만들어 뿜어내기도 하지. 그때 자기를 보호하는 피톤치드
와 산소가 배출되네. 은행나무 할머니는 자기 그늘에 모여든
사람들에게 하루도 이야기를 뱉어내지 않고는 못 사네. 동네
사람들의 은밀한 이야기를 조근조근 속삭여주곤 하지."

율산은 인간의 결핍들을 증명하기 위해, 은행나무에게서 들은 이야기를 흥분한 어투로 침을 튀기며 말했다.

"눈치 빠르고 손놀림이 잽싸 눈속임 짓을 잘하는 까닭으로 젊었을 적에 노름판에서 가보와 장땡을 많이 잡아, 어수룩한 꾼들이 노름판에서 내놓은 이런저런 논밭을 제법 긁어모았지만 이제는 알코올 중독으로 인해 코가 빨갛기만 한 노인이 있었네. 그는 물 좋고 길 좋은 논밭은 세를 내놓고, 집 인근의 사천 평쯤 되는 산밭에 덩굴 호박만 심어 가꾸며 그 산밭 가장자리의 낡은 집에서 혼자서 살았지. 서울에 사는 아들이 허리는 약간 굽고 귀가 절벽인 제 어머니를 모시고 가버렸기 때문이네. 밤이면 술 얼근한 김에 귀 절벽인 아내에게 사랑하자고 졸라대다가 말을 듣지 않으니 손찌검을 하곤 한 모양인데, 그 할멈은 아들에게 너희 아버지하고 더는 못 살겠다고 하소연하였던 것이지.

해마다 늦가을에는 그 영감네 마당에 샛노란 호박들이 돌담처럼 쌓여 있었는데, 호박 장수가 차떼기로 사가곤 했네. 호박 심는 산밭 위쪽의 골짜기에 옹달샘이 있는데 거기에 마실 물을 길으러 갔다가 옹달샘 가에서 이웃집 늙은 과부를 마주치자 은근슬쩍 다가가서, '자네 거시기 한번 만져보세' 하며 손을 저고리 옷섶 속으로 쑥 넣었고, 그녀는 그를 뿌리치며 '미쳤어, 미쳐! 이 영감!' 하고 도망을 친 다음, 그 사실을 서울의 아들에게 전화로 일러바쳤네. 그녀 아들은 달려와서 그 영감을 두들겨패주고 돌아갔으므로 그 영감은 한동안 퍼렇게 멍이 든 얼굴을 어찌하지 못한 채 살았어.

다음해 이른봄, 산에 고사리를 뜯으러 가다가 한 오동통하고 조숙한 중학교 2학년 여학생이 숲길 어귀에 숨어 있는 것을 발견한 그 영감은 다가가 그애의 볼록한 가슴을 만지려 했으므로 그녀는 울면서 달아났지. 그 아이는 남자친구하고 놀기만 할 뿐 공부를 하지 않는다고, 부모에게 호된 꾸중을 듣고 거기에 은신해 있었던 것이었어. 그런데 울면서 집으로 들어가 그 노인에게 당한 것을 일러바쳤고, 부모는 경찰서에 고발을 했지. 그 영감은 유치장에 얼마 동안 갇혀 있다가 나왔는데…… 오래지 않아 쓸쓸하게 먼 세상으로 떠나갔네."

*

"그 갯마을의 긴 골목길 중간에 있는 붉은 벽돌집 모퉁이의 보일러실 문이 자꾸 열려 있곤 했네. 굳게 닫아놓은 문이 왜 늘 열려 있을까, 하고 주인 여자는 고개를 갸웃거렸지.

은행나무 할머니의 말에 의하면, 그것은 마을 골목 끝에 사는 윤정박이의 짓이었네. 윤정박이는 붉은 벽돌집 모퉁이의 보일러실 문을 열고 들여다본 다음 훔쳐갈 만한 것이 없자 그 문을 그대로 열어둔 채 돌아간 것이네. 오래전에 고혈압으로 쓰러졌다가 회생한 그는 왼쪽 다리와 팔이 부실하여 약간씩 기우뚱거리며 걷고, 왼팔을 부자연스럽게 앞뒤로 흐느적거리면서 말은 아이처럼 어리광하듯 어눌하게 하네. 윤정박이는 바야흐로 세상을 알아가기 시작하는 아이처럼 호기심이 많았고, 밤이면 유령 같은 그림자가 되어 마을 골목길 여기저기를 더듬고 다니네.

낮이면 마을의 모든 골목길을 훑다가 늙어가는 과부들의 집들을 기웃거리곤 하는데, 만일 그 집이 비어 있으면 들어가서 방문과 부엌문, 창고 문 들을 모두 열어보곤 하네. 철중이 각시네 집의 저 부엌, 저 방, 저 창고 속에는 무엇이 들어 있을까. 이 문 저 문을 열어보고, 주인이 없으면 방안과 냉장고 안까지 뒤지는 것이네. 먹을 것이 있으면 먹고, 냉동고 속에 들어 있는 고기 덩이는 들고 가네. 그냥 두어도 혼자 닫히는 기능이 있는 문은 그렇지 않은데 그런 기능이 없는 문은 그가 다녀간 다음 그냥 열려 있게 마련인 것이지.

밤이면, 홀로 사는 꺽지네는 시방 무얼 어찌하고 있을까 궁금해서 견디지를 못하네. 마을의 모든 과부들은 윤정박이에 대한 두려움이 있네. 젊은 시절 그는 작달막한 참새 같은 몸의 아내가 있음에도 불구하고 자기 아내만으로는 충족할 수 없는 그 무엇인가가 있어서 그러는지 어쩌는지, 밤이면 은밀하게 과부들의 집을 순례하곤 했었네. 평소에 그녀들을 안고 사랑하는 망상에 젖어 사는 그는, 아무때든지 점을 찍은 과부에게 다가가서 '오늘밤에 갈게, 기다리시오' 하고 속삭이네. 그 말을 들은 과부는 외부에 발설하지 못한 채 밤에 문단속을 단단히 하고 잠을 사로자는 것이지. 그런데 그는 그녀와 단단히 미리 약속이라도 한 듯 한밤에, 미리 예고한 그 과부의 방문 앞으로 가서 속삭이듯 말하네. '나 왔소, 정박이.'

과부들 가운데는, 다리 나오면 무엇 나왔다고 소문이 나는 세상이므로 그 말이 퍼져나갈까 두려워, 열어주기를 기다리다가 지치면 돌아가겠지 하고 대꾸를 하지 않아버리는 경우도 있고, 처음부터 '미친놈, 싸게 안 갈래? 소리쳐 동내 사람들 다 부르랴?' 하고 외치는 사람도 있고, '불이여! 불났네!' 하고 악을 써대는 사람도 있었네. 한데 아직 어느 과부와 통정을 하고 산다는 소문은 한 번도 난 적이 없네."

율산이 단언하듯 말했다.

"윤정박이를 미쳤다고 보거나 치매를 앓기 시작한 것이라고 할 수도 있지만, 내가 생각하기로 그는 자기 나름의 꿈에 젖어 살고 있는 것이네.

숲속의 개울 가장자리를 그냥 스쳐지나가는 사람은 그 개울 속에 뿌리를 묻고 있는 바위나 거목의 그루터기에 기생하고 있는 이끼들

의 말을 들을 수도 없고, 하늘 세상의 녹색 카펫 같은 그들의 향기로
운 삶을 볼 수도 없네."

*

"오래전, 고향 갯마을의 아래 골목에 있는 막다른 집에서
태어나 도시로 나가 엄청난 부를 축적했다는 한 여자에 대하
여 들었네."

윤산이 말했다.

"그 여자의 아버지는 젊었을 적에, 외지에 다니면서 무당
노릇을 했다고 알려져 있네. 목청 좋고 오소리 잡놈 기질이 있
는데다 육자배기나 청춘가를 잘 불렀는데, 어린 시절부터 무
당굿을 자주 보고 흉내를 내곤 한 까닭으로 무당들의 시나위
가락을 기막히게 뽑았지. 얼마 동안 보부상질도 했고, 한때는
중선 배의 선원 노릇을 하다가 난파당한 다음 낯선 섬마을을
돌며 선무당 노릇을 하며 연명했다는 소문이 돌기도 했는데,
어느 날 가솔을 이끌고 서울로 이사해버렸어.

큰딸이 예쁘장한 얼굴에 아버지를 닮아 잡스러운 끼가 있는
데다 목청과 세설細說이 좋았는데, 서울로 가자마자 권번 출신
여자들 사이에 끼어 요릿집에 들어가서 돈을 벌었다고 알려져
있네. 정분을 나누고 산 남자들이 많았던 것 같고 아마 돈 많

은 남자들의 작은 여자 노릇도 한 모양인데, 어느 남자하고 정식으로 결혼을 하고 살림을 차린 적은 없으며 누항에 몸을 굴렸지만 아이를 출산하지 않았다는 건 확실하게 알려져 있네. 아마 아이를 출산하지 못하는 돌계집일 거라고 했네.

그 여자는 모든 형제자매와의 연을 끊고 오직 돈만 보듬고 살 뿐이었네. 돈처럼 좋은 것은 있을 수 없다는, 돈이면 모든 것이 다 해결될 수 있다고 믿는 황금 숭배자가 되어 있었네.

배추씨 문서 같은 장부를 깊이 뜯어보지 않으면 자기 소유의 건물들이 서울 안에 몇 채나 있는지 스스로도 모른다네. 호텔이나 모텔에, 건물세가 나오는 전통시장 안의 건물들, 그리고 아파트 단지의 상가 건물도 있네. 전세를 내준 일반 주택에다 빌라, 아파트도 수십 채라네. 금싸라기 같은 땅들도 여러 군데 있다고 들었네.

그녀는 줄곧 법원 경매를 통해서 헌 건물과 땅을 사곤 했다네. 그녀의 철학과 사상을 적극 지지하는, 그녀와 너나들이하는 변호사 하나를 고용하고 사는데, 어떤 경우에도 그녀는 조급해하지 않는다네. 그녀가 두고두고 쓰는 문자가 '나에게는 시간이라는 재산이 있다'는 것이라네.

그녀는 나이들어갈수록 탐욕이 음흉하고 악랄해졌는데, 그 여자한테 나의 지인 한 사람이 걸려들었네. 지인은 그 여자가 새로 개축하겠다고 하는 오층 높이의 모텔을 얻어 사업을 해보려고 가진 돈을 모두 넣은 것이었네. 그런데 그 여자가 짓고 있는 모텔 건물은 백년하청으로, 언제 완공이 될지 알 수 없는 지경에 놓여 있었네. 나의 지인은 그 여자가 재산을 갈취하는 방법을 알고는 법에 호소할 생각을 하지 않고 기다리고 있었네. 그 늙은 여자는 평생 법의 약점을 이용하여 재산을 불려온 사람이므로 그녀와 재판을 하여 이긴 사람이 지금까지 한 사람도 없다고 했네.

그 여자는 만만한 사람과 계약서를 쓸 때, 공인 중개 비용을 아끼자는 핑계로 단둘이 마주앉아 쓰자고 하곤 했다네. 그때 자기는 글을 모르는 무식쟁이라며 계약서에 자기 이름도 쓰려 하지 않고, 상대에게 모두 쓰라고 했다네. 그런 방법으로 사달을 만들어 재판을 하는데, 재판정에서는 모두 상대방이 임의로 문서를 작성한 것이라고, 자기는 모르는 일이라며 고용한 변호사를 앞세워 승소하곤 했다는 것이었네.

나의 지인은 그 늙은 여자가 수족처럼 부리는 가정부에게서, 그녀의 단칸방이 부동산 서류들로 가득차 있다고 들었지. 그 늙은 여자는 사무원을 두지 않고, 밤이고 낮이고 간에 틈만 있으면 그 서류들을 돋보기안경을 끼고 들여다보는 것이네. 누구의 어떤 건물을 거저먹을 수 없을까, 건물 월세를 한 푼이라도 더 받아낼 수 없을까 궁리를 하네. 또 자기 건물의 가게에다 투자를 많이 한 세입자들을 권리금 한푼 주지 않고 내쫓을 궁리를 하는 것이네.

그러던 어느 날 나의 지인이 과일 꾸러미를 들고 찾아갔을 때, 그 늙은 여자는 앞으로 자기가 좋은 일을 하겠다고 말했다네. 자기의 부동산을 모두 처분하면 천억원이 넘을 거라면서, 언젠가는 그 돈을 한꺼번에 사회에 내놓겠다고 했다네.

그 늙은 여자의 집에 다녀온 나의 지인이 말했네. 그 돈을 모으면서 얼마나 많은 선량한 사람들의 피와 눈물을 짜냈을까. 그렇게 모은 돈을 죽어가면서 다 내놓는다고 해서 그 여자가 과연 지옥행을 면하게 될까?

내가 그 늙은이의 이야기를 한 정신과의사에게 했더니 의사가 이렇게 말했네. 그 늙은이는 무엇이든지 병적으로 소유하려 든 것이라고. 남자 사랑과 자식 사랑을 소유하지 못했기에 그 빈 곳을 채우려고 다른 많은 것들을 소유하려 몸부림을 치는 것이라고…… 대체로 홀아비들은 누군가에게 주려고 하지만 홀어미들은 받는 족족 품어 안으려고 한다고…… 그 늙은 여자는 사실은 병적인 집착으로 인한 지옥의 삶을 살고 있는 것이라고 했네.

한데 그 늙은 여자가 홀연히 죽어갔네. 그 여자의 엄청난 재산을 소식이 끊겼던 형제 몇과 늙은 변호사, 그리고 수족처럼 부리던 여자가 법정에서 진흙탕 싸움을 벌이면서 찢어갔네. 물론 나의 지인도 끼어들어 한몫 챙겼는지 어쨌는지는 알 수 없네. 그들은 모두 철저히 함구하니까."

*

"나는 결핍의 슬픈 원형질에 대하여 알고 있네."

율산이 말했다.

"이웃 덕산 마을 모퉁이 대릿골*의 조그마한 암자에, 수도를 수도답게 하지 못한 채 살아온 걸승이 있었네. 그는 작달막한데다 강단진 체구였는데 얼굴이 희고 양볼이 늘 볼그족족한 동안이었지. 산야의 약초를 고아 먹고 토룡탕과 뱀탕 따위를 먹었으므로 늙지를 않는다고 소문이 나 있었네.

바닷가의 이 마을 저 마을의 여염집 아낙들에게 점을 쳐주고 복돈을 챙기거나 시주를 받으며 살았네. 그 걸승한테 점을 치곤 한, 모래 마을 어귀의 외딴집에 사는 홀로 된 얼굴 예쁘장한 아낙이 작심하고 은밀하게 그 걸승을 초대했지. 목욕재계하고 몸단장도 곱게 한 그녀는 그에게 술과 전복, 바지락, 낙지 들을 권하고, 남자의 기氣에 좋다는 눈알고둥 요리를 권하고, 홀짝홀짝 마신 술로 얼근해지자 스스로의 은밀한 모든

---

* 대릿골의 '대리'는 옛 인도의 팔리어인 'thera,' 즉 '대라(절)'에서 온 말이라는 설이 있다.

214

것을 모두 권했지. 그 모든 것들을 배불리 맛보고 난 걸승은 소처럼 소리 없이 웃으며, 관세음보살을 염송하며 돌아갔는데…… 자기의 모든 것을 걸승에게 맛보이고 난 그 여염집 아낙은 자기의 절친한 동무에게, 슬프고 허탈해진 목소리로 '그 스님은 딱딱한 북어 껍질이나 늙은 나무의 껍질보다 더 못한 사람이여' 하고 애매모호한 말을 했어.

어느 날, 대릿골의 그 절은 원인을 알 수 없는 불로 인해 타버렸고 주지인 걸승은 그 불로 인해 다비를 당했는데, 해서는 안 되는 짓을 하고 말해서는 아니 되는 것을 말한 그 아낙은 죽어서 피조개가 되었고, 맛보아서는 안 되는 것들을 맛본 그 걸승은 죽어서 어부가 되었네. 또 그다음 생에서 피조개는 어부가 되고 그 어부는 피조개가 되었네. 아, 장난처럼 어이없고 슬프디슬픈 잡아먹기와 잡아먹히기의 엇바뀌고 섞바뀌기여."

*

율산이 말했다.

"이십오 년 전, 자네가 서울을 버리고 바닷가 율산 마을로 내려왔을 때, 일본의 한 교포 여자가 한 달에 이십만 엔씩을 송금해주었네. 돈을 받은 지 두 달째 되는 날, 내내 부담스러워하던 자네가 그 여자에게 전화를 걸어 송금하는 까닭을 물으니, 부처님 말씀을 알기 쉽게 풀어 전해주는 선생님에게 시주를 하는 것이니 부담 가지지 말고 받으라고 말했지. 그녀는 자네의 소설 『아제아제 바라아제』가 소설로 쓴 『화엄경』이라고 했네.

자네가 그 교포 여자에게 생업에 대하여 묻지도 않았는데, 그녀는 스스로 치매 노인들을 간병하면서 살아간다고 말했네. 노인 치매의 좋은 치유 방법은 욕조에 따스한 물을 받은 다음 실내에 잔잔한 클래식 음악을 흐르게 하고, 치매 노인을 욕조 안에 앉혀놓고 간병사가 팬티와 브래지어만 착용한 채 환자의 몸을 마사지하고 끌어안아주는 것이라고 했지…… 그러면 남성 환자든 여성 환자든 다 얼굴이 밝아지고 편안해한다고 했네. 그 치유 방법은 환자들에게 어머니의 자궁 속에서의 안식을 추체험하게 하는 것이라고, 자기네 요양 병원의 정신과의사가 말했다고 했네.

그 교포 여자는 '이 여자 혹시 푼수 아닌가' 하고 의심이 갈만큼 히히히 웃고 나서, 속에 입는 러닝셔츠에 대하여 이야기했네. '오래 입어서 등허리 감싸는 부분 여기저기에 구멍이 뚫려 있는데…… 바람이 술술 들어오면 얼마나 시원한지 몰라요' 하고.

돈이 넘쳐나서 한국 땅에 있는 사람에게 시주하는 것이 아니고, 그렇게 힘들게 벌고 아껴 쓴 결과라는 것 아닌가. 아껴 쓰는 것은 그녀의 들숨이고 자네에게 하는 시주는 날숨이라고 느꼈고, 자네는 가슴이 뜨거워졌네.

그 여자의 숭엄한 시주를 허투루 쓸 수 없어서 자네는 한 석공장 사장에게 삼층 석탑과 석등을 제작하여 토굴 마당에 설치해달라고 했지. 삼층 석탑은 보림사 대웅전 앞에 선 보물을, 석등은 실상사의 보물을 정교하게 본떠 설치해주었네. 그 석탑과 석등은 세상의 탐욕과 유혹에 휘둘리지 않으려는, 기도하는 마음으로 살려고 하는 자네의 들숨과 날숨이 되었네.

자네는 아들딸에게 그 석탑과 석등을 자네 부부의 무덤으로 써달라고 말했지. 다비를 하여 하얀 밀가루처럼 된 유골 가루를 토굴 앞 석탑과 석등 주변에 뿌려달라고."

율산은 나의 가슴을 따끔하게 헐뜯는 말을 덧붙였다.

"죽기 전에 미리 그것들을 설치한 것은 자네의 허영이고 탐욕이네. 자네는 이 토굴에서 영원히 살아 있으려 하고 있는 것인데 그거야말로 자네의 슬픈 결핍 채우기 아닌가."

말에서 미끄러지기

황금가루 빛 쏟아지는 초여름 한낮
정각암으로 부처님 배알하러 갔는데
법당에 계셔야 할
부처님 그 앞에서 염불하고 계셔야 할
스님은 보이지 않았습니다,
이를 어쩌나,
눈 크게 뜨고 다시 보니
부처님은
연못의 흰 수련꽃 잎에서
스님은
자색 수련꽃 잎에서 빙그레 웃으십니다,
아제아제 바라아제 바라승아제 모지 사바하.

율산이 말했다.

"자네가 이리로 이사온 스물다섯 해 전인 1998년에는 인터넷이나 내비게이션이 활용되지 않았고, 지금 편리하게 통용되는 도로명주소도 생기지 않았네. 그 무렵 길눈이 어두운 사람은 자동차를 타고 다닐지라도 목적지를 제대로 찾아다니기가 매우 힘들었지. 차를 세우고 누군가에게 길을 묻고 또 물어서 찾아다니곤 했어.

서울을 등지고 낙향한 자네가 장흥군 안양면 바닷가 율산 마을 뒷산 언덕에 스님들의 암자 같은 토굴을 짓고 살기 시작했을 때, 자네 친지와 후배, 제자, 작가의 낙향 사실을 보도하려는 기자들이 찾아오려 했고, 가끔 독자들도 찾아오고 싶어 했네. 자네의 낙향을 소문으로만 들은 그들은 율산 마을이 어디 어느 쪽에 붙어 있는지 알 수 없으므로, 안양 면사무소나 파출소에 찾아가 묻기도 하고, 장흥군청 문화관광과에 연락하여 토굴까지의 길을 안내받으려고 들기도 했었네.

군청 문화관광과에서 율산 마을 남쪽 어귀의 한길 가장자리에, 하얀 바탕에 청색 글씨로 '해산토굴 150m'라는 입간판을 세워놓았는데, 그런 지 얼마쯤 뒤 뜬금없는 일 하나가 벌어졌네.

여느 때 자네는 집필하거나 쉬거나 사색하는 대부분의 시간을 토굴에서 머물곤 했지. 그러던 어느 날 정오쯤 마을 살림집으로 점심을 먹으러 가려고 토굴 현관을 나서는데 주차장에 웬 회색 승용차 한 대가 들어와 서더니, 그 차에서 눌눌한 양복에 청바지를 입은 안경 쓴 중년 남자가 걸어나와 자네를 향해 대뜸 '여기 새우젓 팝니까?' 하고 물었네.

자네는 어이없어 도리질을 하고, 이곳은 나의 집필실이라고 대답했지. 그 남자는 앵돌아져 말없이 승용차에 올라탔는데, 그의 표정에 불쾌감이 담겨 있었지. 아마 '새우젓도 팔지 않으면서 토굴이라고 간판을 붙여놓고 사람을 헷갈리게 하다니……' 같은 불편한 심사인 듯싶었네.

토굴 주인인 자네는 자네대로, 토굴 입구의 비포장 비탈길을 타고 마을 밖으로 사라지는 그 남자의 승용차 꽁무니를 보며 불쾌감에 사로잡혔네. '모자란 사람…… 시인, 소설가의 집필실을 새우젓 저장하는 토굴로 알고 찾아오다니……'

그러나 자네는 밭둑길을 걸어 살림집으로 가면서, 찾아온 그 남자의 말에 미끄러져, 아하, 그렇다, 하고 속으로 소리쳤고, 한 소식 한 듯 머리가 환히 밝아지고 있었네.

'지하에 토굴을 깊이 파고 온도의 변화가 없는 그 공간에 새우젓을 보관하는 것은 새우젓이 더욱 맛깔스럽게 숙성될 뿐 아니라 변질되지 말라는 것이고, 작가인 내가 나를 이 토굴에

가두고 양생養生하는 것은 나의 시와 소설과 삶이 한층 맛깔스
럽게 익으라는 것 아닌가.'

자네는 진실로 새우젓을 사러 온 그 안경 쓴 중년 남자에게
고마워했네."

*

"어느 날 자네는 또 말 한마디에 짜릿하게 미끄러졌네. 수
문 마을 옆에 있는 뱀산 기슭의 작은 정각암에서 수도하는 젊
은 스님이 찾아왔네. 올깎기* 비구였는데, 구산 스님 문하를
거쳐 나온 스님답게 공부가 깊었고 안목 또한 드높았네. 자네
작품들을 모두 찾아 읽었다고 했고, 특히 『아제아제 바라아
제』를 감명 깊게 읽었다고 했지. 그러더니 가끔 찾아다니면서
가르침을 받고 싶은데 그래도 되겠느냐고 조심스럽게 물었네.

이후 자네에게 회에다 포도주를 대접하기도 하고, 자네가
소설 『초의』를 집필하려 한다고 하자 초의 스님의 발자취가
남은 모든 곳을 답사할 수 있도록 자기 차에 자네를 태우고 다
니고, 소설 『원효』를 쓸 때는 원효의 『판비량론』과 『원각경圓覺
經』『초발심자경』 따위의 저서들과 많은 논문 자료를 구해다주

---

* 어린 시절에 머리 깎고 스님이 됨.

었네.

그 스님이 어느 날 토굴에 들러 차 한잔을 마시고 나서 어리광하듯, 자네가 애용하는 자연스러운 모양새에 앙증스럽게 예쁜 분청사기 찻잔, 그 하잘것없는 것을 가지고 싶다고 했으므로, 자네는 그 스님의 귀엽게 느껴지는 탐욕에 애옥한 마음이 들어 선뜻 종이에 싸서 건네주었네.

그날 그 스님은 횡재한 듯 흔감해하는 표정으로 돌아가면서 토굴 현관 머리에 걸린 현판 '해산海山토굴'에 대하여 시비 아닌 시비를 걸었네.

'선생님, 고백할 것이 하나 있습니다. 제가 여기 들른 첫날 문득 생각이 들었는데요. 이 토굴에 사시는 선생님께서는 날마다 해산解産을 하시는 모양이구나, 하고 생각했어요. 제가 많이 미련하지요?'

해산解産은 몸을 푼다는 말이 아닌가. 자네는 그 말에 미끄러졌고, 아 과연, 하며 깜짝 놀랐고, 허허허 하고 웃기만 했네. 그의 오독誤讀으로 인한 시비 아닌 시비는 새로운 오독悟讀으로 다가왔고, 자네의 운명을 바꿔주는 새로운 길이자 화두의 제시가 되었네."

　"마을 아랫골목의 머리 허연 아흔 살의 영감님은 한여름의 어느 땡볕 쨍쨍한 날 아침나절에, 분무기 통을 짊어지고 자기네 고추밭과 참깨밭과 콩밭에 무슨 농약인가를 뿌렸는데, 그날 오후부터 고추나무와 참깨나무와 콩나무 잎사귀들이 시들부들 앓다가 황갈색으로 말라죽었으므로, 사람들은 글씨를 해독하지 못하는 그 영감님이 아마도 제초제를 잎마름병이나 탄저병에 좋은 농약인 줄 알고 뿌린 것일 거라고 수군거렸는데……

　그 영감님은 농로를 타고 바닷가로 산책을 하러 가는 자네를 만나자 반가움 실린 목소리로, '등산 가시는가?' 하고 인사말을 건넸네.

　자네는 이 영감님이 '등산'과 '산책'을 구별하지 못하는구나 하고 생각하면서도, 허리와 머리를 숙여 절하며 '네' 하고 대답했는데, 그다음날 산책길에 또 그 영감님이 '등산 가시는가' 하고 말했고, 자네는 농로를 걸어가다가 한순간 그 말에 미끄러지면서 '아 그렇다' 하고 소리쳤네.

　자네의 아호인 '해산海山'은 바닷가에 자리하고 있으면서 '바다를 내려다보는 산'을 말하는 것이 아니고, '깊고 깊은 바닷물 속에 들어 있는 산'을 말하네. 사전에서 '해산'을 찾아보면, 지리학적인 용어로 '깊은 바닷속에서 일 킬로미터 이상 솟아오른,

암초일 수도 있는 산을 말한다'고 되어 있네. 자네는 날마다 자네의 해산을 마음으로 오르곤 하는, 그 등산으로 인하여 아침노을같이 찬란한 환희에 잠기면서, 금빛 사리 같은 앙금 깔린 모래의 시간을 곰곰이 사유하며 걷네. 그러니까 그 영감이 말한 대로 날마다 등산을 하고 있지 않은가."

*

벽돌로 지은 살림집의 시멘트 블록담에 담쟁이덩굴이 자생하고 있었는데, 어느덧 무성하게 자라 하얀 벽면을 파랗게 덮었다. 공룡의 검푸른 비늘 같은 그 덩굴은 해마다 봄여름에는 푸름의 세상을 선사하고, 늦가을에는 붉은 단풍잎들이 내게 떨어지는 잎사귀들의 슬픈 서정을 느끼게 해주곤 했다.

생명력이 강한 담쟁이덩굴은 삭막한 시멘트 블록담의 회색 몸을 푸르고 싱싱하게 감싸 덮어주므로 나는 그 덩굴을 고마워하며 장려했다. 그런데 지지난해 봄, 누군가가 덩굴 줄기 여기저기를 잘라 싹이 시들어 검게 변했다. 나는 화를 주체하지 못하고, 범인을 색출하려 들었지만 실패했다. 부랴부랴 담벼락 표면에 '담쟁이덩굴을 자르지 마십시오, 주인 아룀'이라고 쓴 종이를 걸어두었다.

아마도 주인 모르게 그것을 자르는 자와 장려하는 나에게는 문화 의식의 차이가 있는 듯싶었다. 나는 담장에 푸른 덩굴이 덮인 것을 좋아하는데, 지나다니는 그는 그게 지저분하다고 여기고, 그저 시멘트 블록담의 딱딱한 맨살을 깨끗하다고 생각하는 것일지도 몰랐다.

다행히 지난해와 올해는 아무도 자르지 않아, 담쟁이덩굴이 온 담벼락 표면을 파랗게 덮었다. 한여름 더위에는 잎사귀 사이사이에 쌀알 같은 꽃이 일어 향기를 풍기고 그 향기에 이끌려 온 꿀벌들이 잉잉 꿀을 빨아가며 즐겼다.

농사를 짓지 않는 아내와 나는 살림집 마당에 만리향이라고 부르기도 하는 금목서와 후박나무, 그리고 배롱나무와 동백나무 들을 심어 음음한 그늘과 꽃과 향기를 즐기면서, 화단에는 족두리꽃, 백일홍, 봉선화, 천일홍, 분꽃 따위를 가꾸고 있다. 박새, 어치, 무당새, 비둘기 등 많은 새들이 우리집을 찾아오곤 했고 나는 시끄러움 속의 고요를 즐겼다. 고요란 평화와 안식이다.

*

얼마 전 우리집 뒤편의 이웃 땅에 으리으리한 초현대식 이층집을 지어 별장처럼 이용하는 서울 사장님네는 조그맣고 앙증스러운 하얀 개를 데리고 사는데, 그 개는 나를 마주치기만

하면 좁쌀알처럼 하얗고 자잘한 이들을 모두 드러낸 채 달려들어 물어뜯을 듯이 짖어대곤 한다. 가끔 와서 이삼 일씩 머물곤 하는 사장님 내외는 그 개를 안고 산책을 하거나 목도리에 끈을 달아 데리고 다니는데, 그 개는 나를 보기만 하면 여전히 사납게 짖어대는 것이다.

"늙은이로서 의젓하지 못하고 경솔했기 때문에 개가 자네를 깔보는 것이네."

내 친구 율산은 이웃집 개에게 잘못 처신한 나를 지청구한다. 그 지청구는 나의 영혼을 아프게 했고 인간인 나의 자존심을 상하게 했다.

언제부터인가 비하와 천함과 가짜의 개념인 '개'에서 '애완견', 혹은 '반려견'이라는 그럴듯한 한자말로 대접받으며 호의호식하는 그들은 인간 사회에 어떤 계급, 인격적인 권력 서열로 편입되어 있다. 만일 그들을 홀대했다가는 그들의 주인이나 동물 애호가들에게서 야만인 취급을 받을 수도 있다.

그들은 인간에게서 후한 대접을 받다보니 그들이 속해 있는 가족이나, 부딪치는 인간, 다른 개와의 만남에서 자기 나름대로 어떤 권력 서열로 확실하게 편입되어 있다고 여기고 오만해져 있다. 그들은 고급 밥을 주고 쓰다듬어주며, 안아주고 앓으면 병원 진료를 받게 하고, 미용실에 가서 털 손질을 하고 겨울이면 옷을 지어 입히고, 침대에서 데리고 자기도 하는 주인을 최고 권력자로 여기고 삶을 의탁한 채 아양을 떨며 순종하고 충성한다. 그 주인이 찾아온 손님을 대하는 태도에 따라 손님을 자기와 동급으로 여기기도 하고 한 단계 아래로 여기기도 한다.

이웃집 개는 늙은 나를 자기보다 한 단계 아래로 여기든지 아니면 자기의 서열을 넘보는 존재로 여기는 것인지도 모른다.

나는 아마 그 개와 처음 대면했을 때 실수를 한 것인지도 모른다. 당시 그 개는 나를 향해 사납게 짖음으로써 자기 존재를 드러냈는데, 그 개를 보듬은 예의바른 사모님은 자기 개를 향해 "안녕하세요. 하고 인사를 해야지 왜 그러니?" 하고 애교 어린 소리로 꾸짖었다. 그럼에도 불구하고 그 개는, 아마 그 꾸짖음이 종종 의례적이고 상투적이었던 듯 주인의 말을 아랑곳하지 않고 나를 향해 한껏 사납게 짖어댔다.

그때 나는 장난감처럼 조그마한 그 개가 하는 짓이 앙증맞고 예뻐서라기보다 그 개를 사랑하는 주인에 대한 예의로, "아이고 무서워라!" 하고 겁낸 흉내를 냈는데, 그게 돌이킬 수 없는 경솔한 실수였는지 모른다. 그 개는 나의 겁먹은 듯싶은 위장 행동을 보고 나를 제압했다고 생각하고, 나를 권력 서열의 아래로 여기고 줄곧 업신여기는 것인지도 모른다.

　나는 그 개에게 '아이고 무서워라' 하며 한 발 물러섰던 것을 후회한다. 앞으로는 그 개가 다시 나를 향해 사납게 짖지 못하도록 그 개와 나 사이의 권력 서열을 재편하고 싶다.

　다시 그 개와 만났을 때 나를 향해 사납게 짖어대면 전처럼 겁먹은 듯 물러서지 않고 험상궂은 표정을 지으며 잡아먹을 듯이 큰 소리로, 호랑이처럼 어흥 하고 포효를 하든지 아니면 어떤 방법으로든지 나의 권력 서열을 높여놓으면 그 개가 무서워 짖지 않게 되지 않을까.

　그러는 데에는 걱정이 앞선다. 만일 다시 나와 대면했을 때 사장님이나 사모님의 품에 안긴 그 개가 나를 향해 사납게 짖을 경우, 내가 험상궂은 표정으로 잡아먹을 듯이 엄포를 놓는다면 이웃집 주인이 나를 자기네의 사랑스러운 개를 예뻐할 줄 모르는 무식한 야만인으로 여기지 않을까. 그 개는 자기의 든든한 뒷배인 주인을 믿고 나에게 막무가내로 위세를 부리는 것인지도 모르는데……

　나에게는 해오라기, 또는 백로에 대한 선입견이 있다. '까마귀 검다 하고 백로야 웃지 마라/ 겉이 검은들 속조차 검을쏘냐/ 겉 희고 속 검은 것은 너뿐인가 하노라' 이 한 편의 시조 때문이다. 깃털이 하얗다고 해서 그 새를 순수하고 깨끗하고 순한 영물로 생각해서는 안 된다는 생각을 가지게 되었다.

산책하러 여닫이 바닷가에 나갔더니 해오라기 다섯 마리가 썰물 진 연안의 잿빛 갯벌 웅덩이에 모여 있었는데, 덩치 큰 놈이 둘, 약간 작은 놈이 셋이었다. 가장 큰 놈이 옆에 있는 약간 더 작은 놈에게 다가가 머리를 쪼려고 하자, 공격을 받은 작은 놈은 피해 달아나면서 자기보다 작은 놈을 쪼려고 했다. 마찬가지로 공격받은 더 작은 놈은 달아나다가 저보다 더욱 작은 놈을 쪼려고 하고, 위협을 당한 그놈은 급히 날갯짓을 하며 달아났다. 그들은 자기보다 힘센 자에게 공격을 당해도 잠시 피하는 척할 뿐 멀리 날아가지 않고 어울려 논다. 그들은 늘 권력 서열을 확실하게 해두고 살아가고 있고, 그 서열의 규율에 따라 어울려 사는 것이다.

그 개와의 만남 이후, 나는 새삼스럽게 내가 살아가는 세상에 엄존하는 권력 서열에 대하여 생각한다. 나의 권력 서열은 나를 양생해주는 늙은 아내의 아래쪽에 자리매김되어 있을 터이다. 나는 언제인가부터 나를 성심껏 양생하는 늙은 아내의 눈치를 보며 산다. 늙은 아내는 자기 존재의 의미와 업을 나의 양생에 두고 있는 듯싶을 정도이다.

양생이란 무엇인가. 한용운의 말대로라면 '기루는 것'이고, 기루기는 섬기는 것이다. 기루는 데에는 큰 의미로서의 '밥'이 존재한다.

인간 세상에서 권력 서열을 주도하는 주체는 무엇일까.

쇠약해져서 운신이 불편해진 한 노스님이 날마다 남새밭에서 김을 매고 벌레를 잡는 것을 안타까워한 젊은 시자들이 호미와 괭이와 삽을 감추어버렸는데, 일을 하지 못한 노스님은 그날 낮에 공양을 하지 않고 굶었다. 오후에 시자가 감추었던 연장을 모두 내드리자 밭일을 한 다음에는 저녁 공양을 했다는 이야기가 전해진다.

인간은 자기 몸무게로 세상을 누르고 있는 만큼 밥값을 당연히 해야 하며 일 속에 깨달음의 삶, 즉 성스러운 밥이 있다고 노스님은 생각하는 것이다.

그 노스님은 일하지 않는 자는 먹지도 말라고 말한 적이 있었던 것이다. 신성한 밥을 먹기 위해 일을 하므로 노동은 신성한 것이다.

우주 속에 존재하는 모든 것의 권력 서열을 주도하고 재편하는 것은 밥이 아닐까.

세상에는 진자리가 있고 마른자리가 있다. 사람들은 진자리에서 하는 일을 피하려 하고 마른자리에서 하는 일을 선호한다. 진자리에서 하는 일은 위험하다. 진자리에서 일하는 이들은 목숨을 걸고 밥값을 벌어들이려 하다가 목숨을 잃기도 하는 것이다. 밥은 성스러우면서도 포도청처럼 무서운 것이다.

아, 그렇다. 나를 깔보고 짖어대는 이웃집 개에게 맛있는 먹이를 선물하면 우리 사이의 관계가 개선될지도 모른다.

밥

장흥군 대덕읍 월정 마을에 가면 스위스 목동들의 요들을 즐겨 노래하고, 세상에서 가장 긴 악기라는 알프호른alphorn도 연주하며 사는 육십대 후반의 부부를 만날 수 있다. 그들 부부는 '풀로만 목장'을 경영하고 있는데, 배합사료를 일절 먹이지 않고 풀만 먹여 소를 키우는 것이다.

젊어서 미국 거대 글로벌 목초 가공 수출회사 직원으로 근무한 바 있는 풀로만 목장 대표의 '소의 밥'에 대한 소신과 철학은, 거대한 사료회사의 사익 추구로 인해 인류의 고귀한 먹을거리인 쇠고기의 질을 오도하는 인식에 대한 반발이자 저항이고, 그것을 바로잡으려는 의지로부터 시작되고 있었다. 그것은 적어도 잘못된 먹을거리를 먹고 사는 사람들을 구제하려는 의지라고 나는 느꼈다.

"글로벌 자본주의의 자유 시장경제 체제 속에서 축산업계의 거대 사료회사가 어떻게 생겨났으며 그들이 어떤 일을 해왔는가를 알아보면 모든 것을 다 알 수 있습니다."

그는 소에게 먹이는 배합사료에 대하여 매우 부정적인 생각을 가지고 있었다.

"인류는 수렵과 채집으로 생계를 이어가던 원시시대에서, 축사를 짓고 야생 소를 잡아다가 울안에 가두어놓은 채 먹이고 길들여 실컷 부려먹은 다음 식용하는 근대 농업으로 정착했습니다. 농사를 짓기 위해서는 인간보다 힘센 동물인 소가 필요했기에 동서고금을 막론하고 소는 힘을 쓰는 일을 맡아해왔는데, 경운기나 트랙터 등의 농기계가 등장하면서 소의 역할이 '일하는 소'에서 고깃소로 변했고, 고깃소 사육 농가들이 기하급수적으로 늘어났습니다.

먼저 곡물의 변천사를 짚어봅시다. 이차세계대전중 화약을 만들던 공장들이 농사를 위한 질소비료 공장으로 전환되면서 화학비료는 옥수수 등의 곡물을 생산하는 데 사용되었으므로, 각종 곡물들의 생산이 비약적으로 늘어나 사람이 먹고도 남아돌았습니다. 그 잉여 곡물들을 보관하는 데도 많은 자금과 시설이 필요하게 되었고, 이로 인해 곡물의 가격이 폭락하자 주요 곡물 메이저 기업들은 새로운 수요처를 개발하기 위해 고심했습니다. 그 결과 풀만 먹여 키우던 동물인 소에게 곡물로 만든 배합사료를 먹여 비육우로 키우기로 한 것입니다.

배합사료를 소에게 먹인 결과, 소의 몸이 소비하고 남은 에너지가 몸속의 지방으로 전환되어 쌓이는 것입니다. 그 비육된 것을 근내 지방, 또는 마블링이라고 말하는데, 사료회사는 그 마블링이 많은 고기가 더 부드럽고 맛이 좋은 고급육이라고 세상 사람들을 세뇌시키기 시작했습니다. 거대 사료회사는 학자들에게 연구 자금을 뿌려 마블링이 많은 고기에 대한 찬양 연구 논문을 쓰게 하고, 사회의 각계 지도층 인사들이 참여하는 세미나를 열어 그 결과를 대대적으로 홍보했습니다.

초식동물인 소는 원래 사람이 먹지 않는 들판의 풀이나 농업의 부산물로 나오는 볏짚과 밀짚 또는 밀기울이나 미강, 콩깍지 등으로 키워졌고 풀이 나오지 않는 여름을 제외한 봄가을과 겨울철에는 여름철에 베어 말린 건초나 농부산물들을 먹고 살아왔습니다. 따지고 보면 곡물로 살찌게 한 마블링의 쇠고기가 고급육이라는 것은 잉여 농산물을 판매하기 위한 곡물 메이저들의 수단과 방법인 것이지요.

우리는 사료회사가 만드는 배합사료에 대하여 알아야 합니다. 카길 등의 거대 곡물 메이저들은 곡물의 유통뿐만 아니라 곡물 가공 공장을 같이 운영하면서 사료 공장이나 대두유 공장 등도 운영하고 있습니다. 이들은 곡물 자체는 물론이고 가공 과정에서 나오는 부산물…… 이를테면 옥수수 전분을 만들고 남은 옥수수껍질이나 콩기름을 짜고 남은 대두박, 그리고 면실유와 면실박, 야자유와 야자박 등 온갖 식품 부산물들을 이용해서 배합사료를 만드는데, 기호성이 떨어지는 원료들을 소들이 골라 먹지 못하도록 몽땅 분말로 갈아낸 후 가느다란 펠렛으로 찍어내고 당밀을 코팅하여 달달한 맛을 내 소의 입을 속이기도 하는 것입니다.

우리는 거대 사료회사가 만드는 배합사료가 소에게 어떤 폐해를 가져다주는가를 알아야 합니다. 본래의 먹이인 풀이 아닌 배합사료나 볏짚을 먹다보니 소화기에 병증이 생기는 것을 막기 위해 생균제, 효소제, 중화제 등을 달고 살아야 하는 것입니다.

배합사료로 말미암아 소들의 삶은 극도로 비참해집니다. 운명적으로 겨우 삼십 개월 남짓 살 수밖에 없는 고깃소가 도축장으로 출하될 때쯤이면 과잉 비만으로, 인간으로 치자면 온갖 성인병들을 다 달고 있는 것입니다. 가장 흔한 것이 과잉 비만으로 인한 지방간으로 소의 간이 상한 홍어의 간과 애처럼 누런빛을 띠는데, 흔히 비타민A가 많다고 생으로 먹던 간은 도축되는 소의 오십 퍼센트 정도가 식용 불가 처분을 받아 폐기 처분되는 것이 현실입니다.

그런데 이차세계대전 후 칠십여 년간 옥수수와 식품 부산물로 만든 배합사료로 인해 비육한 쇠고기를 먹던 사람, 즉 배합사료회사의 홍보에 속아온 사람들의 생각이 지난 십여 년 사이에 변화의 조짐이 나타나기 시작했습니다."

그는 과학적으로 세세히 분석한 것들을 말해주었다.

"옥수수에 많이 포함된 오메가6 지방산이 소에게 전이가 되면서 야생 소에게서는 오메가3와 6 지방산이 1:1의 균형이 맞았는데, 그것이 1:100의 큰 차이를 보일 정도로 밸런스가 깨진 것입니다. 오메가6 지방산은 사람에게는 필수 지방산이기는 하지만 그 비율이 지나치게 높으면 몸에 염증 반응이 나타나고 그것이 장기간 계속되면 암으로 발전하는 경우가 있기에 지나치게 많은 양은 조심해야 하는 것인데, 사람들이 점차 그 사실을 알기 시작한 것입니다.

그렇지만 소의 전 생애를 양질의 풀만 먹여 한우를 키우는 저희 풀로만 목장의 쇠고기는 오메가3와 6 지방산 비율이 1:2로 야생의 소와 가장 근접해 있습니다. 그 말은 즉 소가 무엇을 먹느냐에 따라 소의 신체 구성 성분이 변화하므로 그런 쇠고기를 먹는 사람에게도 건강에 영향을 끼친다는 이야기이기도 합니다.

살아 있는 한 사람은 사람답게 살아야 하고, 소는 소답게 살아야 할 것입니다. 소도, 사육하는 농가도, 쇠고기를 먹는 소비자도 모두 행복해야 하지 않겠습니까? 풀만 먹고 자란 어미에게서 태어나 풀만 먹으며 성장하는 소는 국내에서 저희 풀로만 목장이 유일합니다."

　그의 세세한 설명을 듣고 나서 나는 풀로만 목장의 소들을 주의깊게 살펴보았다. 깡마른 소는 한 마리도 없었으며, 살이 뒤룩뒤룩 찐 비만의 소도 없었다. 청양의 싸움소 같은 근육질의 소도 물론 없었다. 모두가 오동통하게 살이 찌기는 했는데, 건강하고 탐스러운 토실토실함이라고 표현하는 게 적당할 듯싶었다.

　풀로만 목장 대표는 이어 말했다.

　"옛날 우리 선인들은 요즘처럼 마른 볏짚을 통째로 먹이지 않았어요. 봄부터 가을까지는 들판의 푸른 풀을 먹이고, 겨울엔 짚을 잘게 썰어서 푹 삶은 쇠죽을 쒀서 줬지요. 볏짚을 그대로 먹이면 소의 위를 깎아버린다는 사실을 알았던 것입니다. 요즘 볏짚을 먹여 키운 소를 도축하면 위 안쪽 벽을 빽빽하게 덮은 융모絨毛가 대부분 손상된 상태입니다.

　곡물 배합사료와 볏짚은 소가 잘 소화하지 못해요. 그래서 소똥엔 옥수수 알갱이나 볏짚 조각이 들어 있어요. 그것들이 썩으면서 악취가 나죠. 그러나 저희 풀로만 목장에서 목초로만 키운 소똥은 냄새가 나지 않아서 축사가 쾌적해요. 마르면

가루 형태가 돼 바로 논밭 거름으로 쓸 수 있고요.

사료 원료회사에 근무한 적이 있는 저는 배합사료의 생산과정을 속속들이 압니다. 1990년부터 삼십여 년간 사료 관련 일을 해왔습니다. 2004년부터 오 년 동안 미국 최대 건초 가공회사인 ACX 한국 법인장도 맡아 했어요. 이십여 년 전부터 제가 소를 잘 키우려면 목초를 먹여야 한다고 주변의 목장인들에게 알렸지만 아무도 나서지 않았습니다.

이 땅의 모든 한우 목장의 주인들은 이미 거대한 사료회사들의 마블링 홍보로 인해 생겨난, 마블링이 잘돼야 높은 등급을 받고 비싸게 팔 수 있는 현행 소고기 등급제에 익숙해져 사육 방식을 바꾸려 하지 않았습니다.

또하나의 문제점은, 배합사료회사에서는 비타민A를 의도적으로 적게 넣는다는 것입니다. 비타민A는 털, 근막, 생식기 등 상피세포를 관장합니다. 상피세포가 약해야 지방이 근육 속으로 침투하기 쉬워지니 의도적으로 안 먹이는 것이지요. 초식동물인 소는 원래 근육 내 지방이 침착되기 어려운 구조입니다. 이렇게 사료 성분을 조절하여 고기의 마블링을 높이는 기술을 사료회사에서는 '비타민A 컨트롤 테크닉'이라 부릅니다.

저는 좋은 음식을 먹은 사람이 건강하듯, 좋은 풀을 먹은 소가 건강하고 행복하다는 신념을 실천해 보여주기 위해 2011년 직접 장흥군 대덕읍 월정 마을 변두리에 풀로만 목장을 세웠습니다. 우리 목장이 소들에게 먹이는 목초는 유기농 라이그 래스ryegrass와 알팔파alfalfa입니다. 인근 농가에서 계약 재배한 라이그래스는 섬유질이 풍부합니다. 미국에서 수입한 알팔파 는 '목초의 여왕'이라고도 하는데, 단백질과 칼슘 함량이 풍부 하지요."

사료에 대하여 무지한 나는 그것들 가운데 한 가지 풀을 현 미쌀밥으로, 다른 것을 보리밥쯤으로 이해했다.

"부족한 영양소 보충을 위해 미네랄과 비타민제, 천일염도 먹입니다. 일반 천일염보다 여섯 배 가까이 비싼, 사람도 먹기 어려운 소금입니다. 소들이 마시는 물은 지하 백이십 미터에 서 빨아올립니다. 사람이 마셔도 될 만큼 깨끗하지요.

소가 행복해지는 데에 먹는 것 다음으로 중요한 건 충분히 움직일 수 있는 놀이 공간입니다. 풀로만 목장 축사 한 칸은 가로·세로가 8×8미터로 한우 두 마리씩 키우는데, 여기에 약 삼천 평 규모의 운동장도 있어서 소들이 뛰어놀게 합니다.

우리 부부는 소들에게 이십사 시간 요들송을 들려줍니다. 우리는 스위스 현지 요들송 대회에도 참가했거든요. 세상에서 가장 긴 악기인 알프호른도 연주해줍니다."

나는 장흥 지방의 여러 행사에 초청된 그들 부부가 요들송 에 걸맞은 복장을 하고 무대에 올라 요들 몇 곡을 부르고 알프 호른을 연주하는 것을 들은 적이 있는데, 화음이 아주 잘 맞았고 환상적인 분위기를 조성해주었다.

그는 말했다.

"요들을 틀어주고 알프호른을 연주해주면 소들이 좋아합니다. 표정을 보면 알 수 있습니다. 평화를 느끼고 느긋하게 되새김질을 합니다."

풀로만 목장 대표는 나의 젊은 친구 조영현씨인데, 이 글을 읽은 당신은 불행하게도 당장 시중의 마켓이나 정육점에서 풀로만 목장이 생산한 쇠고기를 구할 수 없을 것이다. 풀로만 목장에서는 풀로만 목장이 생산한 쇠고기만을 선호하는 회원들의 수요에 따라 도축하여 공급하기 때문이다. 그 쇠고기를 구하려면 전화나 인터넷을 통해 회원이 되어야 한다.

*

오래전에, 늙은 백정이 한 고명한 스님 앞에 무릎을 꿇고 앉아 울면서 하소연한 바가 있다. 평생 동안 날이면 날마다 저지른 피 튀기는 살생으로 인해 자기는 지옥엘 가야 할 터인데 남은 삶을 어떻게 참회하고 살아야 하느냐고, 진정으로 참회하면 칼 지옥은 면할 수 있느냐고 물었는데, 스님이 미리 넉넉히 상량商量을 해두기라도 한 듯 대답했다.

"소들은 축생 지옥살이를 하는 중생들인데, 당신이 도축을 함으로써 그들이 그 지옥살이를 더 빨리 면하고 다시 좋은 세상에 태어날 수 있었으므로, 그대는 보살행을 하여온 것이오. 이제 그대가 할 수 있는 것은 도축 직전과 도축하는 순간에 그 중생들이 가능하면 큰 고통을 느끼지 않고 삶을 마감하도록 장자의 양생養生 같은 장인적인 기술을 연마하는 수밖에 없소."

스스로 우주 상담사를 자처하는 율산이 말했다.

"야생의 소를 우리에 가두어놓고 키우고 코뚜레를 끼워 고삐를 달아 이리저리 끌고 다니면서 농사짓는 데에 실컷 부려먹은 다음 늙으면 잡아먹어버리곤 하다가, 경운기와 트랙터가 나온 지금은 오로지 잡아먹기 위해 사료를 먹여 토실토실 살찌운 다음 도축해 먹는 일 자체를 아무리 미화시킨다 할지라도, 소의 처지에서 볼 때 그것은 살생이지 않은가. 바로 인간의 폭력이고 광기어린 행위인 것이네…… 그런데 풀로만 목장 대표는 축생 지옥살이 하는 자들을 잘 먹여 천국에 보내는 보살행을 하는 것이 아닌가."

율산의 말은 럭비공처럼 알 수 없는 곳으로 튀기곤 했다.

"신이 연출한 자연이 베토벤의 〈전원 교향곡〉을 연주하는 시공이라면, 인간이 만든 도시는 매머드 건물이 우글거리는 만큼 자잘한 동물을 잡아먹는 매머드 동물이 우글거리고, 악

마가 연출하는 탄소 배출의 광기어린 폭력이 미화된 극장 공
간이라네."

이끼

내 숲속의 천 년 고찰 모퉁이의 음음한 그늘을

감돌아 흐르는 시냇물에

아랫도리를 담근 돌과 나무 등걸 표면에 서식하는

앙증스런 수월관음여신들을 아는가

목탁 소리 풍경 소리 멧새 울음소리와 나뭇잎을 스쳐 온

바람과

시냇물의 노래에 젖어 살면서 나를 대할 때마다

코뿔소의 뿔처럼 혼자서 가라고 설하는 앙증스런 그녀,

작렬하는 햇볕 가뭄에는 잿빛 안거에 들었다가

습도가 알맞았을 때면 파랗게 얼굴을 드러내면서

시인은 스스로 햇볕을 차단하는 그늘을 만들어

그 속에서 살아갈 줄 알아야 한다고

시인이 되바라져서 홍행하면 시가 죽는다고
그 법은 세상 모든 사람들에게 다 통용된다고
속삭여 주는 꼬마 구도자 선재의 넋

　　　　　　　　　　—「이끼 꽃」(『꽃에 씌어 산다』)

달과 선승

우주 상담사를 자처하고 들깨 방정과 참깨 방정을 떨어대는 율산에게 내가 말없이, 하얀 도포를 걸친 선승이 검은 지팡이를 짚고 중천에 떠 있는 달을 바라보는 수묵 그림을 보여주었다.

율산이 물었다.

"이게 무언가?"

내가 말했다.

"선화禪畵이네…… 선을 표현한 그림."

"선禪이 무언가?"

"구태여 내 식으로 설명한다면, 한마디로 우주적인 순리를 터득하기이네. 데리다가 훔쳐다가 만든 '해체' 같은 것일 터인데 이것은 해체 그 이상의 직관直觀이라고 나는 생각하네."

율산이 다시 물었다.

"자네에게는 '시'도 그러한 해체 이상의 직관인가?"

내가 "달이나 꽃으로 가는 지름길이네" 하고 답했고, 율산이 내 말을 우주 상담사답게 풀이했다.

"자네는 한 시인이 꽃이라는 시를 썼을 때, 그 시인을 외계 언어를 통해 꽃을 희롱하는 사람, 꽃이 품은 천기를 누설하는 자라고 생각하네. 그런데 내가 생각하기로 자네에게 시라는 것은 늙은 자네를 홀려서 모든 것을, 시쳇말로 '영끌'하여 훔쳐가는 꽃뱀 같은 존재이네."

나의 시작詩作을 퇴행과 소외와 우울로 인해 철딱서니 없어진 노인들의 꽃뱀과의 사귐이나 거래에 비유하고 난 그가 조롱하듯 말했다.

"미당 서정주의 시 「화사花蛇」는 꽃뱀의 한자말인데 그 시 속에 '하늘을 물어뜯어라'라는 구절이 있네. 요즘에는 혼자 살며 돈밖에는 내놓을 것이 없는 늙은 남성의 돈냄새를 맡고 다가오는 여자를 꽃뱀이라고 말하기도 하네…… 자네는 별로 돈이 많지 않은 늙은이임에도 불구하고 가끔 꽃뱀이 모여드네.

가령 내가 잘 아는 철부지 거북이라는 노인이 그랬듯…… 당나귀를 타고 온, 초경을 시작한 지 오래지 않은, 김동리의 소설 「무녀도」 속에나 나올 법한 하얀 소복 차림의 무당 딸 같은……

멀리에서 돈냄새를 맡고 상긋한 샤넬 향 풍기며 찾아온 허리 늘씬한 여자. 문학소녀 시절 무병을 앓은 바 있어, 무당 노릇을 하고 있다고 스스로 고백한, 창백한 얼굴에 갸름하고 생머리를 길게 늘어뜨린, 개멋 또는 자기 나름의 낭만에 취해 사는 여자……

　나이 오십인데도 스스로 아직 달거리를 하고 있다고 부끄러움 없이 자랑삼아 자기 입으로 토설하는, 사실은 이미 상당히 늙은 그 꽃님이를 그대는 그대의 영혼 속에 불러들여 희롱하며 즐기곤 하네. 망구耄九의 나이임에도 불구하고 그대의 생각은 시쳇말로 의뭉하고 섹시하네."

　율산은 나에게서 항복을 받아내기라도 하려는 사람처럼 숨가쁘게 말했다.

　"철쭉꽃이 만발한 4월의 어느 날, 프랑스산 와인 샤토탈보 한 병을 들고 십만원에 대절한 택시 타고 달려와서, 당신의 외로운 심령의 성감대를 자극하기 위해 '순간을 사랑하는 숨결로 영원을 직조해내는'이라는 당신의 시 한 줄을 암송하고, 그리고 손목 한 번 잡혀준 다음 대절한 택시비 명목으로 십만원을 뜯어가고…… 한여름의 해거름 무렵에는 1865 와인을 들고 찾아와 대작하고는, 발그레 술기운이 오르자 그대의 마른 입술을 한 번 쪽 빨아주고 자기 입술값은 비싸다며 이십만원을…… 또 며칠 뒤 찾아와…… 자기의 섬섬옥수로 늙은 그대의 마른 손을 끌어다가 속가슴의 오디 한 번 만지라고 하고는 삼십만원…… 자네는 그 노인처럼, 그 꽃뱀이 뿜는 꽃향기로 인해 흔들리면서도 꽃무늬가 찬란한 그녀의 몸과 마음을 희롱하고 그녀로부터 희롱당하는 재미로, 그 꽃뱀이 코와 입으로 뿜어내는 홀로그램 빛깔의 무지개 속으로 날아가는, 노을처럼 혼미한 감성에 흠뻑 젖어 살고 있네. 세상을 향해 '이런 꽃이 아무한테나 이렇게 접근하는 줄 아느냐'고 하면서, 그대의 영혼은 그 꽃뱀이 돈을 뜯어내려고 그대의 예민한 성감대를 물어뜯을 때마다 마약을 끊어보려고 내내 시들부들하다가, '살면 얼마나 더 살겠다고' 하며 마약을 스스로 팔뚝에 주사하고 크하하하 웃어대듯 그렇게 시를 쓰곤 하네…… 그것을 자네는 '꽃에 씌어 산다'고 말했네."

사랑하는 나그네 당신,

당신은 무위사 텅 빈 마당에서

선승처럼

구름 한 장 턱으로 가리키며

겹겹이 껴입은 옷에 갇혀 있는 나를

풀어주었습니다,

마음 가는 대로

바람처럼

훨훨 날아다니라고.

　　　　　　　—「무위사에서 만난 구름」(『달 긷는 집』)

우주 상담사 율산의 말 많음은 소나무 숲의 우듬지들을 거대한 검푸른 공룡의 비늘처럼 덮는 칡덩굴 잎사귀들 같다. 거칠고 억센 다변과 달변을 무릅쓰고, 나는 무연히 떠가는 흰 구름 한 장을 바라보았고, 율산은 그러한 나의 생각들을 무성한 칡덩굴로 덮으려 들었다.

"자네와 자네의 시는 어쩌면 이끼의 삶을 닮았네. 생태적으로 볼 때, 서식처와 영혼의 시공도 그와 비슷하네. 토굴 마당에서 흔히 볼 수 있는 푸르거나 연초록 색을 띠는 실이나, 울긋불긋한 카펫의 천을 풀어놓은 듯한 이끼는 쩅쩅 뜨거운 가뭄 햇빛이 계속되면 청회색으로 시들어지듯 잎을 말고 있다가 적당한 습기와 그늘 있는 장마철이 찾아오면 파릇파릇 살아나 조그마한 꽃을 앙증스럽게 피우네. 이끼의 삶은 얼핏 보면 고요인 듯하지만, 깊이 들여다보면 치열한 시끄러움이 야단법석을 떨어대네.

해산토굴 앞 정원의 무성한 대나무, 감나무, 향나무, 매화나무, 황칠나무, 조팝나무, 철쭉나무, 사랑초꽃, 금잔디, 은초롱꽃풀, 천리향나무, 담쟁이덩굴 들은 얼핏 평화롭게 공존하는 듯하지만, 사실은 서로가 코피 터지게 싸우고들 있네. 자기 삶의 영역을 넓히고 햇빛을 더 많이 받으려고, 수분과 무기물을 더 많이 차지하고 뽑아올리려고 하네……

오월 한 달 동안 흰 꽃과 선홍색 꽃을 토해내는, 얼핏 클로버 풀을 연상케 하는 사랑초의 뿌리는 금잔디 군락 속으로 야

금야금 파고들어 영역을 넓히는데, 이십 년 전에 토굴 현관 앞에 심어둔 천리향나무의 뿌리가 박혀 있는 땅으로 기어들어가서 수분과 영양분을 독차지하여, 천리향나무를 결국 말려 죽이고 말았네. 어떤 경로로 들어와 기생하게 되었는지 알 수 없는, 내가 '독사덩굴'이라고 이름 붙인 그 덩굴은 공작단풍, 동백나무, 호랑가시나무, 감나무 가지를 타고 올라가 그들의 우듬지를 잎사귀로 덮어버리고 사랑초가 확보한 영역으로 쳐들어가 그들을 덮으려고 하네.

이 세상에 존재하는 모든 것은 살아 있는 한 치열한 전쟁을 치르고 있네. 말하자면 밥과 햇빛과 물, 에너지를 차지하려고 싸우는 것이지. 전 지구적인 자본주의 자유 시장경제 세상을 살아나가는 모든 사람들도 총성 없는 전쟁을 치르고 사는 것 아닌가."

율산은 자기가 구닥다리 감각을 가진 나와는 철저하게 다른 차원의 삶을 사는 우주적인 사람이라고 구획 지으려 들었다.

"프랙털 기하학을 아는가. 프랙털은 전체를 부분으로 쪼갰을 때 부분 안에 전체의 모습이 담겨 있는 기하학적 도형으로, 언제나 부분이 전체를 닮는 유사성selfsimilarity과 소수少數 차원의 특징을 갖는 현상을 일컫네. 부분 안에 전체가 있다는 논리, 전체는 부분을 통해서 볼 수 있다는 것. 그것은 가령 인간의 머리칼, 입, 생식기, 심장과 혈관, 콧구멍과 허파 기능도 몸밖의 세계, 우주의 여러 모습과 비슷하다는 것이지. 자궁과 바다가 비슷하고, 외로운 섬과 남근이 비슷하고……

원자 현미경으로 안을 보고 천체망원경으로 하늘을 보는 것이 모두 텅 빈 적멸한 공간이 똑같은 구조를 가진 존재를 보는 것이란 말이네. 모양새의 구조가 같다는 것은 비가시적인 영혼과 우주의 여러 현상, 그리고 끼氣라는 것도 같다는 것이네."

나는 갈매기가 하던 말을 떠올렸다.

'만일 보석에 매료되어서 보석 감정을 위해 보석학 공부를 하다가 보석에 대하여 통달했다 싶으면 이제 천문학 공부를 해야 한다는 걸 아셔야지요?'

내가 율산에게 말했다.

"이끼처럼 빛과 주변의 그늘을 적절하게 융합하여 살아야 참된 '고요'에 이를 수 있네. 참 고요의 경지에 이르면 신선이 되는 것이네."

그는 나의 의도를 미리 알아채고 비아냥거렸다.

"착각하지 마소. 치열함이 잠시 시들해 있거나 그것을 억누르고 있는 조용함을 고요라고 생각하면 잘못이네. '고요'와 '조용함', 둘은 비슷한 듯싶지만 전혀 다르네.

'조용히'라는 말은 종용從容이라는 한자말을 순우리말화한 것인데, 정치적이고 사회적이며 권위적인 다스림과 지휘 체계의 한 방법에서 생성된 말이네. 종從은 거역하지 않고 따른다는 뜻이고, 용容은 수용한다는 뜻 아닌가. 그것은 삼십육 년간의 일제의 폭압적인 잔재와 일사불란을 내세우는 엄혹한 군사 독재 체제의 결과물이기도 하네. 그것이 변질되어, 시끄럽게 떠들지 않고 고요하다는 느낌을 가지게 되었지.

아이들은 많이 아프지 않고 잠들지 않는 한, 늘 시끄럽게 떠들어야 하네, 그 아이들을 '조용히'로써 다스리려 하면 아이들이 죽을 수도 있네. 세월호가 가라앉고 있을 때, 학생 시절에 '조용히 하라'라는 엄한 독재 정권의 교육으로 길든 누군가가 밖으로 탈출하려는 학생들에게 가만히 있으라고 억눌러 참사가 일어났다는 설이 있지 않은가.

그 '조용히'와 전혀 다르게, 순우리말 '고요'는 우주의 율동으로 인해 만들어진 천연적인 것이네. '고요할 정靜'이라는 한자를 만든 사람은 그 고요의 원리를 잘 알았을 것이네. 뜨거운 기력이 넘치는 청춘 남녀가 한 이불 속에 들어가 치열하게 분투爭하듯 사랑 행위를 치른 나머지 서로의 몸이 오르가슴으로서 완전히 불타고 마침내 하얀 재가 되었을 때 그들은 죽어버리기라도 한 듯이 고요靜의 세계로 깊이 가라앉고, 그에 따라 세상은 고요해지네. 모든 탐욕이 사라지고 맑은 가을하늘太虛 같은 텅 빈 마음이 되었을 때 고요는 그늘 속의 이끼처럼 푸릇푸릇해지는 거라고.

그러나 사랑하는 청춘 남녀가 한쪽은 완전 연소되었는데 다른 한쪽은 불완전하게 덜 연소되어 있다면 고요는 생성될 수 없고, 이튿날 매캐한 연기 냄새가 나는 싸움이 아침 밥상에서부터 새로이 시작되기도 하는 것이네. 불완전연소, 즉 불만족으로 인한 결핍의 싸움이 일어날 수 있고, 그 결과 이혼이라는 파경이 일어날 수도 있네. 이혼은 각자 자기 불만족의 결핍을 다른 상대나 어떤 일로 채우려는 벌레들의 투쟁과 우화羽化 과정이 아닌가.

구도적인 삶에서의 참된 고요는 치열한 시끄러움이 진화하여 또하나의 시끄러움과 만나 코피 터지게 싸운 결과 창출되는 것이네.

가장 큰 시끄러움은 자기 내면의 탐욕이 만드네. 세상의 모든 탐욕은 탐욕끼리 만나 서로를 잡아먹으려고 싸우는데, 서로가 서로를 완벽하게 잡아먹고 났을 때에야 비로소 진짜 고요는 만들어지지만 그 완벽한 잡아먹기가 이루어지지 않으므로 세상은 늘 시끄럽게 되는 것이네. 정치판의 싸움도 그와 똑같네. 원효가 말한 화쟁話諍의 원리도 그와 같고, 해산토굴 정원의 고요나 평화도 그와 같네."

내가 말했다.

"기력 소진으로 인해서 눈과 귀가 흐릿해진 늙은 시인은 세상과 우주의 모든 현상을 사진작가들의 흑백 망점 기법으로 보고, 파도 소리와 갈매기 울음소리에서 홀로그램 빛으로『법화경』의 신화적인 해석을 들으려 하네.

봄날 바다로 열린 농로 가장자리에 무성하게 군락을 이룬 찔레나무들은 찬란한 햇빛 아래 하얀 꽃을 피우는데, 그것은 허공에 시를 쓰는 것이고 자기만의 비유법으로『법화경』이나『화엄경』을 설하는 것이네. 세상을 향해 참삶의 길을 꽃으로 보여주는 것이지."

율산이 아는 체했다.

"흑백 망점 기법은 순간의 고요靜로부터 시나브로 퇴적堆積되는 고요寂를 오래오래 누리는 법이네."

내가 말했다.

"우리집 블록 담벼락의 담쟁이덩굴을 따라 흐르는 소리 없는 고요의 샘물, 혹은 선禪의 바람이 있네. 나는 글로벌 자본주의 자유 시장경제라는 정글 세상, 그 악다구니의 시끄러운 야만 세상 속에서 고요를 찾으려 하네. 그러기 위해 들숨과 날숨의 호흡법을 활용하지. 그때 안반수의경* 명상 수행법을 사용

---

* 안반수의경(anapanasati)에는 호흡의 수련으로 여섯 가지 진전의 단계가 있다.
1. 들숨(ana)과 날숨(apana)의 수를 헤아리는 수(數)―들숨 날숨으로 들숨 날

하곤 하네."

율산이 말을 가로챘다.

"진짜 고요가 있고 가짜 고요가 있네. 진짜 고요는 불가사의 해탈의 경지에 이른 사람의 눈으로 본 고요이네. 그것은 '자기에게로의 회귀回歸'로 인한 흔들림 없는 고요인 것이네.

'중생이 앓고 있는데 어찌 깨달은 선지자가 앓지 않겠는가', 이것은 『유마경維摩經』의 주인공으로 이천오백 년 전에 인도 가비라성에서 살았던 유마거사가 한 유명한 말이네. 중생은 고통받고 사는 존재들이고, 선지자는 우주적인 감수성을 가진 깨달은 보살을 말하네. 선지자는 시적인 감수성으로 꽃 한 송이, 벌레 한 마리에서 하늘의 뜻과 땅의 섭리를 알아채는 자이네. 선지자의 들숨은 앓고 있는 중생의 아픔을 빨아들이고, 날숨은 자신도 중생과 함께 앓는다는 것이네.

유마는 칭병한 채 썰렁하게 텅 빈 집의 방 한가운데에 누워서, 문병하러 온 선지식들에게 '불이不二'의 세계와 '불가사의

숨을 헤아리기.

2. 호흡에 의식을 같이하여 하나가 되는 상수(相隨)—깊은 사유를 호흡하고 호흡을 사유하기.

3. 더 나아가서 마음이 호흡하는 것을 의식하지 않고 고요히 안정되는 지(止).

4. 모든 사물을 관찰함에도 정신이 흐트러지지 않고 집중된 상태인 관(觀).

5. 다시 고요한 상태인 자기의 주체로 돌아오는 환(還).

6. 밖의 사물이나 내면의 그 어떤 경계에도 집착하지 않는 청정한 세계인 정(淨). 이것은 호흡을 통해 '불가사의 해탈'에 이르기이다.

254

해탈'을 설했네. 『유마경』은 '해탈의 경지'에 대하여 말하고 있다네.

해탈이란 무엇인가.

'사리불이여. 모든 깨달은 불보살佛菩薩에게는 불가사의한 해탈이 있습니다. 만약 그 깨달은 자가 이 해탈에 머무르면, 높고도 넓은 수미산을 겨자씨 안에 쑤셔넣어도 그 겨자씨가 늘어나거나 줄어드는 일이 없고, 수미산도 아무런 변함이 없습니다…… 또 모든 바닷물四海을 하나의 털구멍에 넣어도 물고기와 자라와 악어, 그 밖의 물에 사는 동물을 괴롭히는 일이 없고, 그 바다도 본래 모습 그대로이며, 용이나 귀신이나 아수라 들도 자신이 어디에 들어 있는지 알지도 못하고, 이들을 괴롭히지도 않습니다.

사리불이여, 또 불가사의한 해탈에 머무는 깨달은 자는 모든 세계를 마치 도공이 흙덩이를 오른쪽 손바닥에 움켜쥐고 항하의 모래알과 같이 수많은 세계 밖으로 던져버리는 것과 같이 움켜쥡니다. 그 안에 사는 중생은 자기가 어디로 갔는지 알지도 깨닫지도 못하며, 다시 제자리에 돌아와도 그들에게는 갔다 왔다는 생각을 일으키지 않고, 이 세계의 본래 모습은 예전과 같습니다.'

불가사의 해탈이란 것은 그 어떠한 탐욕의 유혹에도 흔들림 없이 사는 성자의 태도를 말하네. 그런데 세상에는 부처님이나 예수님의 옷을 모방해 지어 입고, 부처님이나 예수님의 말씀을 훔쳐다가 중생들을 속이며 대궐 같은 전각에서 호의호식하는 오만한 자들이 얼마나 많은가."

*

율산이 말했다.

"엄혹한 군사정권 때 민주화 운동을 하다가 삼 년 동안 교도소 생활을 하고 출소한 소설가 ㅅ형에게서 이렇게 들었네.

'봄부터 가을까지, 날마다 한 차례씩 운동을 하러 나오면, 성벽처럼 드높은 흰 담장 위로 보이는 키 큰 미루나무 우듬지의 초록 잎사귀들이 반짝반짝, 소풍 가는 아이들이 조막손을 흔들어대는 것처럼 팔랑거렸는데, 그게 환장하게 좋았어. 흰 시멘트로 된 직육면체의 감방 안에서 제일로 보고 싶은 것이 푸른색이었네, 나는 주어진 운동 시간 내내 눈이 시리도록 푸른 잎사귀들만 바라보다가 흰 감방 안으로 들어가곤 했지.'

그 말 한마디가 쩌릿하게 가슴에 와닿았네. '자기 몸속에 흐르고 있는 피의 색깔은 붉은데 인간은 왜 녹색을 섭취하려 하는가, 인간의 몸에 녹색 배고픔이라는 결핍 현상이 일어나면 어떠한 문제에 직면하는가'를 생각하기 시작했네. 풀은 피와 보색을 이루는데, 우리 몸안에 들어가서는 붉은 피가 되네. 붉은 피는 푸른색을 먹어야 순해지고, 붉은 피돌기를 가진 동물성 식품만 먹으면 인간은 사나워지네.

사람을 비롯한 모든 동물은 나무와 풀의 푸른색, 출렁거리는 바다의 쪽빛, 하늘의 초록빛을 먹고 바라보며 사네. 사람이 지하 공간에 살면서 장시간 햇볕을 쬐지 않으면 뼈가 약해지고 비타민D 부족 현상이 일어나며, 생리적인 장애를 일으키네. 하얀 콩나물처럼 파리해지는 것이지.

내가 어지럼증에 시달릴 때 후배 시인이 이비인후과에 가서 비타민D 주사를 맞으라고 권했네. 이비인후과에 갔는데, 의사가 이석증이라며 약을 처방해주었고 비타민D 주사도 놔주며 말했네. 비타민D 부족은 약으로 어느 정도는 해결할 수 있지만, 오전 아홉시 전후에 셔츠까지 벗고 해바라기를 하면 해결할 수 있다고 했어. 그 말대로 했더니 거짓말처럼 좋아졌네.

흰 벽으로 둘러싸인 공간에 살면서 게임에 몰두하는 도시 어린이와 청년들에게는 푸른색 결핍증이 생겨 신경쇠약, 불안, 초조, 조울증, 강박관념, 공황장애 등이 나타나기도 한다네.

대학병원의 소아정신과 전문의에 따르면 도시에서 자라는 아이들에게 녹색 결핍 우울증 혹은 성격 파탄 증상이 흔하다네. 그 결핍증을 치유하려면 녹색 세상을 오랫동안 자주 보여주고 햇볕을 쬐게 해주어야 한다는 것이네.

세상에는 초록색 결핍 증후군이 있네. 젖먹이 아이에게 생기는 아토피성 피부염은 그 아이가 자라서 흙을 밟아야 낫는다는 속설이 있네. 흙을 밟는다는 것은 햇볕을 쬔다는 말이기도 하네. 그리고 그것은 자유와 평화와 안식이라는 빛을 섭취하는 것이기도 하네."

율산이 말했다(율산은 늘 나의 감성적인 생각을 훔쳐다가 자기의 논리에 대입하여 말하곤 한다).

"나는 '친환경적'이라는 말보다는 '자연 친화적'이라는 말을 더 좋아하네. 그것은 자연을 대표하는 푸른색의 식물들과 친해진다는 말이지. 존재하는 모든 것은 푸른 공기를 피부와 코와 입과 눈으로 들이쉬고 내쉬네.

자연natural은 라틴어 '순리natura'와 '태어나다nasci'의 합성어이네. 순리natura가 들숨이면 태어나다nasci가 날숨이네. 자연自然은 순리대로 살아야 한다는 거야. 자연으로 돌아가라는 서양 철학자와 노자, 장자의 생각無爲自然은 한 덩굴이네. 인간과 자연은 분리되는 것이 아니고 인간의 존재와 삶 자체가 자연, 즉 순리이어야 하는 것이네.

요즈음 시멘트로 지어진 주거 공간이 일반화되어 있는 도시 안에서, 자연이란 것은 미국의 인디언 보호 구역에 갇힌 원주민들처럼 가두어놓는 것이고 관념적으로 공부하는 교과서적인 것이 되어 있네.

자연 친화적으로 산다는 것은 푸른 숲과 바다와 강과 하늘을 직접 호흡하고 냄새 맡고 느끼고 만지며 산다는 것이네. 인간이 자연과 멀어지는 것은 자연의 윤리를 거역하는 것이고, 자연의 순리에서 멀어진다는 것이네.

농업이 주업이던 때 젊은 시절을 보낸, 이미 작고하신 우리 어머니와 동시대 여인들은 가난 속에서 못 먹고 못 입은 채 허덕이며 살았지만, 뙤약볕 아래서 보리밭과 밀밭, 콩밭을 매고 깨나무를 손질하며 고추 벌이를 하고 살면서도 생리 불순이 없었고, 그 열악한 세상에서 자식을 열 명 가까이 다산을 했으면서도 장수했네. 내 어머니는 열한 남매를 낳으셨는데 아흔아홉 살까지 사셨네. 햇볕과 자연 친화적 삶 때문일 터이네.

오늘날 4차 산업시대의 여자들 가운데는 햇볕을 멀리한 까닭으로 생리 불순과 불임에 시달리는 사람들이 많다 들었네. 특히 지하에서 근무하는 여성들은 햇볕을 쬐는 시간과 녹색의 결핍으로 인해 생리가 불순해지고 우울해지곤 하네.

여름에는 햇볕이 쨍쨍 따가워야 무논의 나락은 싱싱하게 자라고 콩과 참깨는 꼬투리를 튼실하게 채우네. 해가 연일 구름 속에 갇히어 있는 장마철에 모든 곡식은 냉해를 입네. 장마철에는 무논의 나락이 도열병을 앓고 이화명충과 멸구에게 시달리네. 냉해 입은 참깨는 검게 시드는 병에 걸리고 고추는 탄저병에 걸려 빨갛게 익지 못하고 노랗게 물러지는 병에 걸리네. 그게 햇볕 결핍 증후군이지.

한 소아정신과 의사가 말했네. 범죄를 저지른 소년 소녀를 교도하는 소년원에서는 꽃 가꾸기를 통해 그들의 심성을 바꾸려 한다네. 화단에 꽃씨를 뿌리고 모종을 하고 물을 주고 북을 주고 퇴비를 주면서 꽃나무와의 친교를 통해 햇볕과 푸른색의 자연과 가까이 사귀게 하는 것이지.

도시의 건조한 삶으로 인해 막힌 것은 자연과 가까워짐으로써 풀어야 하네. 자연의 섭리는 신神, 푸른색과 햇볕의 섭리이네. 정치인과 사회 지도층 인사들부터 자연 친화적으로 살면서 모든 사람들로 하여금 자연 친화적인 삶을 선호하게 이끌어가야 하네. 고층 아파트만 지어 보급하고 그것을 선호하도록 길들이는 것은 잘못이네. 자연에서 멀어진 시멘트 공간인 아파트는 입주민들을 이기적으로 길들게 하네. 이웃과 밀접하지만 서로 친밀하지 않고 이기적인 공간은 삭막한 세상을 만들기 마련이네. 생활의 편리만을 도모하는 도시생활을 대표하는 이 공간이 세상을 각박하게 하고 있네. 가진 자와 못 가진 자를 갈라놓는 데 가장 큰 공헌을 하는 이 주거 공간은 인간을 게을러지게 하고 자연과 멀어지게 하며 탄소와 쓰레기, 오물을 배출함으로써 지구와 사회를 병들게 하는 주범이네. 정부는 엉덩짝만한 마당과 풀 한 포기, 꽃나무 한 그루라도 있는 자연 친화적인, 수리 시설을 갖추고 방열과 보온 능력이 뛰어나며 진도 7, 8의 지진에도 끄떡없는 단독주택을 보급하는 정책을 펴기도 해야 하네.

또하나, 정부는 머지않은 장래에 지방 마을들이 소멸되는 것을 막기 위해 인구 분산 정책을 펴야 하네. 농어촌에서 농사

짓거나 어업에 종사하고 살 청년들을 준공무원 자격을 주어
정착하게 해야 하네. 지방의 모든 고등학교나 대학교에 농어
촌에서 살아갈 역군을 양성하는 학과를 두어 그들을 배출해야
하네."

아토피 세상

무지개에서 고운 색실들을 뽑아서 직조한,
홀로그램 빛의 투명한 저고리와 치마를 걸친
꽃의 요정神들이 화환처럼 달을 에워싸고 원무를 춘다.
그 중천에 뜬 둥근 달빛 자락으로 인해
세상이 대낮같이 밝아지면
심해 속 성게는 알이 차고,
누군가는 아토피 걸린 피부를 피가 삐죽거리도록 긁어대고
누군가는 생리를 하고 누군가는 사랑을 한다,
코피 터지도록 사랑을 한다.

— 「달무리」

"인터넷 기사 뒤끝에 댓글 달기가 있는데 그게 무언가, 왜

있어야 하는가?"

율산의 물음에 내가 말했다.

"그것은 불공정과 불평등과 부패와 부정이 횡행하는 세상에서 올바른 윤리 의식을 가지고 사는 사람들이, 평가되거나 논의되는 것들에 대하여 잘한다고 응원하거나 잘못되었다고 회초리질을 하는 것이네. 권력자들이 볼 때 그것은 일사불란하지 못한, 어찌할 수 없는 시끄러움의 한 단면이지만 사실은 민주사회에서의 표현의 자유를 구가하는 것이네."

바둑으로 치자면 정석으로 놓아가려는 나의 포석에 대하여 율산은 늘 실랑이질로 덮거나 쓰러뜨려버리고 다시 두려고 들었다.

"모든 야만 세상에는, 깨달은 사람들이 그토록 벗어나야 한다고 강조한 '쥐새끼적인 소인 근성'을 가지고 살면서 이념과 진영 논리에 휩싸인 채, 자기만 정직하고 정의롭고 공평한 체하는 사람들이 우글거리네. 그들의 눈에 진리가 보일 리 없지. SNS나 유튜브 개인 방송에서 자기 목소리를 생뚱스럽게 내놓는 그들은 오직 자기만이 정의롭고 공정하며 지성적이고 윤리적이라고 생각하네. 그들은 현실에서의 자기 결핍과 불만을 토로하고, 맘에 들지 않는 세상사를 씹어댐咀嚼으로써 카타르시스만을 느끼려 하네. 어떤 논객은 상대방을 할퀴고 물어뜯는 정글의 동물적인 사냥 본능을 찬란한 정의로 도배하여 정당화하려 드네. 그것은 광기의 들숨 날숨이어서, 감성이 여린 상대일 경우 그를 죽음에 이르도록 물어뜯기도 하네."

율산은 흥분한 채 침을 튀기며 말했다.

"글로벌 자본주의의 자유 시장경제라는 야만의 세상에 존재하는 대개의 인터넷 신문이나 유튜버들은 깜깜한 밤에 레이저 같은 헤드라이트를 밝히고 과속 질주하는 자동차처럼 기사를 경쟁적으로 써대네. 표현의 자유라는 미명 아래, 인간의 잔인한 사냥 본능과 놀이 본능까지 가미된 기사는 들숨이고 거기에 달린 댓글은 날숨이네.

글로벌 자본주의의 자유 시장경제 세상을 살아가는 모든 사람들은 뱉어내고 싶은 불만과 굴절된 결핍 때문에, 그냥 여기저기가 가려워서 긁어대고 싶어 미친듯이 몸부림치네. 정치적이고 사회적인 옴과 아토피로 인해서일까, 정치경제적인 옴벌레, 무좀벌레, 곰팡이균 들이 세상의 구석구석, 부드러운 사타구니와 불두덩과 오금과 머리털과 손가락과 발가락 사이사이, 한사코 부드러운 피부만을 갉아먹으면서 불개미처럼 스멀스멀 기어다니기 때문에, 긁고 싶어 환장하겠고 긁으면 시원해지므로 긁어대는데, 그렇게 긁어댄 다음에는 화끈화끈 아프고, 그것이 가라앉자마자 다시 가려워지므로, 그 시원한 맛을 맛보고 즐기려고 긁지 않을 수 없어 다시 긁어대야 하네. 전후

사정을 가리지 않고 우선 시원한 느낌에 팍팍 긁어대네. '아아, 시원하다!' 잠깐의 시원한 맛에 긁고 또 긁는 것인데, 거기에 광기가 보태지면 긁어놓은 다음 화끈화끈 아플지라도 우리 모두 팍팍 긁자, 아픔 속에서 문득 시원해지는 느낌을 즐기자. 그냥 긁으며 미쳐버리자, 하며 긁어대는 것이네. 세상 굽이굽이에서, 긁어댄 자리에서 일어나는 시원함과 화끈거림처럼 댓글들이 줄줄이 달리네.

정치 경제와 사회 문화의 각계각층 사람들의 지긋지긋하고 천덕스러운 개기기, 즉 이념과 진영 논리에 휩싸여 진리와 정의를 무시한 채 도끼 문자를 들이대며 버티기가 만연되어 있네. 대통령이나 당대표나 최고위원이나 대변인이라는 사람들도 진리를 외면하고, 외면하는 것을 즐기는데 모든 언론매체들은 그것을 여과 없이 보도하네.

상대를 물고 늘어지고 개기기를 즐기는 사람을 가리켜, 한때는 '개고기'라고 불렀네. 요즘 세상에는 지도층에 속하는 사람들도 스스로 자기의 존엄을 '개고기 짓'을 통해 누더기로 만드는 이들이 많네. 좌충우돌, 막말이나 도끼 문자로 댓글 달기 같은 행위를 자기 존재의 의미로 여기고 그것으로 목에 풀칠하고 살아가는 교수와 논객들, 자기보다 유명한 사람의 뒤를 캐서 까발리는 것을 업으로 삼는 사이비 개인 유튜버들은⋯⋯ 인간으로서의 자기 존엄을 지켜줄 사람은 자기뿐인데 그것을 망각한 지 오래이네."

율산이 말했다.

"이 세상은 법망을 미꾸라지들처럼 빠져나가는 배반의 '법꾸라지'들로 가득차 있네. 대개의 사람들은 달콤새콤한 자기의 이익을 위하여 스스로 속이고 배반하고, 남편이 아내를 속이거나 배반하고, 아내가 남편을 속이거나 배반하고, 아들딸이 부모를 속이고 배반하고, 제자가 스승을 속이고 배반하고, 스승이 제자를 속이고 배반하고, 친구가 친구를 속이고 배반하네. 시의원, 도의원, 국회의원, 군수나 조합장이 자기를 뽑아준 시민을 속이고 배반하고, 선출직 공무원들은 자기에게 표를 몰아준 국민들을 속이고 배반하고, 움켜잡은 권력을 휘두르네. 그들은 걸핏하면, 국민만 바라보고 국민을 위한다는 핑계로 간사하게 윤리와 도덕, 헌법을 유린하네.

나라의 녹을 먹고 사는 검사와 판사, 그 외에도 변호사와 회계사, 감정사와 같이 '사'자 돌림의 사람들 가운데 돈과 권력에 대한 탐욕으로 자기의 양심을 속이고 서로를 배반하는 자들이 부지기수이고, 정의와 진리를 외면하고, 공무원이 성실과 정직의 의무를 배반하고 국가를 배반하네. 자기 이익만을 추구하는 세상에서는 자기 이익을 위하여 정의와 이념과 진리와 자기 자존과, 부모와 선조와 모국을 배반하네. 국가도 두 얼굴을 가지고 있네. 전체주의적인 피도 눈물도 없는 가식적인 복지의 얼굴이네."

율산은 입에 거품을 물고 말을 뱉어내곤 한다. 나는 그의 독선적이고 거침없는 다변이 어이없고 한편으로는 두려워 숨을 죽이고 있어야 한다.

"배반감이란 것은 기대감에 정비례하네. 어떤 것을 많이 기대했던 자에게 당한 배반의 충격은 그 기대감과 정비례하여 충격의 강도가 심해지기 마련이네.

가령 국민에 의해 선출된 대통령이 자기 친척을 특채하거나, 자기 아내와 장모의 부정부패를 수사하지 못하게 하거나, 한 국회의원이 자기 아들이나 친구와 수족 들을 대통령 비서실에 심거나, 어떤 군수가 자기 아들이나 조카를 자기 군청의 임시직으로 특채를 했을 때, 또 어떤 국회의원이 자기가 면밀히 살피는 공기업의 대표에게 자기 아들딸을 채용해달라고 압력을 넣어 그게 성사되었다면, 그 아들딸이 아버지나 어머니의 은밀한 도움을 받아 어떤 일인가를 이룩한 공로를 인정받아 퇴직할 때 터무니없이 많은 몇십억의 뇌물성 퇴직금을 받았다면, 그것을 바라보는 사람들은 허탈감과 배반감을 느끼지 않을 수 없네.

다스림의 주체로 나서는 권력자인 선량이 자기에게 몰아준 한 표 한 표들에게 사랑, 평화, 공정, 공평, 정의, 자유를 가져다주겠다고 선포했는데, 장차 그 사람이 사리사욕으로 훔친 부정부패의 결과를 봐야 하는 그 한 표 한 표들은 기대한 만큼 배반감도 크게 마련이네. 사랑과 평화와 민주와 자유와 공정과 공평이 만들어지는 역사를 보면, 늘 보수적인 기득권 세력과 개혁적인 덜 가진 세력이 부딪치는 과정에서 만들어지는데, 그게 수학적 기하학적으로 균일할 수는 없네. 기득권 세력은 그들대로, 개혁하려는 신진 세력은 그들대로, 그것을 주도한 자에게 우리는 배반감을 가질 수밖에 없네.

기왕에 많이 가진 자들은 부를 대물림하고, '부모 찬스'를 더욱 잘 활용하여 불평등, 불공정의 세상을 만드네. 가진 자와 못 가진 자 사이의 공정과 평등이란 삼십 도쯤 기울어진 운동장에서 축구하기와 다름없네."

*

"어느 한낮부터 뜬금없이 귀울음이 찾아왔네. 귀뚜라미 소리, 풀벌레 소리, 창밖의 우르르 비오는 소리가 어지럽게 한곳에 어우러져 있었네. 자네는 그것을 얼핏 고요가 만드는 소리라고 착각하곤 하네."

율산은 자기의 서브가 무지막지하게 강하다고 착각한 오만방자한 테니스 선수처럼 혼자서 다 하려 들었다. 서브를 상대가 받을 엄두를 내지 못하도록 강하게 넣어 한 점을 얻은 다음, 서브 두 개를 연속으로 실수하여 한 점을 빼앗기는 식으로 듀스까지 경기를 끌고 가듯, 그는 나에게 말할 기회를 주지 않고, 콩 치고 팥 치며 한없이 이끌어가곤 했다.

"폭력이 난무하는 세상사의 여러 만남들 속에서 고독과 고요를 동시에 느끼는 자네는 얼마나 행복한 사람인가. 신은 인간에게 착각과 망각이라는 기막힌 선물을 안겨주었네. 사람들은 모두 이런 모양새 저런 모양새로 착각하거나 망각하고 사네.

모든 사람들은 그처럼 착각하며 자기 잘난 맛으로 사네. 얼굴이 밉상인 사람일지라도 자기 얼굴 어딘가 한 곳만은 어느 누구보다 예쁘게 생겼다고 착각하고, 다른 미운 부분에 대해서는 망각하고 사네. 삼십대는 스스로를 이십대로 착각하고, 사십대는 삼십대로, 육십대는 오십대로, 팔십대는 칠십대로…… 대개는 자기 나이보다 한 십 년쯤 어리게 착각하고 사네. 현재의 상태를 망각하고 젊게 사는 것은 좋은 일인데, 그 착각으로 인해 나이에 걸맞지 않은 무리한 짓을 하다가 몸과 마음을 크게 다치게 되네. 심한 착각은 죽음에 이르도록 무리하게 사랑하거나 일에 정신없이 몰두하거나 운동을 심하게 하도록 자기를 방치하네. 사십대, 오십대에 급사하는 사람들은 다 그래서이지.

소리꾼들은 제 목소리가 세상에서 제일이라고 착각하고 그 목소리에 스스로 반한 나머지 소리꾼이 된다는 말이 있네. 남

자든지 여자든지 제 얼굴 제 몸매에 제가 반하여 허영과 성적
인 탐욕을 어찌하지 못하고 난봉을 피우네.

달관한 한 성형외과의사가 말했네. 코나 눈이나 턱이나 유
방을 뜯어고치려고 오는 여자들은 모두 예쁘지 않은 여자가
없는데, 그들은 더욱 예뻐지려고 스스로 서운하게 생각되는
부위를 뜯어고치려 한다고."

꽃 중에 사람꽃보다 더 곱고 아름다운 꽃이 있을까.

짐승들 가운데서 사람보다 더 무섭고 더러운 짐승이 있
을까.

─「사람꽃」(『사랑은 늘 혼자 깨어 있게 하고』,
문학과지성사, 1995)

"그대의 「사람꽃」이란 시는 많은 이야기를 품고 있네."

율산이 말했다.

"꽃 한 송이 피어나니 세계가 일어난다고 말했을 때 피어나
는 것은 우주의 들숨이고 세계가 일어난다는 것은 날숨이네.

여기서 피어난 '꽃 한 송이'는 깨어난 존재를 말하는데, 그
것은 우주적 자아의 발기發起와 투사投射, 폭죽처럼 터지는 우
주적인 깨달음이네. 사람 없을까 했더니 거기 하나 있었구나, 즉
자기에로의 회귀로, 자기 속의 쥐새끼를 잡아 죽이고 사람으로

우뚝 서는 것이네.

그 깨달음은 전 지구적인 자본주의 정글 세상의 자유 시장 경제의 잔인한 야만성의 진면목을 인식한다는 것이고 그 세상에서 강자에게 잡아먹히는 폭력으로부터 약자가 평화와 행복과 안식을 누리는 길을 마련하려 꿈꾼다는 것이네.

그런데 세상의 모든 기득권자들은 자기 허영과 탐욕을 조화假花로 위장하여 앞에 내세우는데, 바로 정의로운 자의 얼굴로 군림하면서 노예들의 세상을 만들어간다는 것이네. 그들은 부림을 당하다가 죽은 자들을 위해 눈물 흘리는 연기를 아주 잘하는데, 악어가 찔끔 흘리는 눈물과 다르지 않네.

그런데, 모스크바 한구석에 사는 독한 나비 한 마리의 날갯짓이 세계를 재난에 떨게 하는 식의 탈이 나는 슬프네."

율산이 말했다.

"취해 있지 않는, 깨어 있는 자만이 향기와 맛깔스러운 냄새, 그리고 부패하는 구릿한 냄새를 구별해 맡을 수 있네.

깨어 있다는 것은 '안'에 머물러 있으면서도 '밖'에서 안을 들여다보는 마음을 가지고 각성하는 것이네. 자기와 자기가 속한 세상과 자기 주변에서 솟아나오는 썩은 냄새를 알아차리고, 냄새가 난다는 사실을 발설하면서 그 냄새를 개선하려는 자가 깨어 있는 자이네."

"시인과 소설가는 새 모럴, 즉 윤리를 먹고 사네."

율산이 오만한 테니스 선수처럼 자문자답했다.

"미국 작가 존 스타인벡은 미국의 경제적인 대공황기를 다룬 소설 『분노의 포도』의 결말 부분에서, 금방 해산한 새파란 젊은 여인이 부풀어오른 젖꼭지를 굶어죽어가는 남자의 입에 물려 빨아먹게 하여 살아나게 하는데 그것은 여신의 구제救援이네.

프랑스 작가 로맹 가리의 소설 『하늘의 뿌리』에서는 새 모럴을 제시하는 소설적 '장치'들을 발견할 수 있네. 포로수용소에서 한 포로가 감시병의 채찍을 맞으면서 중노동을 하는 도중, 땅바닥에 뒤집혀 허공을 향해 발을 버둥거리는 풍뎅이가 기어갈 수 있도록 바르게 뒤집어놓아주다가 감시병에게 혹독한 매질을 당하네.

다른 하나는, 한 의식 있는 장교 포로가 식당 안으로 비가시적인 숙녀의 손을 잡고 나타나는 것이네. 포로들 속에 나타난 '숙녀'의 존재는 극한 상황 속에서 동물적인 본능만으로 비굴해지고 야만스러워진 식당 안의 동료 포로들에게 자아와 자존심을 찾게 해주네. 동물처럼 먹을 것을 향해 자존심을 버리고 몰려들고 감시병에게 비굴해지곤 하던 동료들은 그 숙녀로 인해 하나둘씩 자아를 찾게 되는데, 그 자아 찾기覺醒는 포로들 사이에서 전염병처럼 퍼지네. 경비병들은 자아를 찾은 포로들을 관리하기 힘들어지므로 포로들에게서 그 비가시적인 숙녀를 빼앗아가려고 하는데 빼앗아갈 방법을 찾지 못하네.

그의 또다른 소설 『자기 앞의 생』에서는 소년 모모가 훔친 고급 종의 강아지를 공원으로 데리고 가서 노는데, 그것을 욕심낸 귀부인이 값을 아주 비싸게 쳐주겠다며 자기에게 팔라고 통사정했고, 모모는 그녀에게 아주 많은 돈을 받고 팔아넘겼지만 돌아가다가 문득 그 돈을 하수구에 버리네. 그 일화의 함의는 무엇일까.

그가 소설 속에서 사용하는 일화들은 인간의 새 모럴을 제시하는 장치라네. 그러한 모럴의 제시는 모든 예술에서 찾을 수 있지. 러시아의 상트페테르부르크 미술관에서 〈시몬과 페로〉라는 그림을 보았네. 손이 등뒤로 묶인, 반백의 구레나룻과 턱수염이 양가슴까지 내려온 늙은 남자가 화려하게 성장한 예쁜 여인의 풍만하게 부푼 젖꼭지를 빨고 있는, 얼핏 매우 외설스럽게 느껴지는 작품이네. 그 늙은 남자는 그녀의 아버지인데, 굶어죽으라는 아사餓死형을 받고 복역중이라 금방 해산한 딸이 날마다 면회를 와서 젖을 빨리곤 하여 아버지를 연명하게 하는 것이네. 사람들은 그 그림에서 여신의 구원을 읽네.

하얀 알몸으로 백마를 타고, 치렁치렁 기다란 머리칼만으로 알몸을 가린 채 영내를 한 바퀴 돌았다는 여인을 주제로 그린 그림을 보았네. 영주인 백작의 부인 고다이바를 형상화시킨 19세기 영국의 존 콜리어의 작품인데 거기에서도 여신의 구원을 읽을 수 있네. 남편인 백작 영주가 발가벗고 영내를 한바퀴 돌면 주민들의 세금을 깎아주겠다고 하여 그녀는 주민들을 위해 그렇게 했다는 것이니까.

모든 예술작품이 도달하려는 목적지는 구제救援이네. 예술작품의 도달점은 향기로운 아름다움과 철학이나 종교와는 다른 차원의 구원을 제시하지 않으면 안 되네. 소설가는 도덕 교사도, 종교의 경전을 설하는 사제도 아니지만 인류의 모든 폭력으로부터 자유와 평화와 안식을 도출하려는 차원 높은 윤리 교사인 셈이네.

그리스 소설가 니코스 카잔차키스는 소설가들을 향해 '한심한 영혼아, 너는 돈을 주고 빵과 고기와 포도주를 사 먹는 것이 아니고, 하얀 종이를 꺼내 고기, 빵, 포도주라고 쓰고 그 종이를 먹는구나'라고 말했네. 비현실적인 삶을 사는 소설가의 소설에 들어 있는 모럴은, 정글보다 더 무서운 글로벌 자본주의 자유 시장경제라는 야만 세상에 사는 잔인하고 현실적인 사람들의 권력적인 탐욕에 젖은 영혼을 윤리적으로 교정하고 정화해주는 것이네."

율산이 말했다.

"시인이라 불리고 싶어하는 자네는, 흰 눈발이 날리면 죽어 먼 곳으로 사라져갔던 혼령들이 하얗게 살아 흰 물떼새들처럼 돌아온다고 표현하거나, 앙상한 나뭇가지에 흰 눈이 소복소복 쌓이면 마른나무에 꽃이 피었다고 읊거나, 억새풀의 꽃이 늦가을 들어 하얗게 바래진 채 바람에 흔들리며 소리를 내면 세상의 한스러운 혼령들이 바람 속에서 한스럽게 휘리릭, 휘리히 하고 울면서 춤을 추는 것이라고 진술하네. 시인이 모든 타자들의 말없음의 말과 짓, 그 무용 같은 행위와 표정을 그려내는 말은 사실상 상용하는 자기의 말이 아닌, 어떤 별에서인가 떨어진 운석 같은 외계의 비현실적인 말로 번역하기일 터인데, 그것은 자기만의 신화적인 '찬란한 보석' 만들기이네. 시인의 감성과 우주적인 사랑의 순도와 자질의 좋고 나쁨에 따라 그 보석은 진짜가 있고, 진짜보다 더 찬란한 가짜邪도 있네.

매섭게 몰아치는 북풍한설 속에서, 난방 보일러가 돌고 있는 토굴 안에 사는 자네는 창밖의 마당 가장자리의 가지가 앙상한 나목이 바깥에 선 채 몸을 떨고 있다고 안타까워하는데, 자네의 착각에 불과하네. 사실상 그 늙은 감나무는 눈이 내리거나 서릿발이 하얗게 내린 엄동嚴冬의 마당 가장자리에서 동안거에 든 채 영원 속의 화사한 봄과 여름, 가을을 맞이하려는 깨달음의 환희를 준비하고 있는 것이네.

우주 안에서 살아간다는 것은 거기에 함께 존재하는 모든 타자와 만남의 관계를 맺고 서로 영향을 주고받으며 산다는 것이네. 우주에 존재하는 것들은 각자가 주체이면서 모든 타자에 대해서는 객체로 존재하지만 상대 타자를 자기의 눈으로 보며 자기 식으로 해석과 번역을 하고, 착각하여 잘못 읽거나 誤讀 그것을 오독悟讀하는 버릇이 있네.

자고 있는 개는 짖지 않고 깨어 있는 개만 짖듯이, 세상은 깨어 있는 자가 역사를 이리저리 엮어 창조해가는 것이네. 깨어 있는 눈빛이 밤하늘의 별을 빛나게 하고, 깨어 있는 꽃이 세상을 화려하게 장식한 채 향기와 꿀로 나비를 부르며, 새벽의 붉은 노을과 찬란한 우주 쇼를 일으키네. 잠든 자는 찬란한 새벽노을을 볼 수 없네."

율산이 말했다.

"자네는 요즘 들어 가끔 '꿈이로다, 꿈이로다'를 흥얼흥얼 입에 담곤 하네."

꿈이로다 꿈이로다 모두가 다 꿈이로다
너도 나도 꿈속이요 이것저것이 꿈이로다
꿈 깨니 또 꿈이요 깨인 꿈도 꿈이로다
꿈에 나서 꿈에 살고 꿈에 죽어가는 인생
부질없다 꿈은 깨어서 무엇을 할 거나

—〈남도 흥타령〉

사람 사는 것 꿈과 같다人生似幻化

종당에는 허무로 돌아간다終當歸虛無

"이것은 도연명의 시 한 구절인데, 장자도 이와 비슷한 생
각을 했네."

비밀 작법

"불교 경전에 '옴 마니 반메 훔'이라는 주문이 있네."

율산이 말했다.

"그 주문을 풀이하자면, '옴'은 시작하는 들숨인데 그 숨으로 천지가 깨어나네. 그것은 한 생명체가 탄생할 때의 첫소리이고 안간힘 쓰는 소리이자 의지이며 앓는 소리이고, 모든 생물들의 성행위 도중 오르가슴에 이르려는 몸부림의 소리이네. 아기들이 배우는 첫말 '마마' '엄'과 어원이 같고 '엄마' '오마니'의 첫소리와 동음인 그것은 인류 공통어이네.

'마니'는 다이아몬드를 뜻하는데, 양陽으로서 밝은 구슬, 무엇이든지 마음먹은 대로 이룩되게 하는 구슬인 여의주를 뜻하며 남성 성기, 즉 남성 신神의 에너지를 상징하네.

반메는 범어로 '파드마'인데 음陰으로서 연꽃을 말하는 것이네. 노자가 말한 우주의 늪인 곡신谷神이네. 연꽃은 그윽한 암컷玄牝이고 우주적인 늪이며 풍요, 그 무진장한 생명을 잉태하여 생산하는 원천이네. 마니와 반메의 만남은 우주적인 남성 에너지陽와 여성 에너지陰의 융합인데, 그 융합의 순간에 오르가즘이 일어나네.

'훔'은 사랑의 행위가 끝난 다음 안식하고 안도하고 종결하는 한숨인 날숨인데, 성스러운 행사가 종결되었음을 뜻하네. 밀교에는 '훔 명상법'이 있네. 비밀 의식, 그 성취와 오르가즘의 다음 순간에 나오는 소리 '훔'은 우주의 모든 공간과 모든 시간, 모든 생명의 파장이 압축되고 함축되어 있네.

밀교에서의 비밀 작법의 주문인 '옴 마니 반메 훔'을 구태여 해석하자면, '옴, 당신의 거룩한 꽃 속에 내 편안히 안깁니다, 훔'으로 번역할 수 있고 '신화적인 늪인 연꽃 속의 보석이여, 여신 에너지 속에서 환희하는 남성 신의 무진장한 에너지여'로 해석할 수도 있는데 그것은 성스러운 우주적인 오르가즘의 들숨과 날숨이네.

석가모니가 꽃 한 송이를 들어 보이자 가섭이 빙그레 웃었다는 것은 꽃 한 송이가 피어나자 세계가 일어난다는 것이네. 아, 내 삶의 몸부림, 내 시와 소설의 몸부림, 내 치열하게 살아낸 삶의 궁극은 그 우주적인 만다라의 오르가즘에 이르기이네. 세상의 모든 꽃은 생명체를 생산하는, 내밀하고 오묘하고 웅숭깊고 숭엄한 신화적인 늪이네."

율산이 말했다.

"널 장사 삼 년 했으면 미역 장사 삼 년 하라는 속담은, 가령 검사 삼 년 했으면 무료 변론하는 인권 변호사 삼 년 하라는 말과 비슷할 터인데, 그것은 꽃의 정신이네.

한 종교 기하학자는 인간과 식물이 상반되지만 아주 비슷한 삶의 구조를 가졌다고 말했네. 인간의 머리털은 식물의 뿌리에 해당하고, 인간의 생식기는 꽃에 해당한다는 것이네. 뿌리가 땅속 깊이 뻗어 수분과 무기물을 흡수하여 줄기로 올려보내서 잎과 꽃이 피어나게 하는 것과 같이 인간의 머리털은 우주를 향해 뻗어 안테나처럼 신성한 영감을 얻어 영혼을 풍요롭게 하고 향기롭게 가꾼다는 것이네.

인간의 꽃, 즉 생식기는 땅을 향하고 있지만 식물의 뿌리 모양인 인간의 머리칼은 하늘을 향해 있네. 사람들은 꽃이 식물의 얼굴이라고 착각하는데 사실은 그것이 식물의 생식기인 것이네.

중국의 고전 『악기樂記』에서 말하기를, 하늘의 뜻이 땅을 향해 내려오고, 하늘을 향해 솟아오르는 땅의 의지가 서로 어우러지는 것이 가장 바람직한 음악이라고 한 원리하고 같네."

율산이 말했다.

"한복 치마와 바지에 부여된 우리 선인들의 관념이 그러한 틀에서 만들어졌네. 땅을 향해 열린 여성의 한복 치마는 속에 감추고 있는 늪, 즉 성스러운 연꽃으로 하여금 은색의 초롱꽃처럼 땅을 향한 채 땅의 음기를 흡수하게 하고, 남성의 한복 바지는 바짓가랑이를 발목에 대님으로 졸라 묶는데, 하늘에서 내려온 양기가 땅으로 흘러 나가지 못하게 하는 것이네."

율산이 말했다.

"'묘妙하다'는 말로 인해 나는 의미심장한 우주적인 소용돌이 속으로 미끄러지곤 하네. '묘하다'는 것은, 알 수 없는 신비한 내밀함을 가지고 있는 성스러운 존재를 표현한 말이네. 한문 글자인 묘할 묘妙 자는 스무 살 안팎의 여자를 뜻하네. 여성의 생리적인 구조는 내밀하고 신성하고 아름답고 향기로운 늪의 기능을 내포하고 있네. 꽃으로서의 그 늪은 수많은 생명을 잉태하고 길러내는 환희의 시공이고, 신비라고 말할 수밖에 없는 내밀한, 우주적인 숭엄한 곳이네.

시인이 꽃이나 별이나 달이나 안개와 눈비 같은 우주의 에너지가 투영된 한 편의 시를 쓴다는 것은 깨어 있는 시인의 내면에 숨어 있는 시인만의 외계언어로써 우주의 한 표현인 '꽃' '별' '달' 따위의 모든 사상事狀을 해석하고 표현하는 것이네.

시어는 시인이 가지고 있는 우주적 감성의 촌철살인 같은 언어의 부리 속에 달린 혀끝 같은 촉수이네. 언어는 우주에 존재하는 모든 것들을 품은 집이네. 새로운 좋은 시를 쓰기 위해서는 나만의 언어를 창제하여 지니고 살면서, 하늘과 소통하는 언어로 꽃과 별과 달과 안개와 비와 바람과 구름과 산과 바다와 벌레와 새가 가진 하늘과 땅의 뜻을 내 식으로 해석해야 하고 그때 읊는 시는 천기누설이네."

율산이 말했다.

"하루하루를 살아가면서 매 순간순간 조심해야 할 네 가지의 부리가 있다고, 청소년 시절에 자네 아버지는 말했네. 바로 혀의 부리, 손의 부리, 발의 부리, 성기의 부리이네.

자네의 혀 부리가 함부로 뱉어낸 말 한마디가 자네를 찌르는 칼이 되기도 한다는 것이고, 아름다운 여성의 몸에 홀려 어떤 부위를 만지거나 화투장을 만진 손 부리는 악성 세균을 만진 것처럼 자네의 인생 굽이굽이에 악성 곰팡이를 슬게 할 수도 있네. 그다음으로, 한번 잘못 내디딘 자네의 발 부리는 때마침 그곳에서 벌어진 어떤 사달로 하여금 자네의 운명을 뜻 아니하게 바꾸어놓을 수도 있네. 마지막으로, 한순간 자칫 성적인 탐욕에 눈멀어 잘못 사용한 자네의 성기 부리가 자네의 인생을 파국으로 몰고 가기도 한다는 것이네."

율산이 말했다.

"자네의 봄철 아침은 신화처럼 열리곤 하네. 어린 시절 귀신의 울음소리라고 하던 호랑지빠귀 소리를 들으며 잠들었던 자네는 할머니의 잔소리 같은 할미새의 울음소리로 인해 잠에서 깨는데, 동쪽 하늘은 붉은 노을이 타올랐고, 해가 떠오르면서 꾀꼬리와 휘파람새들도 울어대네. 그들이 그렇듯 울어대는 것은 봄철이 짝짓기철인 까닭이네.

우주의 모든 현상, 혹은 신의 뜻이 삼투압에 따라 자네의 머리로 스며들면 자네의 몸이 광합성을 하는 나무처럼 시를 만들어 분출하네. 그것이 작곡가나 가인들의 머리로 흡수되면 교향곡과 노래가 되어 흘러나오고, 철학자의 머리로 흡수되면 철학이 꽃으로 피어나며, 과학자의 머리로 흡수되면 발명품이 되어 세상에 나타나네.

모든 깨달음은 세상의 조그마한 한 가닥 한 가닥의 오독誤讀의 미끄러지기로부터 시작되네. '너 느그 어메한테 가거라. 네 몸뚱이가 금방 낳아놓은 생쥐 새끼같이 새빨갰을 때 할머니가 다리 밑에서 주워 왔다더라' 하고, 어린 시절에 누님은 무단히 자네를 놀려 울게 만들곤 했네. 누님은 여섯 살 아래 동생인 자네가 깨물어주고 싶을 만큼 귀엽고 예쁘다고 하면서도, 가끔 자네를 놀리곤 했네.

'큰고모가 그러는데, 빨간 맨살인 니가 다리 밑에서 응아응아 하고 울고 있어서, 하도 불쌍하고 가련해서 할머니가 데려

다가 키웠다고 하더라.'

자네는 어머니에게 꾸중을 들었을 때면, 새빨간 생쥐 새끼 같은 내가 울고 있었다는 다리가 어디에 있는 무슨 다리일까 하고 서글픈 생각 속으로 빠져들곤 했네. 금방 태어난 나를 왜 그 다리 밑에 버렸을까. 그게 어디에 있는 어느 개울, 어떤 냇물의 무슨 다리였을까.

그런데 그 시절의 어느 날, 누님의 놀림으로 인해 자네가 자네의 탄생을 슬퍼하며 설피 울자, 누님이 자네를 달래며 실토했네. 사실은 그 다리가 어머니의 두 다리라고.

아, 어머니의 다리! 시인들에게서는 그릇되게 읽은 것誤讀이 들숨이면, 그것을 통해 깨달음을 얻는 읽음悟讀은 날숨이네.

이십대 초반의 문학청년이던 김동리가 서정주에게, 밤새 시를 한 편 썼는데 들어보라고 하며 읊었네. '벙어리도 꼬집히면 우는 것을' 하고 동리가 읊은 그 한 대목을 듣자마자 서정주는 무릎을 치며 '아아, 절창이다!' 하고 찬탄했는데, 알고 보니 서정주는 그것을 '벙어리도 꽃이 피면 우는 것을'이라고 잘못 들었던 것이네. 그것은 얼마나 아름답고 차원 높은 오독悟讀인가."

율산이 말했다.

"시인, 소설가, 배우, 탤런트, 소리꾼, 춤꾼 등 모든 예술꾼들이 하는 예술 행위는 무당굿 혹은 무당 행위에서 흘러내려왔네. 무당굿은 무조 신화인 바리데기굿에서 연원하는데, 무당굿은 병을 치유하는 약으로서의 기능과 즐겁게 놀이하는 연희와 구제의 기능을 가지고 있네.

무당의 한문 글자, 무巫는 하늘과 땅 사이에서 도무하는 무당을 본뜬 글자이네. 무당굿은 하늘과 땅, 죽은 자와 살아 있는 자 사이를 소통하게 하고, 죽은 자의 한을 풀어주고 천도해 저승 세상에서 안식하게 하고, 역신으로 인해 병든 자는 치유되어 평화와 안식을 얻게 하네. 무당은 굿 도중에 많은 말씀과 춤으로 비나리치네.

지금의 굿 공연은 치유의 약으로서의 기능을 의사와 약사, 정신과 상담사들에게 넘겨주고, 연희와 구원의 기능만 가지고 있네. 하지만 일본으로 건너간 우리의 '굿'이란 말은 약이라는 뜻의 '구스리'로 현재까지 남아 있네. 우리 예술꾼들의 모든 작품은 민중들을 즐겁게 하고 평화와 안식을 주는 구원의 역할을 하지 않으면 안 되네.

'한풀이'라는 말이 있네. 우리 민족은 한 많은 민족이네. 우리 민요 아리랑을 비롯한 모든 민요와 판소리와 대중가요에는 한의 정서가 잘 표현되고 있네. 판소리나 민요나 대중가요, 트로트에 꺾기가 잘 발달해 있는 것이 증명하네. 한을 깊이 탐구해보면, 그것은 슬픔과 한숨과 눈물과 체념과 패배주의적인 정서가 아니고 흥과 신명을 통한 극복의 의지, 강인한 생명력이네.

그런데 소리꾼들 사이에서는 한을 인위적으로 만들 수 있다고 생각하는 사람들이 있네. 가령 소리에 한이 생기게 하려고 한 소리꾼이 딸의 눈을 멀게 해버렸다는 일화가 있어왔네. 영화로 만들어진 〈서편제〉가 바로 그러한데 그것은 그 아버지의 소리꾼 딸에 대한 병적인 집착으로 인한 비극이었네.

　한恨은 인위적으로 만들어지는 것이 아니고 민족의 역사가 있어온 이래의 민초들의 신산한 삶, 파란만장한 고통의 삶으로 몸과 마음에 앙금이 지듯이 만들어지는 것이네. 이청준의 많은 소설들, 자네의 대부분의 소설들뿐만 아니라, 뜻 있는 모든 작가들의 작품에는 한이 들어 있지 않을 수 없네. 김소월의 모든 시가 그 대표적인 것들이네.

　아리랑 고개와 보릿고개는 웬 고개인가. '구부(굽이)야 구부구부(굽이굽이) 눈물이 난다'는 아리랑 고개란 무엇일까. 그 고개의 이쪽과 고개 넘어 저쪽에는 무엇, 즉 어떤 세상이 있을까.

　상두꾼들은 죽은 자의 주검을 담아 못질을 단단히 한 널을 메고 매장할 묘지로 향해 가파른 오솔길을 올라가면서 소리를 했네. '관세음보살' '조심조심' '앞에는 높이고' '뒤에는 낮추고' '곱게 모시세'라는 매김 선소리들 사이사이에 들이미는 어화 넘자라는 후렴은 무엇일까. 다가오는 장벽이나 고비, 난관을 넘어가자는 그 말을 자네는 또다른 세계나 외계로, 고통이 극복되고 평화와 행복이 있는 세계로의 날아가기, 초월이라고 풀이하네. '아리랑 고개로 넘어간다' '아리랑 고개로 나를 넘겨주소'는 박해받는 고난과 굶주림의 세상, 야만의 폭력 세상으로부터 벗어나고 싶다는 한스러운 하소연이네. 아리랑 고개 너머에는 평화와 자유와 민주와 평등과 안식이 있다는 것이네.

세상의 모든 예술은 고달픈 난관을 극복하고 평화와 행복으로 나아가는 구제와 구원을 제시해주는 것이네.

늙은 자네는 토굴에서 하루 한 차례씩 직사각형의 널 같은 욕조에, 어쩌면 어머니의 자궁 같은 그 시공에, 뜨끈한 물을 받고 몸을 담그러 들어갈 때는 〈전원 교향곡〉을 틀어놓곤 하네. 이중주와 삼중주重奏로 표현되는 장엄한 자연 속으로 들어간다는 것은 자네만의 평화와 안식의 용화 세상으로 가고 싶은 '어화 넘자'이고, 자네 삶의 굽이굽이에서의 꺾기의 일종이네."

*

"어린 시절 누님이 해질 무렵 동편 하늘에 선 무지개를 보고 말했네. 저기에 지른 무지개 기둥 뿌리를 봐라, 산골 마을 앞 샘에다가 질렀다. 무지개는 세상에서 제일 깨끗하고 펑펑 잘 솟아나오는 샘물에다가 지른단다. 시방 하늘 선녀들이 물을 길어가고 있을 것이다."

율산이 말했다.

"신화가 무엇인가. 세상의 모든 사람들은 자기들이 사는 지역 산하에서 떠오른 무지개를 실로 뽑아내, 그 실로 짠 옷감으로 옷을 지어 입고 사는데, 그것이 신화 혹은 설화라는 것이네. 신화는 그 민족의 언어 속에 존재하는 것인데, 그것은 그 민족의 집단 무의식으로 만들어진 것이네. 민족의 얼을 알려면 반드시 알아야 할 것이 신화나 전설이네. 신화를 알고 그 민족의 언어를 섭렵하면 그 언어들 갈피갈피에 홀로그램 같은 신화를 보게 되네. 신화적인 분위기 속에서 그 지방의 나무나 숲이나 산이나 강이나 하늘이나 시냇가 조약돌의 내면들을 읽으면, 그것들의 장엄함과 아름다움에 신비스러움과 성스러움이 더해지네."

*

"어린 시절 누님이 말했네. 한 표독한 의붓어미가 게장을 담으려고 팔팔 끓인 겟국에 의붓딸이 손과 발을 데어 죽었는데, 그 의붓딸의 넋이 비둘기가 되었으므로 비둘기는 그렇게 '겟국 겟구욱' 하고 앓는 듯 한스럽게 운다고 했네.

비둘기라는 새는 어두운 무지갯빛 홀로그램의 깃털에, 퇴화하여 연약해진 연분홍 색깔의 가느다란 다리와 발, 위태위태하게 기우뚱거리는 걸음걸이에, 날개를 치며 날아오르는 순간 가야금의 표면을 긁어대는 것 같은 표로롱 소리가 메아리 되어 하늘로 번져가는데, 참으로 신비하네…… 산골짜기 무성한 숲길을 걷다가, 땅에 앉아 있던 비둘기가 날아오를 때 일어나는 마치 탄금彈琴하는 것 같은 소리의 메아리는 환상적으로 싱그럽고 그윽하네.

작은 체구에는 어울리지 않게 약간 쉰 듯한 바리톤으로 음산하게 우는 소리를 듣고, 자네의 아내는 두 팔을 벌려 원을 그려 보이며 말했네. '나는 어려서 이따만한 시커먼 큰 새가 그렇게 우는 줄 알았어.'"

율산은 지친 기색 없이 침방울을 튀기며 지껄거렸다.

"노자는 약수상선若水上善, 물이 최고의 선善이라 말했네. 물은 순환하기 위해 아래쪽으로 움직이는데 그것을 흐른다고 말하네. 나무 속의 수액은 뿌리가 흙에서 뽑아 만든 것으로, 우듬지의 잎사귀나 꽃을 향해 하늘 쪽으로 흐르네. 땅속에 뻗은, 인간의 머리털 같은 뿌리를 통해 삼투압으로 들어온 수분은 팽압膨壓으로 인해 줄기와 가지와 잎과 꽃을 향해 위쪽으로 흐르는 것이네. 그리고 잎사귀는 태양빛에 광합성을 하여 영양분을 만들어 나무 전체에 속속들이 순환시키는 과정에서 이산

화탄소를 들이켜고 수분과 산소를 내뿜는데, 그때 자기 몸을 보호할 피톤치드 향기를 함께 뿜어내네. 나무는 세상의 모든 자연 친화적으로 살고 싶어하는 것들, 숲 가까이 다가오거나 숲속으로 들어오는 동물과 사람들의 몸과 마음을 치유해주네.

자네 몸속의 물도 나무 속의 물처럼 흐르네. 욕조에 물을 받으면 오줌이 마려운데, 흐르는 물을 보면 자네 몸의 물도 따라 흐르고 싶어서 그렇다네. 그것을 자네는 우주적인 율동이라 인지하네.

흐르는 바람을 따라 구름도 흐르네. 해도 달도 별도 흐르네. 우주에 존재하는 모든 것들이 흐르는 것이네. 세월도 흐르고 사람도 흐르고 권력도 흐르네. 돈도 흐르기 때문에 돌고 도는 것이라고 하여 '돈'이라 부르는 것일 거라고 자네는 생각하네."

나는 정원에 핀 빨간 목단꽃 앞에서 생각했다.

'꽃에서 늪을 보고, 늪에서 찬란한 우주적인 만다라를 본다. 본다는 것은 만난다는 것으로, 그 만남은 어떤 형태로인가 오르가슴을 일으키는데, 존재하는 모든 것들은 그 쾌감을 맛보려고 서로 만나곤 하는 것이다.'

율산이 나의 그 생각을 씹었다.

"자네는 꽃에 씌어 사네. '씌어 산다'는 것은, 신들린 무당처럼 꽃의 신神에 들리는 순간, 우주적인 각성과 환희, 오르가슴을 느끼며 산다는 것이네. 꽃은, 그것이 아무리 작을지라도 모든 존재하는 자들의 눈길을 흡인하는 마력을 가진 영적 신화적인 존재라는 것이 자네의 생각이네. 사람을 만물의 영장이라고 하는 것은 그들이 꽃을 내포하고 있기 때문이네. 그 꽃은 사랑이고 화엄華嚴으로 장식되는 것이네. 그리고 화엄은 위로는 깨달음을 구하고 아래로는 중생들과 삶을 함께하는 것이네."

*

율산이 말했다.

"세상에 존재하는 모든 것들의 모양새는 각각 자기 본질을 상징법이나 은유법으로 표현하고 연주하고 있네. 한문 글자인 상象 자는 그것들의 현상 저너머의 '본질'을 말해주는 것이네.

자네가 출강하던 얼마 전의 초가을, 조선대학교의 하얀 석조 건물의 문예창작학과실 옆의 화장실 소변기 앞에 서서 배설을 하다가, 자네는 나방 한 마리를 보고 아, 하고 탄성을 질렀네. 갈색의 앙증스러운 가랑잎 같은 나방 한 마리가 시멘트 벽에 엎드려 있는데 그 날개에 새겨진 무늬가 조팝나무 꽃잎과 백일홍 꽃송이들 몇 개를 나란히 잇대어놓은 것 같았어. '저놈은 왜 저렇게 아름답고 기묘한 색깔과 무늬로 치장을 하고 있을까. 자기를 보는 자들에게 무엇을 느끼게 하려는 것인

가. 저 치장의 의미는 무엇일까.' 자네는 생각했지.

그날 학생들에게 소설을 잘 쓰는 법에 대한 강의를 하러 간 자네는 '저것은 한 개의 상징이고 은유이다' 하고 속으로 외쳤네. 손을 씻고 고개를 들었을 때, 거울 속에 벽돌색 자켓을 걸친 한 풋늙은이가 자네를 바라보고 있었네. 그래, 저 풋늙은이도 하나의 은유다. 그래, 그래, 하고 자네는 생각했네. 세상에 존재하는 모든 것은 다 각기 한 개 한 개씩의 상징이나 은유로 자기를 표현하고 있다고.

따지고 보면, 세상의 모든 시인이나 소설가들이 쓰는 한 편 한 편의 시나 소설이나 에세이 들은 우주 시원의 시공에 뿌리하고 있는 신화가 낳은 진리라는 달이나 늪의 율동을 손가락질로 은유하고 있네. 신화는 진리 그 자체는 아니지만, 그것의 배경이고 진리를 낳는 자궁이라고 한 신화학자는 말했네.

자네는 말 한마디나 얼핏 스치는 생각의 한 꼬투리에 병적일 정도로 잘 미끄러지곤 하네. 미끄러진다는 것은 깊은 사유의 수렁 속으로 물처럼 빠져들어 흐른다는 것이네.”

율산이 말했다.

“자네는 화장실 문을 밀고 복도로 나서려다가 조금 전에 본 그 나방을 다시 주시했네. 그 나방은 하필 '인간은 신의 걸작품이다'라는 금언을 새긴 직사각형의 하얀 아크릴 조각이 명패처럼 붙어 있는 곳에서 한 오 센티미터쯤 떨어진 하얀 벽면에 엎드려 있었네.

'인간은 신의 걸작품이라는 말을 자신만만하게 뱉은 사람은 신神에게 미끄러진 것'이라고 생각하며 나방을 등지고 돌아서던 자네는 생각했네. 사실은 신이야말로 인간의 걸작품일 터인데……"

*

율산이 말했다.

"겨울 세상은 박제된 듯 얼어붙어 있는 마른 풀과 나목들의 시공이 아니고, 부단히 자기 결핍을 채우려고 준비하는 계절이네."

율산은 자기 박식을 드러내려 하고 있었다. 마치 공작새 수컷이 암컷을 향해 한껏 멋을 부리려고 날개를 펼치면서 뒤쪽의 빨간 치부*를 드러내는 것처럼 시끄러운 다변의 치부를 드러내고 있었다.

"겨울은 텅 빔空과 없음無처럼 비우고 안식하고, 영霙에서부터 새로이 은밀하고 치열하게 다음의 봄을 준비하는 계절이네. 아라비아 숫자 0은 공空과 무無를 잘 표현하고 있는데, 마

---

* 공작새의 항문 속에는 생식기가 들어 있다.

치 우주적인 늪인 아기집을 닮았네.

0은 아랍인들의 머리에서 나온 것이 아니고 인도 사람들에게서 나온 것이라고 들었네. 한문 글자 十십은 우주적인 늪의 한가운데를 뜻한 것이기는 한데 가득 채움과 동시에 모두 비워버림을 나타낸다는 점에서 0과 약간 다른 의미를 지니네. 0과 十은 인도 사람들과 중국 사람들의 삶에 대한 인식의 차이를 극명하게 드러내주는 듯싶네. 여기서 내 사전 속에 들어 있는 늪은 거대한 구멍인 우주적인 자궁과 동의어이네.

화가 구스타브 쿠르베는 한 여성의 음부를 극사실적으로 그려놓고 '세상의 기원'이라고 제목을 붙였네. 구스타브의 〈세상의 기원〉이 세상에 나온 다음, 한 화가가 〈전쟁의 기원〉이라는 제목으로 성숙한 남성의 생식기를 극사실주의 화풍으로 그렸네. 그들은 세상의 모든 것을 성적으로 해석하고 있는 것이네.

참으로 묘하네. 한 성인孔子이 둥근 우주의 근본은 어짊仁이라고 말하자, 한 늙은 성인老子이 우주는 어진 것이 아니고 잔인한 것이라고 반박했네. 그 잔인함이 무위자연이라고······

수컷과 교미를 하고 나서 자기에게 정자를 준 수컷을 잡아먹는 족속으로 사마귀가 있네. 신통한 것은 수컷이 암컷에게 잡혀 죽어가면서도 사정을 한다는 것이네. 세상의 모든 것들은 성행위 도중 사정을 하게 되면 사정과 동시에 오르가슴에 이르게 되는데 그것은 일순간 기절하는 것이네. 그리고 기절

한다는 것은 한순간 죽음에 이른 것을 말하네. 그때 늪의 주인도 무지개를 타고 비상하는 환희, 오르가슴에 이르는데 그것도 한번 죽은 것과 마찬가지이네. 그것은 거듭남, 혹은 부활을 의미할 거라고 나는 생각하네.

세상의 모든 늪은 자기 주인이 자기로 하여금 아기를 가지지 못하도록 하려고 성욕을 참으라고 하거나 성행위를 방해할 때 실망하여 슬픈 눈물을 뚝뚝 떨어뜨리고, 주인으로 하여금 우울증에 빠지게 하네."

율산이 말했다.

"자네 장편소설 『아제아제 바라아제』에, 수도에 방해가 된다고 여겨지는 소중한 생식기를 끊어버린 미욱한 젊은 비구에 대한 이야기와, 손가락으로 자위를 하다가 그 속살에서 불이 나서 죽었다는 보련향 비구니의 이야기가 나오네. 보련향 비구니 이야기는 『수능엄경』에서 나온 것이네.

열정이 끓는 청춘의 몸이기 때문에, 시도 때도 없이 일어나서 주인을 괴롭히는 염치없는 남근을 잘라버렸다는 비구의 고백을 들은 한 비구니는 이렇게 말하네. '자르려면 탐욕의 뿌리를 잘라야지, 왜 애꿎게 그 죄 없는 것을 잘랐단 말인가!'

피가 끓는 철부지 여인의 늪도 그 주인을 성가시게 들볶는 수가 있네. 세상의 모든 남근은 본능적으로 자기 유전자를 퍼뜨리기 위해 성적 오르가슴을 맛보려고 투쟁하는 것이고, 세

상의 모든 늪은 아기를 잉태하여 출산하기 위해 치열하게 투
쟁하고 사랑하네. 가을을 남성의 계절이라 하고 봄을 여성의
계절이라 하는 것은 남근과 늪의 성정을 드러낸 말이네."

*

율산이 우주적인 '사업'*에 대하여 아는 체했다.

"어느 해였을까. 6월의 마지막 화요일 밤, 자네는 광주의 가
수 김원중의 달거리 콘서트 이야기에 초대 손님으로 출연했는
데, 사회자가 생명력이 무엇이냐고 물어서 자네는 딸에게서 들
은 바 있는, 네 살 난 외손자에 대한 이야기를 했네.

'제 어미가 새벽이를 놀이터에 데리고 갔는데 그놈은 한없
이 시소를 타고 미끄럼들을 타려 했습니다. 어미는 아주 오랫
동안 아들 노는 것을 구경하는 것만으로도 지쳐서 그놈을 억
지로 이끌고 집으로 왔습니다. 놀이터에서 더 놀고 싶은 그놈
은 현관 바닥에 선 채로 다시 놀이터로 나가자고 떼쓰며 울었
고, 어미는 그 울음을 그치게 할 뾰족한 수가 없어 응접실 소
파에 기대앉아 있는데, 한 이십 분쯤 울던 그놈이 문득 어미를

---

* 『주역』「계사전」에 따르면 사업은 모든 뜻있는 사람들이 성인의 가르침을 백
성들에게 시행하는 것이다.

향해 '엄마, 나 뭐 좀 마시고 싶어' 하고 말했대요. 어미가 이제 그만 울려나보다 하고 우유팩 하나를 안겨주었는데 그것을 꿀꺽꿀꺽 다 마시고 난 그놈은 새로이 더 큰 소리로 울기 시작했습니다. 그것이 생명력인 것입니다.'

생명력이란 것은 무얼 먹고 사느냐고 물어서 자네가 이렇게 말했네.

'서울살이를 하던 어느 여름철 곡두새벽에 산골짜기 약수터엘 가는데 산중턱에서 한 소리꾼이 소리 연습을 하고 있었습니다. 〈적벽가〉 새타령 중의 '도탄으으 싸인 군사……' 이 대목, 한껏 천구성으로 끌어올려 꺾어 굴리는 이 부분을 열 번쯤 거듭 불렀는데, 그때마다 천구성이 제대로 나오지 않고 뻑뻑거리는, 깨지거나 찢어진 소리만 나왔습니다. 그때 그 소리꾼이 내는 그 뻑뻑거리는 소리가 절망을 느끼게 할 터인데, 성취를 위한 생명력은 그러한 실패와 절망을 먹고 삽니다.'

사회자가 '사랑'이란 무엇이냐고 물었고 자네가 답했네.

'뙤약볕이 작열하는 한여름, 오랜 가뭄이 들었을 때입니다. 들판 한가운데 있는 한 젊은 홀어미의 벼가 심겨진 무논에 한 홀아비가 열심히 물을 대면서 거름을 뿌리고 김을 매고 있었는데, 그 홀아비의 얼굴은 더위로 인해 사과처럼 볼이 상기되어 있었습니다. 주인인 홀어미는 자기네의 잘 자라는 벼를 보며 흐뭇해하며 봄부터 가을까지 부지런히 논을 돌보아왔습니다. 그런데 그해 가을, 그 논에서 홀아비가 벼를 모두 추수해 가는데도 불구하고 홀어미는 감격하여 눈물을 쫄쫄 흘리고 있었습니다. 아무 보상도 받으려 하지 않고 그냥 주면서 감읍하는 그 미친놈 미친년이 하는 짓이 사랑입니다. 사랑은 자유 시장경제의 거래가 아니고, 선물 경제의 무조건 퍼주기입니다.'

김원중이 물었다. 소설이 무엇이냐고.

'소설가라는 사람들은 우주로 뻗은 식물의 뿌리 같은 머리 칼로 빨아들인, 그 미친놈 미친년들의 하는 짓이나 삶의 정서 따위를 서로 얽어 진짜로 큰 거짓말 이야기 덩어리를 만들어 내놓는데 그것이 소설입니다. 그런데 그것은 반드시 시詩를 향해 날아가지 않으면 안 됩니다.'

사회자가 그 시란 무엇이냐고 물었고, 자네가 말했네.

'시는 음악을 향해 날아가고 음악은 무용을 향해 날아가는 것입니다.'

그럼 음악과 무용이란 무엇이냐고 그가 물었고 자네가 말했네.

'모든 좋은 시와 음악과 무용은 우리들을 싣고 우주의 율동을 따라 태극의 끝을 향해 날아가는 것인데, 그것은 몸과 마음에 어린 하늘의 뜻天氣을 누설하는 일입니다. 그것을 기하학적으로 그린다면 황금비율이나 만다라일 터인데, 그것은 태풍의 눈처럼 휘돕니다.'

사회자가 음악회에 온 손님들에게 덕담 한마디 해달라고 해서 자네가 말했네. '여러분, 우주의 율동을 따라 날아가는 소설과 시와 음악과 무용처럼 사십시오. 예술가들의 행위는 자유 시장경제의 거래가 아니고, 그냥 자기의 모든 것을 아낌없이 무조건적으로 퍼주는 선물 경제의 구원 행위입니다.' 말을 마치고 자네는 관중들을 향해 합장하면서 속으로 '옴 마니 반메 훔' 하고 중얼거렸네."

*

나에게는 자주 손을 씻는 습관이 있는데, 율산이 그것에 대하여 참견을 했다.

"인간은 동물의 앞발에 해당하는 다섯 개의 손가락을 가진 손의 활용에 따라서 천사와 악마로 갈리어지네. 한 옛날에 어느 닭대가리인 의붓어머니가 다른 사람들이 보는 곳에서는 의붓자식의 쑥대머리를 손바닥 안쪽으로 쓰다듬거나 다독거리다가도, 사람들이 보지 않는 곳에서는 옷 위로 팔이나 허벅다리 살을 꼬집어 뜯기도 했네.

싸움 쟁爭이라는 한문 글자는 공격적인 손톱들을 형상화했네. 손가락의 안쪽은 부드럽게 쓰다듬는 애무와 평화의 도구가 되는데, 손톱을 앞세우면 그것은 맹수의 발톱처럼 할퀴고 꼬집어 뜯는 공격의 무기가 되네. 손가락들을 모두 안으로 단단히 오므리면 주먹이 되고, 더 큰 폭력을 위해 사용하는 원초적인 무기가 되지. 인터넷 세상에 생겨나는 모든 댓글들에는 달팽이의 뿔 같은 빈정거림과 날카롭게 벼린 손톱으로 할퀴거나 주먹으로 치는 폭력들이 들어 있네.

그렇지만 어떤 난제를 해결할 때면 '손을 쓴다' 하고 말하는데 그것은 해결을 의미하고, 그 난제에서 벗어났을 때 '손 씻었다'고 말하면 완결이나 종료를 의미하네.

절에 가면 천 개의 손과 천 개의 눈을 가졌다는 '천수천안관세음보살'이 계시네. 손은 아픔을 치유하는 약손이고, 난제를 해결하는 손이자 화해를 도모하는 악수와 마음을 모으는 합장合掌의 손이지. 그 평화를 위한 치유와 화해의 손은 스스로 눈높이를 낮추고 접근해야 사용할 수 있게 되는 것이네.

'네 손은 부처님 손인데 왜 다리는 나귀 다리이냐'라는 화두가 있다네. 여기서 손은 자비의 손이고 안식과 평화의 역할을 하는데 나귀 다리는 마귀의 얼굴이네. 음험한 사람들이 상대를 홀리기 위해 내놓는 화려한 말들 속에 감추고 있는 음모가 드러났을 때 마각이 드러났다고 하지 않는가. 가령 인간이 먹고 살아야 하는 밥이란 것도 두 얼굴을 가지고 있는데, 성스러운 부처님의 손일 수가 있고 어둠 속 나귀의 다리일 수도 있네.

지구상의 어떤 사람들은 왼손을 저주받은 손이라 하고 오른손을 신의 사랑을 실천하는 손이라 하네. 음식을 먹거나 소중한 것을 다룰 때는 오른손을 사용하고, 화장실에서 오물을 다룰 때는 반드시 왼손을 사용하지. 그런데 남녀 간에 사랑을 할 때는 천사의 손과 저주의 손을 동시에 사용하네. 또한 손짓手話으로써 청각장애인과 의사소통하는 사람들은 경이롭네. 시끄러운 한 세계를 전혀 다른 고요의 세계로 옮기는 수화는 얼마나 아름답고 찬란한, 탁 트인 개활지에 뜬 무지갯빛의 세계인가.

세상의 모든 존재는 각기 독특한 말을 가지고 그 말로써 타자와 소통하는데, 거기에는 번역이 필요하네. 이때 우리는 상대방인 타자의 말과 사상을 내 식으로 번역하여 듣네. 시인과 소설가가 작품을 쓰는 것은, 꽃이 피고 지고 달이 뜨고 지고 해가 뜨고 지고 바람이 불고 비 오고 눈 내리고 파도치는 우주의 여러 현상과 사회 현실을 자기 언어로 번역하는 작업이자 본질을 표현해주는 것이네.

아버지가 아들에게 아버지의 언어로 말을 하면 아들은 자기의 눈높이와 귀의 높이에 따라 자기의 말로 번역하여 알아채네. 많이 가진 사장이 적게 가진 사원에게 말을 할 때 사원은 사원의 말로 사장의 말을 번역하여 듣네.

원시 경전들을 읽어보면, 중생들과 소통하는 보살은 한사코 쉬운 말과 비유를 동원하여 말했네."

*

눈에 대하여 율산이 말했다.

"우주 상담사가 갖추어야 할 가장 절실한 덕목은 높은 눈높이를 가지고 있으면서도 그것을 최대한으로 낮추어 직관한, 즉 '낮은 데로 임한' 것을 한사코, 원시 경전처럼 쉬운 이야기를 통해 가르쳐주는 자비로움이네. 우주적인 소통을 통해 해결하는 것을 도와주는 것은 겸손이고 진정성이니까. 눈높이를 낮추어 접근해야 자기보다 못 가지고 못 배운 자들, 손에 쥐여주듯 말해도 못 알아채는 중생에게 다가갈 수 있고 그들과 화해하고 화합할 수 있네.

천수천안관세음보살이 가진 천 개의 눈과 천 개의 손은 중생들 각계각층의 시각과 낮은 마음으로 중생들에게 다가가 아픔과 괴로움을 치유하고 위무하여 아름답고 깨끗한 세상으로 제도하는 방법이고 수완이네. 그러한 것들이 화엄 세상을 만드는 것이네.

개가 사람을 보고 짖는 근본적인 이유는 사람보다 눈높이가 낮은 까닭이고, 열등감을 가졌기 때문이네. 개와 소통하려면 자기의 눈높이를 개의 눈높이에 맞추어야 하네. 마주 대하는 사람과 친해지려면 그 사람의 눈높이에 맞추어 그의 좋은 점만 생각해야 하네. 메기처럼 큰 입을 가졌고 주근깨가 많고 입술이 얇거나 두꺼울지라도, 그의 쌍꺼풀이 진 눈과 반짝거리는 눈동자를 예쁘게 보고 곱고 아름답다고 칭찬해주어야 하네. 그 사람의 눈높이, 생각의 높이와 범위에 맞추어 인사를 건네고 그 사람의 입장과 처지에서 생각하며, 인사를 건넬 때는 머리를 낮게 숙여주어야 하네. 그 사람이 말을 할 때는 그 사람의 눈을 보고 듣고 고개를 끄덕거려주어야 하네. 그 사람의 출신 성분을 캐려 하지 말고, 그 사람의 단점이 보일지라도 따지고 가리려 하지 말고, 그의 건강성과 입성을 칭찬해주고 불행한 일, 가령 태풍으로 입은 손실이나 가족이 당한 교통사고, 상대방의 아픈 허리와 당뇨나 혈압 따위를 걱정하고 위로해주어야 하네.

시나 소설을 공부하는 자에게 그것을 가르쳐주는 사람은 그가 쓴 글의 장점만 칭찬해주어야 하네. 장점을 칭찬해주면 단점은 스스로 터득하여 교정해가는 것이니까."

*

율산이 말했다.

"9월 하순쯤에, 황홀하게 사정射精하듯이 허공에 새빨간 폭죽을 터뜨리듯 피는 그 주황색 만다라 모양새의 꽃무릇꽃을 상사화相思花라고 부르고 싶어하는 사람들이 있네. 그 꽃무릇 꽃의 들숨과 잎의 날숨은 독특하네. 추운 겨울철에는 오동통하게 살찐 흰 줄무늬의 잎사귀를 펼친 채 싱싱하게 살다가 봄 여름에는 점차 시들어지고 마늘을 캘 한여름 무렵에는 흔적도 없이 사라지는데, 땅속에서 알뿌리로 여름잠을 자다가 9월 중순부터 꽃대를 밀어올리고 하순에는 한밤의 빨간 폭죽 불꽃놀이처럼 꽃을 사정하듯 터뜨리네.

사람들은 잎사귀가 세상에 존재해 있을 때는 꽃이 피지 않고 그게 없을 때만 꽃을 펴 보인다 해서, '잎은 꽃을 그리워하고 꽃은 잎을 그리워한다'고 생각하여 상사화로 부르고 싶어하는 것이네. 그런데 상사화라는 이름으로 불리는 꽃은 따로 있네.

꽃무릇이란 풀은 독초로 알려져 있고, 쥐들이 싫어하므로 선인들은 향교나 사당 가장자리에 심었네. 그 꽃의 뿌리에서 즙을 짜 기둥에 바르면 벌레가 먹지 않는다고 들었네.

그 꽃무릇꽃을 보면 생각나는 여인이 있네. 이십대 청년 시절, 고향 마을에 얼굴도 예쁘고 성질이 화끈한 여인이 있었는데 강강술래 선소리도 잘하고 장구도 잘 치고 허리는 늘씬했네. 일찍이 남편을 잃고 친정에 와서 머물렀던 그 여자에게는 어찌된 일인지 재가再嫁 자리가 나지 않았고, 갑자기 어느 날 서울로 가버렸네. 한참 뒤 누군가가, 그 여자가 색을 너무 밝

혀 남편이 견디지 못하고 먼저 하늘나라로 떠나갔다더라고 말
했네."

실상사의 석등을 복제하여 내 토굴 앞에 세운 것을
자명등自明燈이라 부른다
스스로 자기 몸을 밝히는 등불

밤새도록 나의 머리를 어지럽힌
독수리가 쪼아 먹고 또 쪼아 먹어도 계속 길어나는
프로메테우스의 간처럼
한도 끝도 없이 찐득찐득 솟구치는 그 번뇌의 너울을
꼭두새벽 한순간에 살라 먹고
황금빛 아침노을로 토해 내고
차가운 내 가슴에 따끈하게 불을 지피곤 하는
등불

—「자명등自明燈」(『꽃에 씌어 산다』)

율산이 말했다.
"새벽 미명에 동편 하늘에 펼쳐지는 노을은 깨달음의 환희
이네. 수행하던 석가모니 부처님이 각성하는 순간이 아마 저
런 색깔이었을 터이네.

꼭두새벽에 구름 사이에 놀놀한 기운이 도는 것을 먼동이 튼다고 하지. 약간 검은 회색빛이던 바다는 하늘의 놀놀한 기운을 재바르게 흉내내네. 동편 하늘은 얼마쯤 뒤 진한 황금색으로 바뀌면서 하늘 전체와 바다로 퍼지다가 천천히 붉은색으로 바뀌네. 해가 둥실 떠오른 다음 붉은빛은 오래지 않아 묽어지는데, 바다는 그와 동시에 그 하늘빛을 흉내내네. 바다의 색은 주황색으로 바뀌었다가 시시각각으로 점차 묽어지고 이어 원래의 푸른빛과 쪽색으로 변하는데, 그것은 마치 총천연색 영화의 화면이 점진적으로 변화하는 장면 전환의 수법으로 순간순간 천천히 바뀌네. 그것은 빛과 어둠이 직조해내는 우주 쇼이지. 거기에는 구름과 미세먼지어린 수분이 빛을 받아 굴절되는 프리즘 현상이 가미되는 것이네.

우주는 노을을 통해 태풍이나 폭우, 그리고 가뭄을 예고하네. 기상청 예보가 없던 때에는 경륜이 많은 노인들이 동산에 올라가 아침노을을 관찰하고 기상을 예보하거나 풍년과 흉년을 점치기도 했네. 그 현상은 매일 거듭되는데, 늦게까지 잠에 취해 있는 자는 해뜨기 전에 진행되는 화려한 우주 쇼를 보지 못하고, 깨어 있는 자만 볼 수 있네.

그 찬란한 우주 쇼를 가슴으로 뜨겁게 접하고 집으로 돌아가던 나는 이웃집 사과나무에서 볼그족족하게 익어가는 사과를 보았네. 그 사과를 따먹는 자는, 과육은 우적우적 씹어 먹고 씨는 어디론가 멀리 버리겠지. 사람들은 시인이자 소설가인 '나'의 과육을 얼마나 달게 먹고 씨를 버릴까, 혹시 시디시다고 얼굴을 찡그리며 먹다가 멀리 던져버릴까."

환원의 시간 기행

망구인 나는 가끔 느긋하게 천원짜리 한 장을 내고 버스를 이용하는 미니 여행을 한다. 따지고 보면 그것은 남은 삶을 즐기기이거나 감쪽같이 외계 세상으로 사라질 준비이거나 적막강산 속에서 외롭게 소외되어 늙어가는 한 노인의 음습하게 곰팡이가 끼려 하는 정체된 삶과 죽음에 대한 찬바람 같은 방어기제일지 모른다.

나는 그것을 환원還元의 시간 기행이라고 부르고 싶다.

문득 생각이 동하면 택시를 타고 목적지로 달려가서 대기시켜놓고, 고향의 텅 빈 집에 들어가서 어정거리다가 뒤란 옹달샘에서 물 한 바가지 떠서 한 모금 마시고, 아버지와 어머니 무덤 앞에 앉아 있고, 고향 바다를 바라보며 앉아 있고…… 내친김에 막걸리 한 병 사들고, 회진 진목리 갯나들 언덕에 있는 이청준의 무덤에 가서 한 잔 따라주고 나도 목을 축이고 돌아오곤 했는데, 이번에는 그 이동수단을 버스로 바꾼 것이다. 버스 정류소까지 걸어가는 것이나 버스 운행 시간에 맞추는 것은 힘들었지만, 일부러 힘든 짓을 해보는 그것은 이승과 저승을 섞어 사는 망구 노인의 한 가지 일탈일 터이다.

한 후배 시인이 조언했다.

바람 하루가

지옥 가는 길을

사흘이나 뒤로 밀쳐준다고.

나는 나를 객관화시키고, 정체된 시공에서 훌쩍 떠나보고 싶었다. 몇시에 집으로 돌아온다는 기약도 없이 종일 훨훨 떠돌아다니다가 돌아오고 싶었다. 늘그막에 정체된 적막의 시공에서 만나곤 하는 하늘과 땅과 바다와 돌아가는 야만의 세상이 그렇게 떠돌아다니고 싶게 나를 내몰고 있는지도 모른다.

아침밥을 먹자마자 "나 좀 돌아다니다가 올게" 하고 늙은 아내에게 보고하듯 말하고, 마실 물병과 두유 한 곽, 몇 푼의 지폐와 신용카드가 들어 있는 지갑만을 한쪽 어깨에 걸쳐 짊어지는 자루에 넣었다. 아내는 '이 영감 아마 또 고질병인 개멋이 동했는가보다' 하고 생각할 터이다. 오래전 작고하신 아버지께서 나의 유치하게 보이는 낭만적인 행위를 '개멋'이라고 명명하신 바 있다.

마을 앞 정류장에서 버스를 기다리다가, 화장을 진하게 한
여인이 지나가는 듯싶어 두리번거렸다. 정류장 양옆 길 가장
자리에 수북하게 자생한 진보라색의 갓 줄기가 피워 올린 샛
노란 꽃송이들이 나를 유혹하고 있었다. 그 꽃에는 꿀벌들 네
댓 마리가 샛노란 꽃가루를 뒤집어쓴 채 꿀 빠는 작업을 하고
있었다. 그 꽃향기로 인해 출렁거리는 시퍼런 바다가 연상되
었다.

술에 취하면 물 찬 제비같이 날렵한 몸으로 시를 쓰는 한 시
인에게서 그런 향기가 났다. 그 시인은 내가 나의 소설 속에
서 여자를 삼인칭으로 지칭할 때 '그녀'를 쓰지 못하게 하고
'그'를 사용해달라고 압박했다. 그 시인이 즉흥적으로 읊는 시
는 아주 쉬웠다. "야, 나, 저 바다에 풍덩 빠져 죽어버리고 싶
다." 말하자면 광기어린 것이었다. "야, 너, 나하고 얼싸안고
빠져 죽어버리자. 너하고 함께라면 당장에 빠져 죽어도 절대
로 억울하지 않겠다." 반드시 나를 상대로만 그러한 시를 쓰
고 싶어하는 것이 아닐 터였다. 그렇지만 내가 알기로 그는 헤
프거나 푸지게 몸을 함부로 던지거나 굴리지 않았다.

곧잘 흔들리는 듯싶으면서도 꿋꿋하던 그 시인은 어디서
어떻게 늙어가고 있을까. 가끔 주고받던 전화가 끊어진 지 오

래다.

버스가 왔다. 소년들의 녹색 캡을 쓴 운전사는 룸미러를 통해, 발밤발밤 걷는 내가 자리에 앉는 것을 확인하고서야 차를 몰기 시작했다.

버스는 바야흐로 흰 꽃을 뿜어낸 배나무 한 그루가 있는 우리 마을 모퉁이의 집 앞을 지나갔고, 내 머리에는

이화에 월백하고 은한이 삼경일 제

일지춘심을 자규야 알랴만은

다정도 병인 양하여 잠 못 이뤄 하노라.

옛 시조 한 편이 떠올랐고, 봄이 한창 잘 빚은 술처럼 괴고 있는 들판이 창밖으로 스쳐갔다.

입과 목구멍이 마른 듯싶고 허전해졌다. 그것은 몸의 결핍 현상이었다. 가방에서 물병을 꺼내 입에 털어넣은 물을 오랫동안 머금고 있다가 목구멍으로 넘긴다. 여느 때 수시로 새처럼 물을 한 모금씩 홀짝거린다. 결핍 충족의 쾌감이 아직 살아 있음을 증명해준다.

버스는 저수지를 지나고 있다. 수면에는 지난해의 말라비틀어진 검은 줄기들 사이사이에 새 연잎들이 갈색을 머금은 담홍색으로 솟아오르고 있다. 부활이다. 나는 무성해진 연잎과 꽃대가 피워 올릴 연분홍의 연꽃을 생각한다. 그때는 연꽃을 구

경하러 와야 한다. 꽃 중에는 연꽃이 가장 아름답고 곱고 향기로울 거라고 나는 생각한다. 죽어서 연꽃으로 환원還元하여 해마다 피어나곤 했으면 좋겠다. 연꽃으로 영원을 살고 싶다. 아마 이러한 생각도 망종亡種을 눈앞에 둔 노인의 탐욕 중의 하나일 터이다.

교동 마을 정류장에 버스가 정차했는데, 곤줄박이 새같이 차려입은 한 노파가, 허리는 굽은데다 무릎 관절까지 망가진 듯 마름모꼴로 꼬부라진 다리로 걷다가 네발짐승처럼 힘겹게 기어오른다. 염색을 한 듯 머리칼이 새까맣다. 한 손으로는 붉은색의 천으로 둘러싼 카트를 끌고 다른 손으로는 의자 모서리를 잡는데 그 손이 부들부들 떨린다. 운전사는 룸미러를 통해 노파가 의자에 앉는 것을 확인하고 나서 차를 몰기 시작한다. 무엇이 저 운신 불편한 노인을 노예처럼 부리고 있을까.

면사무소가 있는 마을 정류장에서 노파들 셋이 올라탔다. 이 지역에서의 인구 소멸을 생각한다. 노인들 중에는 홀아비보다는 홀어미들이 절대 다수이다. 안양면에는 초등학교가 넷이 있었는데, 셋이 문을 닫고 면소 옆에 있는 초등학교 하나로 통합했지만, 그나마 총 학생 수가 열 손가락으로 헤아릴 정도라 한다.

찻길 가장자리에 진달래색, 주황색 철쭉꽃들이 다투어 피고 있다. 오른쪽에 한껏 위엄을 과시하고 앉아 있는 수컷 사자처럼 생긴 산이 다가오고, 왼쪽에는 산꼭대기에 부처님이 가부좌를 틀고 있는 듯싶은 바위가 솟아 있는 억불億佛산이 달려온다.

나는 부처님 바위를 주시한다. 억불산은 장흥의 주산이다. 장흥에서 강진으로 가거나 강진에서 장흥으로 오는 찻길에서 보면, 보는 각도에 따라서 산정에 설치한 거대한 대포나 남근 바위로 보이기도 하고, 스님이 참선을 하는 모습처럼 보이기도 한다. 어떤 사람들은 그 바위를 미륵 부처님으로 생각했다.

그 바위가 민간에서는 며느리바위라고 불리어온다. 한 부잣집 며느리가 바위로 변했다는 전설이 흘러온다. 그 전설은 장흥 시내를 관통해 흐르는 탐진강의 방림소沼와 연관되어 있다. 그 강의 이름인 탐진耽津은 인간이 버려야 할 탐진치貪瞋癡의 탐진으로 읽히기도 한다. 방림소는 명주 실꾸리 하나를 다 풀어 넣어야 땅이 잡힌다는 말이 전해오고 있었다.

시퍼런 방림소가 생기기 전의 그곳은 방씨와 임씨들만 사는 부자 마을이었다고 전해진다. 십 년 넘게 가뭄이 들어 가난한 사람들이 굶어죽어가는데, 방림마을에는 고기 굽는 냄새, 밥 짓는 냄새가 진동했다. 부자들은 대문을 걸어 잠그고 자기들만의 풍족한 삶을 즐겼다. 말세였다.

그 무렵 정체를 알 수 없는 한 늙은 스님이 굶주리는 사람들의 구휼을 위해 나섰다. 스님이 부잣집의 대문들을 두들기고 적선하기를 청했지만, 대부분 부자들이 대문을 열어주지 않았는데, 오직 한 부잣집에서만 대문을 열어주었다. 앳되고 고운 자태의 며느리가 곡식을 듬뿍 퍼다주면서 합장을 했다. 시주를 받고 난 스님은 며느리에게 무서운 예언을 했다.

"잠시 후 천지개벽할 큰비가 내리고 이 마을 집들이 모두 떠내려갈 터이니, 얼른 저 앞산 꼭대기로 달아나십시오. 산으로 피해 올라갈 때는 무슨 일이 있어도 뒤를 돌아보지 마십시오."

말을 마친 스님이 사라지자마자 하늘에 검은 구름장들이 몰려들고, 번개가 치더니 뇌성벽력이 지축을 흔들면서 억수로 비가 쏟아졌고 탐진강 물이 범람하기 시작했다. 며느리는 스님의 말을 따라 앞산으로 피신했다.

장흥 시내 한들이 질펀한 황토색 바다로 변했고 방림 마을의 기와집들이 하나둘씩 물에 떠내려갔다. 떠내려가는 사람들이 살려달라고 아우성을 쳤다. 며느리가 산꼭대기 근처에 이르렀을 때 시아버지와 시어머니, 남편이 물에 휩쓸려가며 살려달라고 아우성치는 소리가 들려왔다. 며느리는 가족들과 함께 살아야지, 아니 세상 모든 사람들과 함께 살아야지, 나 혼자 살면 무얼 하느냐는 생각이 들었다. 멈추어 서서 뒤를 돌아보는 순간 번개와 뇌성벽력이 며느리의 몸에 떨어졌고, 산정 인근에 서 있던 며느리는 거대한 바위가 되어버렸다.

며느리(억불) 바위에는 '세상을 구하려는 의지救世'가 담겨 있다. 옥편을 열어보면, 억億이라는 한문 글자는 숫자로서의 '억'을 뜻하지만 '인민人民'이라는 뜻도 가지고 있다. '억불'은 '인민 부처님'과 다음 세상을 열어줄 억불, 즉 미래불未來佛인 미륵 부처님을 뜻하는 것이다.

이 땅에는 멀지 않은 장래에 미륵 부처님이 나타나 세상을 변혁시킬 것이라는 미륵사상이 흘러오고 있었다. 이 땅의 민중들은 그러한 사상을 가지고 혁명을 일으켰는데, 그것이 동학혁명이다. 장흥에는 1894년 동학군들이 벌떼처럼 일어났다. 장흥성 관아와 강진성과 병영의 전라감영까지를 접수하고 나주로 진격하여 관군에게 잡혀 있는 전봉준 장군을 구하여 재기하려 했는데, 일본군들의 기관총 소사에 모두 죽거나 인근의 섬으로 달아났다. 그때 장흥성 남문 앞의 석대 들판에는 동학군의 시체들이 짚뭇처럼 하얗게 널려 있었다고 전한다.

버스는 종착점인 읍내 터미널로 들어섰고, 나는 노파들을 뒤따라 내렸다. 대합실 안에는 버스를 기다리는 노인들 여남은 명이 앉아 있다.

나는 바람벽에 붙어 있는 시간표를 쳐다본다. 강진 가는 차표를 샀다. 강진행 버스는 억불산과 탐진강을 왼쪽에 끼고 왕복 이차선 도로를 달린다. 마을 앞에 정류장이 있어도 기다리

는 사람이 없으면 그냥 지나친다. 강진읍 버스 터미널로 들어
선다. 광주행 직행버스와 완도행 직행버스들이 모여 있다. 마
량포구로 가는 시내버스 시간을 확인한다. 삼십 분을 기다려
야 하므로 잠시 거리로 나선다.

고등학교를 졸업하고 농사짓고 김 양식하며 살던 스무 살
풋내기 문학청년 시절의 늦은 봄에, 점퍼에 핫바지 차림으로
왔던 기억이 어렴풋하다. "가련다 떠나련다. 어린 아들 손을
잡고……"* 그때 전파사에서 흘러나오던 노래를 생각한다.

거리에는 고층건물들이 줄지어 서 있다. 십 년이면 강산도
변한다는데 육십몇 년 전의 일이니, 그사이에 이 거리가 몇 차
례나 변했겠는가. 그때, 강진에 천재 청년 시인이 혜성처럼 나
타났다고 세상을 떠들썩하게 했는데, 나는 강진읍에 사는 그
시인을 찾아왔던 것이다. 그가 운영하던 독서서림, '사방 벽에
시집만 진열해놓고 팔지는 않고, 몇 푼의 돈을 받고 빌려주기
만 하는 책방'이 여기 어디쯤에 있었는데, 하고 어림해본다.
그와 마주앉아 막걸리를 들이켜던 일이 떠오른다.

그 시인은 지금 어니에 살고 있을까. 먼 세상으로 떠나갔을
까. 시집을 며칠간 빌려주고 받는 돈으로는 목에 풀칠을 할 수
조차 없고, 시를 써도 팔리지 않고 취직도 못하여 그의 시에

---

* 김성환, 〈유정천리〉(1959).

반해서 만나게 된 한 여자와 강진을 떠났다고 들었다. 강원도 어느 고원에서 배추 재배를 하여 먹고산다더라는 소문을 들은 뒤로는 감감무소식이었다.

그 생각을 접고 마량포구까지 가는 버스에 올랐다. 버스에 탄 사람은 열 명이 다 못 되었다. 모두가 노파들이었다. 운전사와 나만 남자였다. 탐진강 하구에 놓인 다리를 건넌 버스는 잿빛의 갯벌이 질펀하게 드러난 강진만을 오른쪽에 끼고 달렸다. 강진만 건너에 다산초당과 백련사가 있음을 안다. 가우도가 지나갔다. 다산 정약용 선생이 유배 시절 배를 저어 가보곤 했다는 가우도는 유원지로 변해 있다. 그 섬으로 건너가는 다리가 놓여 있다. 강진 지자체는 관광객들을 불러들이기 위해 가우도 안에 많은 놀이시설을 해놓았다고 들었다.

대구 마을 정류장에 멈춘 버스는 노파 둘을 내려주었다. 그들은 각각 시장 보따리가 실린 카트와 유모차를 하나씩 끌고 있었고, 그것을 천천히 운반하는 노파들의 거동 때문에 버스는 오랫동안 지체했다.

주차장 너머로 삼층 높이의 거대한 고려청자 박물관이 보인다. 박물관 건물 옆에 여러 개의 부속 건물들이 있었다. 널찍한 주차장에 승용차 다섯 대와 봉고차 한 대가 서 있었다. 해마다 고려청자 축제가 열리고, 토요일이면 청자 경매 행사도 열리곤 한다고 들었다.

오십 년 전의 어느 여름날, 나는 이 고려청자 박물관 마을에 와서 하룻밤을 지새운 적이 있다. 그때는 박물관 건물이 들어서기 이전이었고, 옛날 가마터만 발굴하여 보존하고 있을 뿐인 대구 마을은 그냥 보통의 소박한 농촌 마을이었다.

한 농부가 마을 인근의 밭에 농사를 짓는데, 밭을 갈 때마다 청자 파편들이 무수히 나오곤 했다. 그 소문을 들은 광주의 한 청년이 달려왔다. 고현이라는 그 청년은 고려청자를 재현하려는 꿈에 취해 있었고 고려청자 파편들을 찾아 전국 방방곡곡을 뒤지고 다녔다. 당시 임명직이었던 강진 군수는 이곳이 고려청자 가마터라는 그의 말에 마음이 움직였고, 청자 박물관을 지은 것이었다.

나는 청자에 미친 도공의 광기어린 삶과 예술을 소재로 소설을 쓰고 싶었고, 고현의 광주 가마를 찾아가 가마에 불을 지필 때는 그와 함께 막걸리를 마시며 밤을 새우곤 했었다. 그러면서 불에 대하여 천착하기 시작했고, 프랑스 평론가 바슐라르의 『불의 정신분석』과 『물과 꿈』을 읽은 뒤* 인간의 원형적인 삶을 파고들었고, 장편 연작소설 『불의 딸』을 썼다.

---

* 바슐라르가 4행(물, 불, 공기, 흙)이라는 우주 원소를 기준으로 모든 예술을 분석한 것은 나에게 하나의 큰 개안이 되었다.

버스가 출발했다. 오른쪽에 연안 바다가 펼쳐졌다. 이곳은 태토가 좋고, 가마에 불을 지필 화목(참나무 숲)도 많고, 도자기를 서울 쪽으로 실어낼 바닷길도 좋아서 청자를 생산하는 마을이 형성되었을 터이다.

도자기는 환원還元의 원리로 만들어진다. 불가마窯를 이용해 청자를 천삼백 도쯤의 고열로, 산소 유입을 차단한 채 구워내는 방법을 환원염還元焰이라 한다.

수억 년 전 불덩이였던 지구는 용암이 굳어져 암석이 되었고, 그 암석은 시간이 흐름에 따라 풍화로 인해 지금의 지표면이 되었다. 그 지표면의 흙胎土을 이겨 그릇이나 항아리, 화병과 술병을 만들고 거기에 유약을 발라 불가마에 넣어 굽는데, 그 과정에서 산소가 들어가지 않게 구우면 태토와 유약이 원래의 암석 모양으로 환원되는 것이다. 청자 만들기는 환원염을 통해 흙의 원형原形을 재현하는 것이다. 이때 나타나는 것이 비취翡翠빛 청자이다.

환원은 천주교에서 쓰는 숭엄한 말이기도 하다. 사람이 죽어 천국(원형)으로 되돌아가는 것을 말한다. 나는 천주교의 환원과 도자기를 환원염으로 굽는 방법이 가진 의미망 속으로 미끄러진다. 오른쪽 창밖에는 바다가 질펀하게 펼쳐져 있다. 김수환 추기경이 환원했을 때 한 신문에 추모의 글을 쓴 적이 있다.

사람은 누구든지 죽는다. 나도 죽는다. 모든 존재는 환원되는 것이다. 어떤 사람은 환원염으로 구워져 아름다운 달 항아리로 태어나고 싶어하기도 한다고 들었다. 천강을 비추는, 백자 항아리 같은 달이 되고 싶어할 수도 있다.

버스는 바다를 오른쪽에 끼고 산모퉁이를 돌아서 작은 협곡으로 들어섰다가 탁 트인 개활지 같은 들판을 건너 마량포구에 진입했다.

세상은 참으로 놀랍게 변한다. 상전벽해라는 말이 실감난다. 대한민국 국토부는 영토권 안의 섬 구십 퍼센트를 보유하고 있는 남해안 일대(완도의 섬과 신안)의 거점이 될 만한 섬들을 모두 그물처럼 네트워크로 이어놓으려고 하고 있다. 시퍼렇게 출렁거리는 바다 건너 고금도로 이어진 다리는 약산도를 거쳐 완도와 신지도까지 이어져 있다고 했지만, 나는 거기까지 가는 것을 다음 기회로 미루고, 마량포구 정류장에서 내렸다. 시를 실천하곤 하던 그 시인 때문이다.

마량포구 앞을 수런거리며 흐르는 해류는 짙푸르다. 포구 앞에는 까막섬 둘이 나란히 군함처럼 떠 있다.

마량포구 앞을 굽이쳐 흐르는 짙푸른 물너울 앞에서, 젊은 시절에 만난, 샛노란 봄꽃처럼 향기를 뿜는 물 찬 제비 같은 그 시인을 생각했다. 그는 시를 사는, 실천하는 '몸 시인'이었다. 감성적인 시처럼 화사하고 화끈하고 시원시원하게 사는 모습이 나를 늘 어지럽게 했다. 술을 마시고 취하면 시퍼런 바다에 빠져 죽고 싶어진다던 주정.

그때 우리는 광주에서부터 택시를 타고 마량포구로 술을 마시러 왔었다. 술에 취하자 그는 엘리엇의 시「황무지」와「J. 알프레드 프루프록의 연가」앞부분, '우리 이제 갑시다. 황혼이 에테르로 마취된 환자처럼 타오르면 우리 갑시다'를 줄줄 외고, 소월의「진달래꽃」과 김현승의「가을에는 기도하게 하소서」를 외고, 폴 발레리의 '바람이 분다 살려고 애써야 한다'를 외고, 저녁노을처럼 타오르는 새빨간 빛깔로 우주를 장식하는 시를 쓰고 싶다는 말들을 토하다가, 문득 마량 앞바다에 나를 끌어안고 풍덩 빠져 죽어버리고 싶다고 하기도 했다. 그게 그의 시였다.

택시를 불러 타고 광주로 가면서 그 시인은 몸을 이리저리 비비 꼬기도 하고, 나를 만지기도 하고 끌어안기도 하면서, 몸으로 시를 썼다. 그 시인의 바다는 시퍼렇게 출렁거렸고, 그날 밤 우리는 그 시인의 시 바다에 빠져버리지 않을 수 없었다.

나는 발밤발밤 가막섬이 오롯이 보이는 곳으로 걸어갔다. 썰물이 지면 짓무른 갯벌을 밟고 건너갈 수 있는 섬이지만, 밀물이 범람하듯 밀려들면 건너갈 수 없었다.

운좋게 한 어부의 배를 이용해 그 섬으로 건너갔다. 섬에는
군락을 지은 후박나무들이 울창해 있었다. 가막섬은 '까막섬'
이라고도 불리는데, 옛날 이 근동 사람들은 이 섬을 신성시했
다. '감' '곰' '금' '깜'은 모두 신神을 뜻하는 말이다. 가령 '땅
거미'라는 말의 전라도 사투리는 '땅금'인데, '지신地神'이라는
말이다. 이 땅의 도처에 있는 '금산'은 비단 금錦이란 한자로
표기되기는 하지만, 사실은 모두 신성한 산을 뜻한다.

장편 연작소설『불의 딸』을 쓸 때 이 가막섬을 답사했다. 섬
에는 신을 모시는 사당이 있었다. 이 섬에서 내림굿을 받은 새
파란 젊은 강신무들이 많다고 들었다.

사람들은 모두 밤에는 잠을 자고 잠을 자면 꿈을 꾼다. 신들
린 사람들은 꿈을 통해 접신하고, 늙은 후박나무나 바위를 부
둥켜안은 채 미친듯이 몸부림치며 접신하기도 한다고 들었다.
나는 도자기를 굽는 가마에 불을 지피는 과정에서 불을 통한
접신을 생각했었다.

촛불은 명상하게 하는 불이지만, 도자기 가마의 불은 흙을
녹여 창조하는 불이다. 사람은 물과 불을 내부에 지니고 살면
서, 외부의 물과 불을 부리며 산다. 가령 술은 '불을 내포한 물'
이다. 술을 마시면 불처럼 타오르게 된다. 성적인 오르가슴에
이르는 것은 불에 타 죽는 것과 한가지인데, 시퍼런 물에 풍덩
빠져 죽고 싶다는 것은 광시狂詩적인 표현이다.

토굴로 돌아가는 버스 안에서 눈을 감았다. 나의 환원의 시간여행의 종착점을 생각했다. 아들딸에게 전할 유언을 생각했다. '나 죽으면 다비해라…… 화장은 인간 최종의 화장化粧이고 화장華藏이고 환원이다.'

작가의 말

이야기는 예측할 수 없는 무진장한 힘을 가지고 있습니다. 깨어 있는 영혼만이 그것을 뱉어낼 수 있습니다. 그것은 밑천이 떨어져 더 잇지 못하면 목이 잘려 죽게 되므로, 사력을 다해 새로운 이야기를 꾸며내야 했던 역사('천일야화'라고 번역되기도 한 『아라비안나이트』)를 가지고 있습니다. 이야기는 그것을 꾸며 뱉어내는 사람과 듣는 사람의 생각을 바꾸어주고, 그 생각은 습관을 바꾸며, 그 습관은 그들의 운명을 바꾸어줍니다.

저녁노을이 타오르는 파장에 보따리를 싸는, 삶의 막판에 들어 있는 자가 하는 이야기는 한 생명체가 죽어가는 순간에 남기는 유언처럼, 축구 경기의 끝판에 터진 극장 골이나 농구의 버저비터같이 세상의 모양새를 바꿀 수도 있을 터입니다.

찬란한 황혼이 사라지고, 대지와 허공에서 땅거미가 들솟거나 흘러내릴 때, 먼바다 섬들에 뜬 잠깐의 샛노란 까치노을 속에서, 한 늙은이는 앙증스러운 들꽃의 씨앗이나 곡식의 낟알 따위를 보석인 양 이삭줍기합니다. 이삭줍기에는 소리 없이 울려퍼지는 우주 대자연의 장엄한 교향곡이 있습니다.

깨어 있는 개가 어둠의 어른거리는 한 형상이나 울리는 지축을 향해 짖듯이, 귀를 가진 모든 것은 소리 나는 쪽으로 돌아보고 짖습니다. 소리 나는 쪽에 길이 있기 때문입니다. 길이 이야기가 되고 그 속에 또하나의 새 길이 열립니다. 길은 누군가가 만들어주는 절대적인 것이 아닙니다. 사람 다니는 곳, 사람의 발길이 이어짐으로써 반들반들 닳아진 곳이 길입니다. 소리 나는 쪽으로 돌아보듯 나는 가장 쉽고 편리한 곳을 향해 길을 만들어갑니다. 이 소설이 내 최후의 길입니다.

*

추사 김정희의 말년 글씨에는 해서도, 초서도, 행서도, 예서도, 전서도 아닌데, 깊이 뜯어보면 해서이기도 하고 초서이기도 하고 행서이기도 하고 예서이기도 하고 전서이기도 한 듯싶은 것이 있습니다.

이제 내 늙바탕의 글쓰기 작업은 사진작가들의 망점 기법이나 화가들의 홀로그램 기법으로 시·소설·동화·에세이 형태를 자유로이 넘나들이할 터입니다. '섬' '회귀回歸' 모음에서 신화적인 분위기를 위해 성인 동화 세 편을 다시 소환하여 수정 가필하였습니다. 그것이 내 소설적 유희로 읽히기를 희망합니다.

*

나는 가끔 문학 강연을 하고 난 뒤에 이렇게 마무리하곤 했습니다.

"저에게는 두 개의 수레바퀴 같은, 생물학적 삶과 작가적 삶이 있습니다. 시나 소설을 쓰는 것이 작가적 삶이고, 그 작가적 삶을 위하여 날마다 음식을 먹고 씩씩하게 살아가려 분투하는 것이 생물학적 삶입니다. 나는 살아 있는 한 시와 소설을 쓰고 시와 소설을 쓰는 한 살아 있을 것입니다."

한번은 강연이 끝나고 맨 뒷자리에 앉아 있는 한 노인이 질문했습니다.

"시와 소설을 쓸 수 없게 되면 당신의 삶을 스스로 끝낼 수도 있다는 것인가요, 무엇인가요?"

나는 대답했습니다.

"꿈속에서, 천상과 지상과 지하로 끝없이 이어진 많고 많은 계단들을 실수 없이 정확하게 계속 밟아 내려가고 다시 밟고 올라가기만 하는 자는 그 고통스러운 꿈에서 깨어나지도 못하고, 다시 깊은 잠을 새로이 자지도 못한 채 밤새도록 그 꿈속 계단에서 헤매지만, 거기서 발을 헛디디어 추락하는 자는 깜짝 놀라 깨어난 다음 새로이 깊은 잠을 잘 수 있습니다."

팔레스타인에서 태어난 미국인 비평가 에드워드 사이드는 예술의 역사에서 모든 예술가들의 말년의 작품은 파국이라고 했는데 나의 말년의 글쓰기는 어떤 모양새일까요.

이 책을 만들어준 문학동네 여러분께 진심으로 고마움의 절을 드립니다.

2023년 국화 향기 속에서
해산산인 한승원

문학동네 장편소설
사람의 길
ⓒ한승원 2023

1판 1쇄 2023년 12월 29일
1판 2쇄 2024년 10월 25일

지은이 한승원
책임편집 이재현 | 편집 강윤정 이희연
디자인 박현민 유현아 | 저작권 박지영 형소진 최은진 오서영
마케팅 정민호 서지화 한민아 이민경 왕지경 정경주 김수인 김혜원 김하연 김예진
브랜딩 함유지 함근아 박민재 김희숙 이송이 박다솔 조다현 정승민 배진성
제작 강신은 김동욱 이순호 | 제작처 한영문화사

펴낸곳 (주)문학동네 | 펴낸이 김소영
출판등록 1993년 10월 22일 제2003-000045호
주소 10881 경기도 파주시 회동길 210
전자우편 editor@munhak.com | 대표전화 031)955-8888 | 팩스 031)955-8855
문의전화 031)955-2696(마케팅), 031)955-1920(편집)
문학동네카페 http://cafe.naver.com/mhdn
인스타그램 @munhakdongne | 트위터 @munhakdongne
북클럽문학동네 http://bookclubmunhak.com

ISBN 978-89-546-9722-4 03810

www.munhak.com